www.bbulmedia.com

www.bbulmedia.com

러브인
홍 콩

러브 인
홍콩

DAHYANG ROMANCE STORY

장윤지 장편 소설

Contents

프롤로그

"네 시간 후에 홍콩 국제공항에 도착합니다. 제가 그쪽으로 가겠습니다."

평일 오전, 꽤 이른 시간의 인천공항은 한산했다.

저마다 커다란 캐리어 한가득 짐을 부치고 있는 여행객들 사이로, 휴대전화만을 손에 쥔 진헌이 넥타이를 풀었다.

"내일 자 오후 비행기 예약해 두겠습니다."

진헌의 옆에서 그를 예의 주시하던 민성이 입을 열었다. 민성은 무표정한 진헌의 얼굴을 힐끗 훔치며 그가 말없이 건네는 넥타이를 받았다. 그리고 가지고 있던 새 넥타이를 넘겨주었다.

"휴."

진헌은 하얀 와이셔츠 칼라를 올리고 민성에게 받은 네이비색의 넥타이를 매었다. 이 넥타이가 무엇을 뜻하는지 진헌은 알고 있었다.

흐트러지지 않도록 깔끔하게 올린 머리와 먼지 한 톨 붙어 있지 않은 고급 양복, 그리고 상대방에게 신뢰감을 심어 주는 솔리드 타입의 타이는 까다로운 이번 계약을 의미하기도 했다.

"다녀오십시오."

"네."

민성은 진헌에게 깔끔하고 반듯한 서류 가방을 건넸다. 진헌이 가지고 떠난 짐은 그 가방, 단 하나였다.

✶

"여권과 바우처 주시겠습니까?"

"여기요."

"부치실 짐은 있으신가요?"

"네."

같은 시각.

혜라는 항공사 티켓팅 부스에서 10kg짜리 캐리어 1개와 백팩 1개를 벗어 내었다.

"일등석 왼쪽 창가 자리 괜찮으십니까?"

"그럼요. 좋죠."

티끌 하나 없는 새하얀 피부, 발랄하게 끝이 말려 올라간 C컬 단발머리, 커다란 쥐가 그려져 있는 캐주얼한 보세 후드티에 청바지.

혜라는 자신이 입고 있는 옷보다 몇십 배는 비싼, 100만 원이 훌쩍 넘는 퍼스트 클래스 편도 티켓을 동그랗게 말아 쥐었다.

"좋아. 완벽해."

그녀는 크게 팔을 뻗어 기지개를 켰다.

어깨에 지고 있던 커다란 짐마저 부쳐 버린 그녀는 홀가분한 차림으로 공항 게이트로 걸어 들어갔다.

혜라가 한국에 남겨 놓은 짐은, 단 하나도 없었다.

1. 연착(Delay)

　"죄송합니다. 고객님. 갑작스러운 홍콩의 기후변화로 인해 출발 예정 시간보다 조금 지연될 것 같습니다. 실례가 되지 않는다면 일등석 라운지로 고객님을 안내해 드려도 되겠습니까?"

　단정하게 머리를 올린 승무원이 혜라에게 다가와 공손하게 두 손을 모으고 고개를 숙이며 말했다.

　"아, 네."

　격식 차린 승무원의 대우가 영 어색한 기분에 혜라는 대기 의자에서 벌떡 일어났다. 그리고 곧 그녀의 안내에 따라 걸어 나갔다. 승무원의 뒤를 따라 라운지로 향하는 동안 혜라의 눈엔 번쩍번쩍한 수많은 면세점이 보였다.

　액세서리가 가득 있는 유명 브랜드숍에서 그녀는 잠시 머뭇거리며 휑한 목 언저리를 만지작댔다.

"라운지에 기내 면세 책자가 마련되어 있습니다."

승무원은 그녀의 몸짓을 놓치지 않고 친절한 웃음을 지으며 말했다. 혜라는 대답 대신 고개를 작게 끄덕였다.

"우와."

마침내 라운지에 도착한 혜라는 자신도 모르게 작은 탄성을 뱉었다. 일등석 라운지는 마치 고급 호텔을 옮겨다 놓은 것 같은 모습이었다.

"더 필요하신 건 없으십니까?"

"아, 네. 괜찮아요."

혜라가 대답하자 승무원은 바르고 곧게 고개를 숙인 후 라운지 로비를 빠져나갔다. 그녀의 뒤꽁무니가 보이지 않을 때까지 우뚝 서 있던 혜라는 그제야 정신을 차리고 라운지로 시선을 돌렸다.

"여기, 정말 대박이다!"

비죽 새어 나오는 웃음을 감추지 못한 채 혜라의 입꼬리가 하늘을 향해 치솟았다. 다다다 종종대는 걸음으로 그녀는 라운지 안을 구경하기 시작했다. 고급스러운 대리석 바닥을 걸을 때마다 혜라의 싸구려 운동화에서 마찰음이 끼익하고 났지만, 그녀는 개의치 않았다.

미간에 주름이 잔뜩 잡힌 진헌이 라운지에 마련된 바에서 익숙하게 보드카를 크리스털 컵에 따르자 그를 지켜보고 있던 단정한 차림의 주방장이 다가왔다.

"과일이 준비되어 있습니다."

"과일은 괜찮습니다. 치즈 있습니까?"

"네. 준비해 드리겠습니다."

진헌의 대답을 듣고서야 남자는 고개를 숙이고 제자리로 돌아가 분주히 움직이기 시작했다.

갑작스러운 연착으로 일정에 차질이 생겨 버렸다. 진헌은 단정하게 매어 두었던 넥타이를 느슨하게 풀었다. 한 손엔 보드카를, 다른 손엔 민성이 챙겨 준 서류 가방을 들고서 그는 고급스러운 검정 가죽 소파에 깊게 몸을 묻었다.

'네가 그 결혼 없이 언제까지 버텨 낼 수 있는지 지켜보마.'

귓가에 이 회장의 묵직한 목소리가 울렸다.

여러 언론과 대중들은 진헌이 기획 본부장으로 재임하고 있는 선진백화점을 두고 이렇게 말했다.

대한민국 명품 부문 3년 연속 1위의 상위 1%를 위한 프리미엄 기업.

백화점 시장에서 탄탄한 재무구조로 지속 가능성 지수에서 독보적인 그룹.

국내의 면세점 중 규모가 가장 크고 많은 브랜드를 보유한 백화점.

그리고.

국내 굴지의 대기업 해성건설 막내딸과의 혼담으로 요즘 주가가 수직 상승 중인 코스닥 상장 그룹.

"실례하겠습니다."

"아, 네."

잠시 생각에 빠져 있던 진헌이 뒤늦게 남자를 의식했다.

여러 종류의 치즈가 보기 좋게 세팅된 하얀 접시를 진헌의 앞 테이블에 내려놓으며 주방장이 말했다.

"더 필요하신 게 있으시면 말씀해 주십시오."

"감사합니다."

진헌은 살짝 고개를 숙인 후 대답했다.

남자가 돌아서자 진헌은 휴대전화를 들어 민성에게 한 두 시간 정도 연착될 것 같다는 메시지를 보냈다. 민성은 가타부타 말없이 담백한 답장을 보내왔다.

「미팅 시간 재조정하겠습니다.」

서른셋이라는 나이에 비서실장이라는 직책을 가지고 있는 민성 이였다. 워커홀릭이라 하면 진헌 역시 둘째가라면 서러울 처지였 지만, 선진그룹을 생각하는 충성심을 따지자면 민성을 따라가진 못할 일이었다.

메시지를 확인한 진헌이 고개를 돌렸다.

통 유리창 너머로 이륙을 대기 중이던 비행기가 활주로를 대차 게 달리기 시작했다. 그리고 그 순간, 조용했던 진헌의 휴식도 끝 이 났다.

"여기 정말 대박이다!"

✳

라운지를 슥 둘러본 혜라는 입을 다물 수 없었다.

바리스타가 주문을 받아 직접 커피를 내려 주는 디저트 코너와 와인과 양주가 한쪽 벽면을 가득 메운 바(bar).

그 옆으론 과일과 주스, 그리고 간단한 브런치가 가능하도록 뷔페식으로 음식이 준비되어 있었다.

게다가.

"필요하신 게 있으신가요?"

방긋 웃는 모습이 매력적인 훈남 주방장이 상시 대기 중이라니!

혜라는 남자의 질문에 고개를 저으며 뒷머리를 긁적였다.

"아뇨. 잠깐 앉아 있으려고요."

"휴게실은 왼쪽에 있습니다."

"감사해요."

주방장은 친절하게 안내한 뒤 자리로 돌아갔다. 혜라는 그의 말대로 왼쪽으로 고개를 돌려 보았다.

푹신한 고급 소파와 유리 테이블이 마련된 넓은 휴게실에는 안마의자와 다리를 펴고 누울 수 있는 침대형 소파도 마련되어 있었다.

라운지를 한참이나 깔깔거리며 구경하던 혜라가 앉아서 쉴 만한 자리를 찾았다. 그제야 몹시 짜증이 나 보이는 남자의 뒤통수가 봉긋하게 시야에 들어왔다.

"사람이 있었구나……."

말을 뱉어 놓고 혜라는 아차 싶었다. 그냥 속으로 말할 것을, 하고 말이다.

남자가 어깨를 움찔거리는 게, 그녀의 목소리를 들은 듯 보였다. 혜라는 괜히 민망해져 삐죽거리는 걸음으로 앞으로 걸어갔다.

삑. 삑.

그녀의 운동화는 유난히 고급스러운 대리석 바닥에 적응을 못했는지 삑삑 고무 마찰음을 차지게 내고 있었다.

기분 나쁜 발걸음 소리가 점점 다가올수록 진헌의 눈썹이 꿈틀꿈틀했다.

제발, 절대로 저 여자의 소리에 방해받고 싶지 않다.

하지만 아니나 다를까. 언제나 슬픈 예감은 틀린 적이 없었다.

"아하하. 저 여기 좀 앉을게요."

뒷머리를 긁적이며 혜라가 진헌을 마주 보고 소파에 앉았다.

이 많고 많은 의자와 소파 중에 왜 하필, 굳이 자신의 앞에 앉는 것인지. 진헌은 기분이 몹시 언짢아졌다.

"……."

그의 눈썹이 더욱 꿈틀거린 건, 그 어떤 긍정의 표시도 하지 않았는데 그녀가 이미 소파와 한 몸인 양 아주 편한 자세로 옆에 있던 잡지를 꺼내 들었기 때문이었다.

그렇게 얼마나 지났을까.

바스락 착. 착.

한번 신경 쓰기 시작한 진헌의 청각은 혜라의 사소한 소리에도 곤두섰다.

잡지의 종이가 이리도 얇고 팔랑거리는 재질이었나. 바스락거리는 소리가 라운지 전체에 울려 퍼지는 것만 같았다.

진헌은 보고 있던 회사 서류를 테이블 위로 던져 놓고 보드카 잔을 집어 들었다.

새하얀 피부, 삐죽 말린 단발머리, 앳된 얼굴.

제 몸보다 커 보이는 후드티에 낡은 청바지와 유아용 삑삑이 운동화 같은 싸구려 신발.

한눈에 보아도 해외여행을 처음 가 보는 티가 팍팍 나는 학생이었다.

'마일리지인가.'

진헌은 지그시 눈을 감으며 생각했다.

이코노미 좌석에서 비즈니스 좌석으로는 그럴 만하다. 하지만 일등석까지 마일리지로 업그레이드를 가능케 하다니.

가격이 비싸질수록 수요가 증가하는 특정 재화가 있다. 남들에게 과시하고 싶어 하는 심리 때문에 발생하는 현상으로, 이를 베블런 효과라 부른다.

경영자의 입장에서 항공사의 퍼스트 클래스, 일등석이야말로 베블런 효과를 톡톡히 볼 수 있는 재화라고 진헌은 생각했다.

"으흠, 이거 예쁘다."

책자를 보며 중얼거리는 혜라를 빤히 쳐다보던 진헌이 눈을 감고 머리를 젖혀 소파 등받이에 기대었다.

사람들은 비행시간이 똑같아도 가격은 몇 배가 차이 나는 일등석을 원한다. 목적지까지 도착하는 단 몇 시간, 이코노미석의 고객과는 확연히 다른 대우를 받길 원하기 때문이다.

그러므로 일등석만을 위한 라운지도 있는 것이고, 일등석만을 위한 티켓팅 라인이 있는 것이다.

그런데 그 차이의 대우가 무색하도록 이렇게 마일리지를 뿌려 대다니…….

"흠."

진헌은 항공사의 운영 방침이 영 못마땅하여 낮은 신음을 토해 내었다.

잠시 후, 다시 부스럭거리는 소리가 들리는가 싶더니 곧 또각 거리는 승무원의 구두 소리가 다가왔다.

그녀가 콜 버튼을 눌러 지상 승무원을 부른 것 같았지만 진헌 은 신경 쓰지 않기로 했다. 그리고 그렇게 깜박 잠이 들었다.

✻

"편안한 비행 되십시오."

깍듯이 고개를 숙이며 인사를 하는 승무원을 향해 혜라는 히죽 히죽 웃으며 대답을 대신했다.

표정 관리가 안 되는 건 어쩔 수 없는 일이었다. 라운지에서의 감동은 항공기 탑승에서도 이어졌다.

일등석만을 위한 프리미엄 좌석이라니.

그녀가 제일 편하다고 생각해 왔던 찜질방 안마의자와는 비교 도 안 될 만큼 안락하고 고급스러운 재질로 만들어진 좌석이었다.

혜라는 괜히 다리를 쭉 펴 보기도 하고 팔을 양옆으로 들어 휘저어 보기도 했다. 그런데도 발끝은 앞좌석에 닿지 않았고 쭉 뻗은 손가락 끝은 아무런 방해 없이 허공을 휘젓고 있었다.

"정말 완벽하다."

낮게 읊조리는 그녀의 목소리는 다른 누구의 귀에도 들리지 않을 만큼 작았다. 다만 누가 보아도 '난 이런 고급스러운 비행이 처음이에요.' 라는 티가 팍팍 나는 행동을 빤히 쳐다보는 시선은 있었다.

"혹시 필요하신 게 있으십니까?"

"아."

진헌의 불편한 눈빛을 느낀 승무원이 다가와 물었다. 그녀의 목소리에 진헌이 혜라의 뒤통수에서 시선을 거뒀다.

"귀마개랑 안대 부탁합니다."

비행은 순조롭고, 평온했다. 일등석엔 단 두 명만을 태우고 있었다.

진헌은 슬쩍 손목시계를 확인했다. 비행기 연착 탓에 공을 많이 들였던 약속 시각은 이미 지나 있었다.

이제 한 시간 정도 후면 홍콩 국제공항에 도착할 터였다. 원래 스케줄대로라면 미팅 준비에 정신없는 비행이 되었겠지만 연착으로 인해 진헌에겐 뜻밖의 휴식 시간이 생긴 셈이었다.

관광이라도 해야 할까. 아니면 쇼핑이라도 해야 하나.

시답지 않은 생각에 진헌이 입술을 비틀었다. 그는 일 때문에 해외 출장이 잦은 편이었다. 하지만 그가 미팅 장소와 호텔을 벗어난 적은 단 한 번도 없었다.

진헌은 좌석에 비치되어 있던 책자를 꺼내 들었다. 기내 면세 물품들이 한 권을 빼곡히 채우고 있었다.

— 안내 말씀 드리겠습니다. 저희 기내에서는 필요하신 분들을 위해 다양한 면세품을 일반 면세점보다 저렴한 가격에 판매하고 있습니다.

때마침 조용한 기내 안에 낭랑한 목소리로 안내 방송이 흘러나왔다.

— 잠시 후, 면세품 판매를 시작할 예정이오니 구매를 원하시는 손님께서는 저희 면세품 판매대가 지나갈 때 구매하시길 바랍니다. 면세품 구매 시 지불할 수 있는 화폐는 한국 원, 미국 달러, 홍콩 달러, 그리고 신용카드입니다. 감사합니다.

본격적인 면세 판매가 시작되기 전, 일등석을 담당하고 있는 승무원이 피켓을 들고 한 바퀴 돌며 예고 사인을 주었다. 진헌이 면세품 책자를 성의 없이 넘겨볼 때였다. 그의 대각선 앞에 앉아 있던 혜라가 조용히 손을 들었다.

혜라의 손짓을 본 승무원이 재빠르게 그녀에게 다가와 무릎을 꿇고 앉아 시선을 맞추었다. 당황스러운 승무원의 행동에 혜라는 몸 둘 바를 모르며 쩔쩔맸지만, 그녀는 단아한 웃음과 함께 상냥하게 말했다.

"지상 승무원에게서 문의 주셨다고 안내받았습니다. 말씀해 주신 상품이 준비되어 있습니다. 지금 준비해 드릴까요?"

"아, 네. 지금 주세요."

승무원은 갤리(galley)로 들어가 커튼을 쳤다. 이윽고 갤리를 나온 그녀의 손에는 고급스러운 금빛 상자가 들려 있었다.

"감사합니다."

혜라는 달뜬 표정으로 상자를 받았다.

"마키토사에서 저희 항공사 고객을 위해 특별히 제작한 그라데이션 타입의 체인 진주 목걸이입니다. 이 제품은 저희 항공 기내 면세 한정품입니다."

승무원의 친절한 설명을 받으며 혜라는 달칵하고 상자를 열었다. 골드 체인에 심플하게 배치된 진주가 클래식하면서 세련됐다. 참 예뻤다. 고급스럽고, 아름다웠다.

혜라는 휑하니 비어 있는 제 목 언저리를 손으로 만지작거렸다.

"착용 도와 드릴까요?"

"아, 아니요."

입고 있는 후줄근한 후드티와는 전혀 어울리지 않는 목걸이였다. 그리고 지금의 자신과도 어울리지 않는 물건이라 혜라는 생각했다. 그녀는 잠시 넋 놓고 보고 있던 시선을 거두고 승무원을 향해 말했다.

"결제는 신용카드로 할게요."

"네. US 달러 1,150입니다. 결제 도와 드리겠습니다."

망설임 없이 카드를 내밀고 결제를 하는 혜라의 뒤통수를 지켜보던 진헌의 눈썹이 묘하게 올라갔다.

1,150달러. 한화로 120만 원이 훌쩍 넘는 돈이었다.

2. 우연

홍콩 국제공항에 도착한 진헌은 출국장을 나섰다. 짐이라곤 서류 가방 하나뿐인지라 그의 출국 수속은 매우 빠르게 처리되었다.

공항을 나서자 진헌의 이름이 적힌 작은 피켓을 들고 기사가 대기하고 있었다.

"안녕하십니까, 본부장님."

"네. 오랜만입니다."

"모시겠습니다."

그는 리무진 뒷좌석의 문을 열었다. 진헌은 자연스럽게 리무진에 올라탔다.

"일정이 어떻게 되십니까?"

"글쎄요. 계획에 조금 차질이 생겼습니다."

"그렇군요."

단정한 정장 차림의 기사는 고개를 끄덕이며 답하곤 부드럽게 리무진을 출발시켰다.

한적한 도로를 얼마나 달렸을까. 홍콩 특유의 잿빛 건물과 화려한 네온사인이 저녁 노을빛에 물들어 이채로운 모습으로 차창 밖을 지나고 있었다.

리무진의 도착지는 홍콩의 랜드마크라 해도 과언이 아닌 페닌슐라 호텔이었다. 커다란 분수대를 지나 부드러운 호를 그리며 리무진이 정차했다. 진헌은 직원들의 안내를 받으며 최고급 호텔의 로비로 들어섰다.

"어서 오십시오. 기다리고 있었습니다."

입구에서부터 한국인 매니저가 나와 정중한 모습으로 진헌을 향해 고개를 숙이며 말했다.

홍콩의 역사와 전통을 지닌 호텔이었다. 관광지 소개 책자에서 절대 빠지는 일이 없는 침사추이에서 가장 오래된 건물 중 하나로, 고풍스러운 영국 전통의 인테리어가 현재까지 남아 품격을 더하고 있는 곳이었다. 바라만 보고 있어도 압도될 듯 웅장한 성(城)의 모습을 하고 있는 그곳을 진헌은 좋아했다.

"김 실장님께 미리 전화받았습니다. 귀국 일정은 아직 미정이시라고요."

홍콩으로 출장을 올 때면 그는 늘 이 호텔에서 묵었다. 별다른 관광 없이 일만 하고 돌아오는 진헌을 위한 민성의 작은 배려였다.

편안하고, 고급스럽다. 그리고 무엇보다 굳이 밖으로 나서 관

광을 하지 않아도 홍콩 침사추이의 시티뷰와 홍콩섬의 하버뷰를
한눈에 볼 수 있는 전망이 매우 좋은 호텔이었다.

"우선 죄송하다는 말씀 먼저 드리겠습니다. 사실 김 실장님께
서, 늘 예약하셨던 27층 로얄 스위트룸을 말씀하셨는데……."

매니저의 곤란한 목소리에 진헌은 출국 전 사무실에서 민성이
출장 스케줄 체크 중에 했던 말이 떠올랐다.

"들었습니다. 이미 예약이 되어 있다고요."

"네. 그렇습니다. 26층 일반 스위트룸 괜찮으시겠습니까?"

"할 수 없죠."

모니터를 보며 체크인에 집중하고 있는 매니저에게 진헌이 다
시 입을 열어 말했다.

"혹시 내일이라도 객실 업그레이드가 가능합니까?"

사실 진헌은 객실의 등급에 집착하는 편은 아니었다. 오히려
그 반대였다. 일만 하다 돌아가는 곳이기에 잠자는 곳엔 침대와
화장실만 있다면 된다 생각한 그였다.

하지만 꼭대기 층에서 홍콩을 한눈에 내려다보며 마시는 보드
카 한 잔에 잠시나마 휴식을 만끽하곤 했기에 왠지 아쉬운 마음
이 드는 건 어쩔 수 없었다.

"죄송합니다. 로얄 스위트룸이 일주일간 예약되어 있습니다."

"일주일 동안, 전부요?"

"네, 그렇습니다."

하룻밤에 몇백만 원인 고급 스위트룸에 일주일 동안 묵는 사람
이라.

"어쩔 수 없군요. 알겠습니다."

아쉽지만 진헌은 잠시 내려 두었던 서류 가방을 집어 들고 26층 스위트룸 키를 챙겼다.

샤워를 하고 나온 혜라가 옷걸이에 걸려 있던 샤워가운을 걸쳤다. 탁 트인 유리창 너머로 절경이라 소문난 홍콩 야경이 펼쳐져 있었다.

"좋다."

27층 로얄 스위트(Suite)는 말 그대로 스위트(Sweet)했다.

통 유리창 너머로 낮보다 더 화려한 홍콩의 불빛이 반짝였다. 높은 빌딩 숲을 이루는 불빛들을 직접 보고 있자니 화질 좋은 HDTV를 통해 동영상을 보는 것 같았다.

화려한 홍콩의 야경을 한참이나 바라보던 혜라가 몸을 돌려 접견실로 향했다.

혜라는 고급 가죽 소파의 폭신한 감촉에 몸을 깊이 뉘었다. 그리고 테이블 위에 스위트룸 고객을 위해 준비되어 있던 비싼 초콜릿 상자를 열었다.

"고생했다, 장혜라."

네모난 조각 초콜릿을 앙 하고 베어 물었다. 진한 초콜릿 맛이 달큼하게 입 안에 감돌다가 카카오의 씁쓸한 뒷맛을 남길 때 꿀꺽 삼켰다.

한참 입술을 오물오물하던 혜라가 새 초콜릿을 입에 물고 옆에 있던 여행 책자를 집었다.

"페닌슐라 스위트룸은 완료. 다음 코스는……."

✻

「레슬리 회장과 오후에 사내에서 뵙는 걸로 다시 스케줄 잡았
습니다. 8시 레스토랑 예약했고, 오늘 자로 봐 주셔야 할 결재 파
일 메일로 송부합니다.」

문자메시지 진동 소리에 잠에서 깬 진헌이 침대에서 몸을 일으
켰다. 새벽 다섯 시. 한국 시간으론 여섯 시였다. 민성은 아무래
도 회사에서 밤을 지새운 것 같았다.

국내 일류 대학을 졸업하고 이름만 대면 알 법한 외국 명문 대
학원에서 경영을 전공한 민성은 선진백화점에, 특히 진헌의 아버
지이자 수장인 이인철 회장과 관련된 모든 것에 충성을 다했다.

그가 유학 중일 때 선진에선 수차례 헤드헌터를 통해 스카우트
제의를 했지만 민성은 그때마다 거절했다. 그리고 대학원을 졸업
한 후 민성은 선진그룹 신입사원 공채를 통해 말단 사원으로 입
사한 것이다.

이 회장이 진헌의 옆에 그를 심어 둔 것도 그의 융통성 없이
강직한 일면을 알고 있기 때문이었다.

"룸서비스 부탁합니다."

진헌은 들었던 수화기를 내려놓고 욕실로 걸어갔다.

따뜻한 물줄기가 진헌의 등을 따라 흘렀다. 진헌은 부드러운
살결은 아니지만 구릿빛으로 탄탄한 제 피부를 훑어 갔다. 보기

좋게 잡힌 등 근육과 역삼각형으로 떨어지는 날렵한 허리 라인에서 그의 손이 멈췄다.

한눈에 봐도 꽤 큰 자국의 흉터가 있었다. 진헌은 한참이고 그 상처를 어루만졌고 욕실 안은 곧, 뿌연 김으로 가득 채워졌다.

샤워를 하고 나오자 주문해 두었던 룸서비스가 도착해 있었다. 신선한 과일과 시각과 식감을 두루 자극하는 스시가 보기 좋게 놓여 있었다. 보통 룸서비스로는 브런치가 일반적이지만 밀가루 음식을 좋아하지 않는 진헌을 위해 특별히 서비스된 음식이었다.

"밥값은 하고 가야겠군."

진헌은 민성의 특별 부탁이었음을 짐작했다. 가끔 생각지도 못한 부분에서 발휘되는 그의 철저함에 종종 소름이 돋기도 하지만 이번엔 제대로 효과를 봤다. 무표정하기만 했던 진헌의 표정이 한결 누그러졌다.

최고급 호텔의 특급 주방장이 신경 써서 내놓은 스시는 그의 입맛을 매료시키기에 충분했다. 맛있는 음식이 주는 좋은 기분이 입 안에서 퍼졌다.

그래서였을까, 마지막 스시를 입 안에 넣고 천천히 음미하던 진헌은 출장 중 한 번도 생각해 본 적 없던 외출을 결심했다.

혜라는 아침부터 분주했다. 드라이기로 머리를 말리면서도 시선은 여행 안내 책을 떠나지 않았다. 그녀는 움직이기 편한 박스 티에 스키니진을 입고 낮은 단화를 신어 단단히 무장했다.

오른손엔 책을 꼭 붙들고 함박웃음을 머금으며 혜라가 문 밖으로 나섰다.

"바쁘다, 바빠."

승강기 앞에서 버튼을 누르면서도 그녀는 연신 책장을 넘겼다.

땡. 하는 소리와 함께 올라온 승강기에 올라탄 혜라가 얼굴 앞으로 바짝 책을 당겨 홍콩의 유서 깊은 애프터눈 티에 대한 소개 글을 빠른 속도로 읽어 내려갔다.

"영국의 지배를 받으면서 영향을 받은 홍콩의 문화로 상류사회의 한 문화로 발전된 애프터눈 티는……"

그 순간 승강기는 땡. 소리와 함께 26층에서 멈춰 섰다.

예상치 못하게 일정이 길어진 진헌은 챙겨 오지 못한 생필품을 사러 백화점에 갈 요량이었다. 승강기 앞에서 버튼을 누르려던 찰나, 26층을 지나친 계기판의 숫자가 27층으로 향했다.

"흠."

멈춰 있는 승강기를 보며 그가 묵고자 했던 로얄 스위트룸의 선객이 타고 있음을 짐작할 수 있었다. 짧은 순간 다음 승강기를 탈까 싶었지만, 이내 괜한 시간을 허비하고 싶지 않았던 진헌이 버튼을 눌렀다. 27층에 머물러 있던 숫자는 금세 26층에 다다랐다.

곧이어 문이 열렸고 혜라가 탄 승강기 안으로 지나치게 단정한 정장 차림의 진헌이 올라탔다.

"이거 꼭 먹어야겠네."

선객의 옆에 자연스럽게 선 진헌의 귓가에 익숙한 한국말이 들렸다. 그제야 그는 눈썹을 추켜올리며 그녀를 힐끔거렸다.

제 어깨를 웃도는 키, 발랄하게 삐죽 접힌 단발머리, 낭랑한 목소리, 후줄근한 옷차림.

뭘 먹겠다는 건지, 그녀가 전투적으로 뒤적거리는 책 겉표지엔 '죽기 전에 꼭 가 봐야 할 여행지, 럭셔리 홍콩 여행 편'이라고 적혀 있었다.

"어?"

그녀를 힐끔거리던 진헌의 시선이 혜라와 마주친 건 그 순간이었다.

"어제 비행기!"

"……마일리지?"

뱉어 놓고 아차 싶었던 진헌이 정면으로 고개를 휙 돌려 버렸다. 하지만 혜라는 먼 타국에서 만난 한국인이 같은 비행기를 타고 온 안면 있는 남자였다는 사실에 몹시 들떠 있었다.

"안녕하세요! 이 호텔에서 묵으셔요?"

작은 승강기 안의 짧은 적막. 이상하리만큼 천천히 내려가는 건 기분 탓일까.

대놓고 자신에게 질문을 하는 여자의 목소리에 진헌은 미간을 찌푸리며 답했다.

"네."

"우와. 신기하네요. 여기서 또 뵈니까 너무 반가워요. 혼자 여행 오신 거예요? 얼마 동안이요?"

말 섞기를 꺼려 하는 진헌의 마음을 아는지 모르는지, 혜라는 방긋방긋 웃으며 신난 목소리로 종알종알 잘도 물어보고 있었다.

대답하지 않으면 계속 알은척을 할 것 같단 생각에 진헌은 대충 고개를 끄덕이며 계기판의 숫자가 L층으로 바뀌길 기다렸다.

'죄송합니다. 로얄 스위트룸이 일주일간 예약되어 있습니다.'

'일주일 동안, 전부요?'

'네, 그렇습니다.'

그리고 그때 진헌은 순간적으로 어제 호텔 매니저와의 대화가 기억났다. 그녀가 내려온 27층에는 단 하나의 객실만 있다는 사실을 깨달았기 때문이었다.

"여행 중이십니까?"

"네! 저도 혼자 여행 왔어요, 여기저기 다녀 보려고요. 지금은 애프터눈 티를……."

멈출 생각 없는 낭랑한 그녀의 목소리를 듣던 진헌이 툭 말을 잘랐다.

"일주일간?"

"어? 어떻게 아셨어요? 네, 일주일간 여기서 지내요."

혜라의 대답을 끝으로 승강기는 땡. 하는 소리와 함께 로비 층에 도착했고 스르륵 문이 열렸다.

토끼처럼 깡충 뛰어내린 혜라의 뒤로 묘한 표정의 진헌이 따라 내렸다. 웃으며 '다음에 봬요.' 말하곤 뒤돌아 호텔 로비를 빠져

나가는 그녀를 진헌은 잠시 동안 멍하게 바라보았다.

"하!"

누가 다음에 보자고 허락이나 했나.

제 마음대로 만남을 기약한 혜라의 뒷모습이 어느새 호텔 밖으로 보이자 허탈한 웃음이 진헌의 입술을 비집고 나왔다.

진헌이 밖으로 나선 이유는 한 가지였다. 편하게 입을 수 있는 옷과 미팅 때 입을 새 셔츠를 사기 위해서였다.

하지만 지금 진헌에게 한 가지의 이유가 더 생겨 버렸다.

"로또인가."

호기심.

전자 기기가 아닌 사람에게 느껴 보는, 실로 오랜만의 감정이었다.

3. 만남

눈부신 햇살이 혜라의 눈을 찡그리게 만들었지만 기분이 나쁘지는 않았다. 5월의 홍콩은 습한 바람이 부는 서울의 초여름 날씨와 비슷했다.

그녀의 발걸음은 무척 가벼웠다. 몇 발자국 뒤에서 바라보는 진헌의 눈에 혜라는 마치 하늘을 날고 있는 것처럼 방방 들떠 보일 정도였다.

"아저씨, 얼마예요?"

걸음을 멈춘 혜라가 길가 가판대에 진열된 여러 가지의 스냅백을 가리키며 남자에게 말했다. 그것도 한국말로.

"에?"

"이거, 이거요. 얼마? 머니, 머니!"

손짓, 몸짓, 발짓까지 하는 그녀의 모습을 뒤에서 우두커니 보던 진헌에게서 피식 실소가 새어 나왔다.

한참을 남자와 실랑이를 하던 혜라는 결국 마음에 드는 모자를 구입했다. 그녀는 거울에 얼굴을 이리저리 비춰 보며 연신 싱글벙글이었다.

간단한 쇼핑을 끝낸 혜라가 다시 발걸음을 옮겼다. 진헌 역시 그녀의 뒤를 따랐다.

진헌이 보는 그녀는 한 학기 동안 죽어라 아르바이트를 해서 번 돈으로, 배낭 하나 짊어지고 여행을 온 대학생처럼 보였다. 실제로 그녀의 여행은 대학생처럼 소박했다.

길거리에서 파는 작은 액세서리들에 눈을 떼지 못했고 로컬 푸드에 연신 맛있다며 알아듣지도 못할 홍콩 사람을 붙들고 한국말로 감탄했다. 그리고 여느 여대생처럼 셀카봉을 들고 자신의 모습을 찍기에 바빴다.

그녀는, 평범하고 수수했다.

"흠."

나 참, 홍콩까지 와서 모르는 여자 뒤나 쫓고 있군.

무슨 생각으로 괜한 시간 낭비를 하고 있는지, 이해할 수 없는 자신의 행동에 작은 한숨이 새어 나왔다.

"이진헌, 제대로 돌았군."

진헌은 미간을 엄지손가락으로 꾸욱 누르며 눈을 질끈 감았다. 그리고 그녀와 반대쪽으로 몸을 돌렸다.

혜라는 연신 고개를 두리번거리며 길 찾기에 혈안이었다. 눈썹을 찡그리자 그녀의 미간에 주름이 잡혔다.

걷다 보니 그녀는 어느새 번쩍번쩍한 빌딩 숲을 벗어나 있었다. 골목골목 홍콩의 거리는 마치 찍어 낸 것처럼 똑같은 잿빛 집들로 비슷한 풍경을 그리고 있었다. 여행 책자의 지도를 꺼내 들기도 하고, 휴대전화 지도 앱을 만지작거리기도 했지만 영어로 표시된 낯선 나라의 길목을 읽기엔 무리였다.

"여기쯤에서 반대쪽으로 나가야 할 것 같은데……."

혜라는 많이 낡아 금이 간 회색 벽이 주욱 이어진 골목으로 발을 디뎠다.

뜻을 알 수 없는 단어들이 너저분하게 적혀 있는 벽을 바라보며 조금 으스스하다 느낀 그녀였지만, 해가 중천인 대낮이라는 생각에 마음을 놓았다.

"길을 잘못 들었나?"

혜라가 중얼거렸다. 언뜻 보아도 골목은 끝없이 이어졌고 그 끝에 큰길이 나올 것 같진 않았다.

잠시 자리에 우뚝 서서 지도를 보며 고민하던 그녀는 왔던 길을 되돌아가기 위해 얼굴을 들었다. 그 순간.

퍽.

"아!"

둔탁한 소리가 날 정도의 충격에 못 이긴 혜라는 그대로 바닥에 넘어져 주저앉았다. 검정 모자를 푹 눌러쓴 덩치 큰 남자가 그녀의 어깨를 밀친 것이었다.

혜라가 손으로 어깨를 감싸며 얼굴을 들었다.

인상이 날카로워 보이는 남자 두 명이 넘어져 있는 그녀를 내려다보고 있었다.

"이보세요!"

화가 난 혜라가 잔뜩 인상을 쓰곤 일어나 따져 물었다.

"사람을 밀쳤으면, 사과를 하셔야죠!

한국말로 씩씩거리며 말하는 그녀를 가만히 훑어보던 남자는 혜라가 외국인임을 알고는 비릿한 웃음을 지었다. 남자가 쓰고 있던 야구 모자를 더욱 깊게 눌러쓰며 말했다.

"쓰읍."

그가 무슨 말을 하고 있는지 혜라는 알 수 없었다. 그의 말에 고개를 끄덕인 다른 남자가 누런 이를 드러내며 입맛을 다시는 소리가 소름 끼치게 골목에 울렸다.

그때 그녀가 확실히 인지할 수 있던 건, 남자가 자신을 바라보는 눈빛이 매우 서늘했고 그의 목소리가 무척 섬뜩했다는 것뿐이었다.

심상치 않은 기운을 느낀 혜라가 주섬주섬 자리에서 일어나 뒷걸음질 쳤다. 하지만 등 뒤로 남자의 거칠고 둔탁한 두 손이 그녀의 어깨를 강하게 꽉 잡았다. 그리고 혜라의 입을 강제로 막았다.

"읍! 으흑!"

발버둥 쳤지만 건장한 남자의 힘을 이길 순 없었다. 불과 이삼 분이 지났을 뿐이었다. 그녀의 저항이 점점 힘을 잃어 갔다. 혜라의 눈이 천천히 감겼다 떠졌다.

의식마저 희미하게 잃어 갈 때쯤, 다급하게 달려오는 누군가의 발소리가 들렸다. 힘겹게 뜬 눈 사이로 낯선 남자가 거칠게 주먹을 휘두르고 있는 모습을 볼 수 있었다.

그의 뒷모습을 바라보며 혜라의 눈에 눈물이 맺혔다.

"민아⋯⋯."

입 밖으로 힘겹게 뱉어 낸 그 이름을 끝으로 그녀는 의식을 잃었다.

[죄송합니다. 회장님.]

[오, 이런. 아닙니다, 저야말로. 예상보다 회의가 길어졌군요.]

듬직한 풍채와 덥수룩한 턱수염이 매력적이었지만 눈매가 서늘한 중년의 남자가 들어섰다. 진헌은 자리에서 벌떡 일어나 그를 향해 깊게 허리를 숙이며 사과의 인사를 건넸다.

[오는 길에 예상치 못한 일이 생겨 늦었습니다. 실례를 범해 죄송합니다.]

[그럴 수 있죠. 앉으시죠.]

레슬리가 자리에 앉으며 말했다. 그가 자리에 앉는 것을 확인한 후 진헌도 고급 레스토랑의 안락한 의자에 몸을 앉혔다.

진헌은 민성이 잡아 둔 레슬리 회장과의 미팅 시간을 맞추지 못했다. 뒤늦게 그의 회사로 찾아갔지만 이미 회의에 들어간 그를 기다릴 수밖에 없었다.

그래서 진헌은 레슬리의 비서가 안내해 준 접견실에서 한 시간 남짓을 기다렸다. 하지만 생각보다 늦어지는 그의 회의 때문에 진헌은 결국 예약해 둔 레스토랑으로 먼저 자리를 옮겨야 했다.

[코스 요리 어떠십니까?]

[저는 간단히 먹고 싶군요.]

메뉴판을 덮는 진헌의 표정이 살짝 굳었다. 레슬리는 우회적으로 이 자리를 빨리 정리했으면 한다고 말하고 있었다. 애초에 그의 환대까지 바란 건 아니었지만 진헌은 오늘 그와의 만남을 통해 확실한 갑을 관계에 위치해 있음을 다시 깨달았다.

[요즘 건강은 어떠십니까?]

진헌의 형식적인 질문에 레슬리는 빙그레 웃으며 말했다.

"편하게 하죠. 덕분에 잘 지내고 있습니다. 이 회장님은 어떠십니까."

여전히 능숙한 한국말로 대답하는 레슬리를 바라보며 잠시 당황했지만 진헌은 다시 아무렇지 않은 표정으로 덤덤하게 대화를 이어 갔다.

"무탈하십니다. 그렇지 않아도 회장님과 언제 한번 뵙고 싶어 하십니다."

"그렇군요."

묽은 핏기가 서린 스테이크를 나이프로 서걱서걱 썰며 레슬리는 말을 이었다. 부드럽게 씹히는 고기가 퍽 마음에 들었던지 이내 고개를 끄덕였다.

그의 표정을 살피던 진헌이 냅킨으로 입을 살짝 닦아 내며 준비해 둔 서류를 꺼내 그의 앞으로 내밀었다.

"단도직입적으로 말씀드리겠습니다."

예상한 듯 레슬리는 표정 변화가 없었다. 그야말로 완벽한 포커페이스에 진헌은 움찔했지만 티 내지 않고 준비한 멘트를 시작했다.

"지금 준비 중이신 프로젝트, 저희 선진에서 함께하고 싶습니다."

레슬리가 나이프를 놓고 냅킨으로 입을 닦았다. 그는 진헌의 서류를 받아 한 장씩 넘겨 보았다. 민성이 밤새워 준비한 정성이 스무여 장의 사업 계획서에 고스란히 담겨 있었다.

"아직 한국 기업과 일하신 적 없는 거, 알고 있습니다. 하지만 저희 선진 같은 경우 여타의 백화점과 다르게 이미 해외에 진출해 성공한 이력이 있는 그룹입니다. 싱가포르 오차드 로드(Orchard Road)에 있는 저희 백화점, 선진을 아실 겁니다."

진헌은 자신감 있게, 그리고 차분하고 다부진 목소리로 말했다.

"저희 선진은 귀사의 명품 브랜드 R을 위해 그동안 없었던, 새로운 모습의 백화점을 이곳 홍콩에 건설할 계획입니다. 그것은 새로운 홍콩의 랜드마크가 될 것입니다."

가만히 듣고 있던 레슬리가 서류를 덮으며 입을 열었다. 묵직한 목소리에 가볍지 않은 연륜이 묻어났다.

"싱가포르의 선진백화점에는 유명 명품 브랜드들이 대거 입점해 있다는 거, 알고 있습니다. 백화점 입점을 보기 어려운 몇몇 군데의 경쟁사 브랜드도 있었죠. 그 점은 인상 깊었습니다."

레슬리는 말을 멈추고 잠시 턱 주위를 만졌다. 그의 작은 행동 하나하나가 짧은 순간임에도 진헌에게 많은 생각을 하게끔 만들었다.

"R 같은 경우, 백화점에 입점된 전례가 없습니다. 이번 프로젝트 역시 우리 브랜드를 가장 빛내 줄 수 있는, R만의 파트너사를 찾고 있죠. 이 본부장 말처럼 우린 백화점 내에 있는 하나의 브랜드가 아닌, 그곳의 랜드마크가 되길 원합니다."

그의 말을 듣던 진헌의 표정이 밝아졌다. 레슬리가 원하는 부분을 진헌 역시 예상하고 있었기 때문이었다. 그는 자신감에 찬 목소리로 답했다.

"그렇다면 저희가 가장 적합한 파트너사라고 생각이 드는군요."

"물론, 선진그룹. 좋습니다. 하지만 그곳과 홍콩은 다릅니다. 싱가포르 백화점 건설로 인해 아직은 적자를 면치 못하고 있다고 하던데요."

"저희 선진그룹은……."

진헌의 말을 끊으며 레슬리가 물었다.

"선진만큼의 자본력을 가진 기업은 홍콩에선 꽤나 많죠. 굳이 한국 기업에게 맡길 필요는 없다는 말입니다. 그것보다 먼저, 궁금하군요. 해성건설과의 합병 여부 말입니다."

"그건……."

이상한 분위기로 흘러가는 그의 말에 진헌의 표정이 급격히 굳었다. 진헌의 말이 채 끝나기도 전, 레슬리는 확고한 목소리로 말했다.

"저희 그룹에서 처음으로 계획하는 백화점 사업입니다. 그냥 백화점이 아닌, 홍콩에서 가장 크고 화려한 관광지가 될 수 있는, 우리 그룹의 대표가 될 격인 브랜드를 만들 생각이죠."

그는 잠시 숨을 고르고 다시 말을 이었다.

"홍콩에 유입되는 한국 관광객의 수와 수익은 천문학적입니다. 그들의 취향에 맞도록 한국 기업과 이번 프로젝트를 진행할 의향이야 충분히 있습니다. 하지만 선진만으론 부족합니다."

직설적인 레슬리의 말에 진헌의 입술이 삐뚜름하게 말렸다. 그가 하고자 하는 말의 뜻을 알아차렸기 때문이었다.

"하지만, 해성건설과 함께라면 또 모르겠군요."

✳

"으흠."

밝은 불빛에 혜라가 눈을 떴다. 낯선 곳이지만 익숙한 천장이 보였다.

꿈인가.

그녀가 몸을 일으켜 앉았다. 폭신한 침대의 감촉이 유난히 부드럽게 느껴졌다.

마치 아무 일도 없었던 것처럼, 그녀는 자신의 호텔로 돌아와 있었다.

"하아……."

깊은 한숨이 그녀의 입술을 뚫고 나왔다. 다시 털썩 누워 버린 혜라의 눈동자가 허공을 바라보았다.

어떻게 된 일일까.

어떻게 호텔 방에 누워 있을 수 있는지. 어떻게 그 위험에서 벗어날 수 있었는지.

당연히 궁금해야 할 일이었지만 그녀는 궁금하지도, 관심을 가지지도 않았다.

다만, 끝인 줄 알았던 그 순간 갑자기 나타난 낯선 남자의 뒷모습이 자꾸만 떠오를 뿐이었다.

✳

계획대로라면 돌아가는 비행기 안에 몸을 싣고 있었을 테지만, 진헌은 여전히 홍콩이었다. 밤 열한 시. 이미 밖은 어둠으로 짙어져 화려한 홍콩 건물들의 불빛은 마치 별처럼 빛나고 있었다.

형형색색의 홍콩 야경이 한눈에 보이는 고층 건물의 어느 칵테일 바에서 그는 잔에 채워진 얼음이 서걱거리는 소리를 들으며 생각에 잠겼다.

"It's the fourth."

유리컵에 스카치위스키를 담아 진헌 앞에 내민 바텐더는 담담한 목소리로 네 번째 잔임을 알렸다. 독한 술을 쉴 틈 없이 한입에 털어 마시고 있는 그를 걱정하는 것이 분명했다.

하지만 진헌은 그의 잔을 받아 들고 또다시 한입에 술을 털어 넣었다.

'너도 이제 서른다섯이다. 혼인은 해야지.'

'제 결혼은 제가 알아서 하겠습니다.'

'해성건설의 막내딸이다. 뭐가 문제라고 그러는 게냐!'

쌉쌀하고 독한 알코올이 코끝을 시큰하게 만들었다.

홍콩을 떠나오기 전, 인철의 차갑고 냉담한 목소리를 진헌은
잊을 수 없었다.

'결혼이라. 기업과 기업 간의 약속일 뿐이다. 네 어머니와 나
역시 그랬고.'

'남자 이진헌으로서의 삶을 기대하지 마라. 선진그룹의 상속자
로서의 역할을 해.'

진헌은 주먹을 꽉 말아 쥐었다. 인철에게는 차마 내뱉지 못하
고 입 안으로 꾹 삼킨 울분이 울컥 올라왔다.

그의 어머니는 평생을 불행하게 살았다. 낯선 남자들에게 잡혀
정신병원으로 끌려가던 그녀의 절규하는 눈동자를 진헌은 아직까
지도 잊을 수 없었다.

'네가 그 결혼 없이 언제까지 버텨 낼 수 있는지 지켜보마.'

인철의 존재는 진헌에겐 늘 불편한 그늘이었다. 그 그늘은 어디보다 시원하고 쾌적했지만, 안락하진 않았다.

하지만 결국 인철의 말이 또 맞았다.

진헌은 다시 그의 그늘을 불편하지만 찾게 될 것이다. 그 사실이 진헌을 분노하게 만들었다.

"One more."

바텐더가 내민 위스키를 또다시 털어 마셨다. 이젠 쓰다는 느낌도 독하다는 느낌도 들지 않았다.

그가 묵직한 한숨을 들이쉬고 있을 때였다. 귓가에 맑고 낭랑한, 어느새 익숙해진 목소리가 들렸다.

"캐비어 크로스티니. 그리고 또…… 아, 와인! 여기서 제일 비싼 와인으로 주세요."

메뉴판을 손가락으로 짚으며 그녀는 이곳에서 가장 고가의 안주와 와인을 당당하게 한국말로 주문했다.

"어?"

그리고 그 순간, 진헌은 그녀와 눈이 마주쳤다.

언제나 예기치 않은 순간에 황당한 행동으로 호기심을 유발하는 그녀의 눈을, 진헌은 무슨 생각에서인지 피하지 않고 한동안 바라보았다.

"안녕하세요!"

혜라가 환하게 미소 지었다. 그제야 진헌은 정신이 번쩍 들었다.

알은척하고 싶지 않았던 진헌이 아무 일도 없었다는 듯이 애써 시선을 피했지만, 이미 늦었다. 그녀가 진헌의 곁으로 다가와 이미 털썩 자리를 잡고 앉았기 때문이었다.

"여기서 또 뵙네요!"

"네."

"관광은 재밌게 하셨어요?"

진헌은 피식하고 웃어 버렸다. 그러자 어리둥절한 표정으로 혜라가 그를 바라보았다.

관광이라니. 그녀처럼 재기발랄한 단어 선택이었다.

때마침 혜라가 주문한 캐비어 크로스티니와 와인이 준비되었다. 혜라는 카메라를 꺼내 예쁘게 사진 한 장을 찍더니 만족스러운 미소를 지었다.

"흐음."

하지만 캐비어의 맛은 마음에 들지 않는 모양이었다. 이게 무슨 맛인가 한참을 골똘히 생각하는 듯 그녀의 표정이 묘하게 일그러졌다.

참 재밌는 여자였다.

혜라는 자신의 감정이 표정에 그대로 드러나는 사람이었다. 악의 없이 밝은 기운을 가진 여자.

적어도 진헌은 처음이었다.

그의 주변엔 늘 감정을 숨기는 사람들과 목적을 가진 사람들뿐. 가장 가까운 사이라 생각하는 민성마저도 진헌에게 감정을 표정으로 드러내는 법이 없었다.

그래서였을까. 아니면 다섯 잔이나 연거푸 마신 위스키 탓일까.

그녀가 궁금해졌다. 이 감정을 참을 수 없을 만큼.

"당신."

"저요?"

낮게 깔린 진헌의 목소리가 들렸다. 혜라는 얼굴을 돌려 그를 바라보았다. 그의 옷깃에서 꽤 독한 술 냄새가 풍겼지만 꼿꼿한 자세와 단정한 스타일은 아침과 다름이 없었다.

"정체가 뭡니까?"

정적이 흘렀다. 뱉어 놓고 아차, 싶어 진헌은 입을 꾹 다물었고, 그의 질문이 무슨 뜻인지 몰라 혜라는 눈을 동그랗게 뜨고만 있었다.

그리고 그 침묵을 먼저 깬 건 그녀였다.

"혜라예요. 장혜라."

제 정체를 묻는 남자에게 대답할 수 있는 최선의 답변은 무엇일까.

여행지에서 낯선 남자와의 대화. 상상해 본 적은 있지만, 그 분위기가 이렇게 서먹하리라곤 생각하지 못했던 혜라였다.

혜라는 진헌을 멍하니 바라보았다. 진헌 또한 혜라를 가만히 지켜보았다. 그리고 잠시 후, 그가 웃었다.

"풉. 하하하."

그것도 매우 유쾌하게 웃기 시작했다.

뭐가 그리 재미있었던지 날카롭게만 보였던 진헌의 눈매가 반달처럼 휘어졌다. 경계심 가득하고 딱딱했던 그가 표정을 풀고 어린아이처럼 웃고 있었다.

"그런 뜻은 아니었습니다만."

"네?"

"이진헌입니다."

진헌은 한결 부드러운 표정으로 혜라를 바라보며 말했다. 그제야 혜라 역시 환하게 웃으며 고개를 끄덕였다.

4. 낯선 설렘

혜라와 진헌 앞으로 빈 와인 병이 하나둘씩 늘어났다. 몇 잔째
라며 알려 주던 상냥한 바텐더의 목소리도 잊힌 지 오래였다.

"일 때문에 오셨구나아."

말끝을 길게 늘이며 말하는 혜라의 얼굴은 이미 말갛게 상기되
어 있었다.

"그런데 그게 잘 안 된 거구나아."

그리 즐거운 일도 아닌데 그녀는 해맑게 웃으며 말했다.

이성적이던 진헌의 머릿속도 이미 술기운이 지배한 지 오래였
다. 표정은 한결같이 무뚝뚝한 무표정이었지만 그녀의 말에 느리
게 고개를 끄덕이며 대꾸해 주고 있었다.

"아기네, 아기야."

혜라는 검지를 척 하고 들더니 이리저리 흔들며 말했다.

진헌의 눈썹이 꿈틀거렸다. 자신을 보며 아기라 말하는 그녀가 몹시 못마땅한 듯 진헌의 얼굴에 감정이 여실히 드러났다.

"잘못했습니다. 다음에는 잘하겠습니다."

그녀는 배꼽에 공손이 두 손을 올려 허리를 꾸벅 숙이며 말했다.

"돌아가서 말하면 되지, 그걸 못 해서 이렇게 술이나 먹고오."

자신을 향해 보이는 그녀의 정수리가 꽤나 귀여워 피식 웃던 진헌이 잔에 남은 와인을 한숨에 들이켜며 속삭였다.

"누구에게나 다음이라는 기회가 있는 건 아닙니다."

꽉 잠긴 진헌의 목소리에 혜라가 고개를 돌려 그를 바라보았다. 그의 표정은 변화 없었지만 목소리는 슬퍼 보였다.

"하지만 진헌 씨는 잘할 수 있는걸요."

낭랑한 혜라의 목소리에 진헌이 고개를 들어 그녀를 마주했다.

'잘할 수 있다.' 라는 말은 아무런 영양가가 없었다. 이미 엎어진 물에 대고 '다음엔 쏟지 않으면 돼.' 하고 타이르는 말과 같았다.

하지만 기분이 묘했다. 그녀의 그 말은 어릴 적 어머니에게서 들었던 상냥한 목소리를 떠올리게 했다.

"될 때까지 하는 거예요. 기회는 누구에게나 얼마든지 있으니 결과가 어떻든 상관없어요. 후회만 남지 않으면 되는 거니까."

진헌은 커다란 무언가로 뒤통수를 맞은 느낌에 눈이 번쩍 뜨였다. 위로였다. 작고 가녀리게만 보이는 그녀는 참 야무지고 다부지게 말했다.

물론 그녀의 말은 제 또래에게 어울릴 법한 위로였다. 취업과 연애가 가장 큰 고민인 젊은 청춘들에게, 열 번 찍어 넘어가지 않는 나무 없으니 열심히 해 보라는 말.

"그렇군요."

그럼에도 불구하고 진헌의 마음이 몽글몽글해지기 시작했다. 극도의 불안과 패배감에 휩싸여 뾰족해졌던 마음이 그녀와의 대화로 인해 조금씩 풀어지고 있었다.

"혜라 씨는 어떻습니까?"

"저요?"

궁금했다.

출장 내내 진헌의 눈에 띄던 혜라였다.

해외여행을 처음 와서 들뜬 대학생 같다가도, 최고급 스위트룸과 값비싼 음식 비용을 지불하며 혼자 여행을 하는 그녀의 정체가.

"무슨 기회로 홍콩에 오게 됐습니까?"

정말 로또인가?

참을 수 없었던 진헌의 호기심이 해소되는 순간이었다.

"저는……."

와인 잔 끄트머리를 바라보던 혜라의 시선이 점점 차올랐다.

"정리하러 왔어요."

진헌의 눈을 마주한 그녀의 큰 눈망울은 티 없이 맑고 깊었다.

"죽으러 왔거든요."

✱

    홍콩 침사추이의 넓은 전경이 보이는 창 너머로 눈부신 햇살이 비쳐 들었다. 햇살은 진헌의 눈썹을 만지작거리다 흘러내려, 그의 매끈하고 넓은 어깨 언저리를 간지럽혔다.

    따뜻한 온기가 그의 가슴팍 근처를 맴돌았지만, 그 느낌은 전혀 신경 쓰이지 않을 정도로 머리가 아팠다. 그리고 속이 미친 듯이 아려 왔다.

    눈을 뜨고 싶지만 제대로 뜰 수조차 없었다. 진헌은 팔을 들어 제 이마를 묵직하게 눌렀다.

    '정리하러 왔어요.'

    '죽으러 왔거든요.'

    사부작사부작. 이불의 부드러우면서도 까칠한 촉감이 그대로 피부에 닿았다. 아직도 혜라의 낭랑한 목소리가 귓가에 울리는 것 같았다.

    그 여자는 대체, 제정신인가?

    옅은 미소를 띠고 차분히 말하던 그녀의 얼굴이 아른거리자 진헌은 벌떡 몸을 일으켜 세워 앉았다.

    그리고 그 순간.

    "으음."

    낯선 이의 나른한 음색에 진헌은 머리털이 삐죽 솟아올랐다.

빠르게, 하지만 몸의 움직임을 최소화하며 진헌은 시야를 돌렸다.

제 옆에, 커다란 무언가가 이불 속에 꽁꽁 숨겨져 있었다.

꿀꺽.

마른침을 삼키며 진헌은 새하얀 이불의 끄트머리를 조심스럽게 말아 쥐었다.

스르륵 내려간 이불 속.

머리가 깨질 것 같은 두통의 원인이었던 그녀가 새근새근 고른 숨을 내쉬고 있었다.

"하."

순간 진헌의 입술에서 안도의 한숨이 새어 나온 건, 머리부터 발끝까지 어제 그 모습 그대로 누워 제 몸보다 더 큰 진헌의 와이셔츠를 입고선 뒤척이고 있는 혜라의 모습 때문이었을까.

아니면 죽겠노라 당당히 말하던 그녀가 자신의 옆에서 무사히 살아 숨 쉬고 있음을 보았기 때문일까.

몇 초간 멍한 표정으로 진헌은 혜라를 바라보았다.

눈 화장이 번져 있는 그녀의 부은 눈과 예쁘게 말려 올라간 긴 속눈썹이.

잡티 하나 없이 투명한 하얀 피부가.

한껏 웅크리고 있는 그녀의 작은 몸이.

묘한 기분이 진헌을 감쌌다. '낯설다.' 라는 말이 가장 어울릴 것 같았다.

피식하고 진헌의 입꼬리가 호를 그리며 올라갔다. 그는 조심스럽게 몸을 움직여 침대 밑으로 다리를 움직였다.

진헌이 일어서자 그의 몸을 감싸고 있던 이불이 스르륵 침대 위로 쏟아졌다. 탄탄한 등근육과 바짝 올라간 엉덩이가 인상적인 그의 구릿빛 뒤태가 햇살에 반짝이며 빛났다.

그대로 욕실로 향한 진헌은 시원한 물줄기에 눈을 질끈 감았다. 어렴풋이 어제의 마지막이 기억나는 것도 같았다.

둘 다 몸을 가누지 못할 정도로 취해 비틀거리며 웃고 떠들던 기억이 생생했다.

시원한 물줄기에 한껏 오른 열이 진정되는 기분이었지만 그의 머릿속 물음표는 여전했다.

'난 왜 다 벗고 있고, 저 여잔 왜 내 옷까지 껴입고 있는 거야?'

샤워를 끝낸 진헌이 새하얀 타월로 허리를 감싸고 나왔다.

시원하게 드라이기로 머리를 말리고 싶었지만 시끄러운 소리가 마음에 걸렸다. 진헌은 물기 머금은 짧은 머리카락를 손으로 탈탈 털어 내며 혹여 혜라가 깨진 않았나 침실 쪽으로 시선을 돌렸다.

"일어났어요?"

하지만 전혀 예상치 못한 곳에서 울린 여자의 목소리에 진헌이 화들짝 놀라며 뒤를 돌았다.

언제 룸서비스를 시켰는지 그녀는 푹신한 소파에 앉아 연어가 올라간 신선한 샐러드를 먹고 있었다.

"오늘은 여기 가 보려고요."

싱긋 웃으며 다가온 그녀는 늘 가지고 다녔던 여행 책자를 펼쳐 진헌의 앞으로 가져와 불쑥 내밀었다.

'이 여자야, 나 벗고 있다고.'

진헌의 당황스러운 외침은 안타깝게도 혼자만의 마음속 아우성이었다.

"어? 진헌 씨 허리에 흉터가 있네요? 아팠겠어요. 언제 다친 거예요?"

"……."

걱정 반, 호기심 반으로 물어보는 그녀의 목소리에 진헌은 굳어진 얼굴로 묵묵부답이었다. 민망해할 법도 한데 혜라는 여전히 들뜬 표정으로 신나서 떠들어 대고 있었다.

"진헌 씨 옷은 여기 벗어 놨어요. 세탁해서 주고 싶은데, 이거 손빨래해도 되는 거예요?"

그녀의 손가락이 향한 곳으로 시선을 돌렸다. 침대 끄트머리에 예쁘게도 접어 둔 그의 흰 와이셔츠였다.

"됐습니다."

세탁이라. 괜히 얽히고 싶지 않아 진헌은 무심하게 대답하며 머리의 물기를 마저 털어 내었다. 부끄러움이란 게 없는 여자였다. 이정도면 민망해서라도 급히 제 호텔방으로 올라갈 법도 한데 혜라는 열심히 음식을 먹으면서 진헌의 뒤통수에 대고 참새처럼 조잘대고 있었다.

"영화 중경삼림 봤어요? 진헌 씨 세대 영화라 봤을 것 같은데."

진헌 씨?

이름을 부르는 것도 못마땅한데 '진헌 씨 세대의 영화'란 소리는 더욱 못마땅했다. 그는 심하게 눈썹을 꿈틀거렸다.

"왜, 양조위가 터벅터벅 걸어와서 경찰모를 벗고 머리카락을 딱! 쓸어 올리는 장면 있잖아요. 미드레벨 에스컬레이터를 보러 갈 거예요. 전 세계에서 가장 긴 에스컬레이터래요. 신기하죠?"

내 이름을 왜 저렇게 다정히도 부르고 있는 거지? 도대체 기억에서 사라진 어젯밤 무슨 일이 있었던 걸까.

통성명을 한 것까진 기억이 나지만 이렇게 친해질 정도로 친목도모를 한 것 같지 않은 느낌에 진헌이 고개를 갸웃거렸다.

"진헌 씨, 같이 갈래요?"

혜라의 목소리가 닿은 진헌의 귓불이 뜨거워졌다.

정말 내가 기억하지 못하는 또 다른 일이 있었던가.

여행지에서의 베스트 프렌드가 된 듯한 그녀의 상냥한 말투에 진헌의 머릿속은 복잡해졌다.

하지만 나쁘지 않았다.

자신을 이름을 아무런 거리낌 없이 부르는 맑고 청아한 그녀의 목소리가.

5. 특별한 휴가

혜라는 여행 책자를 손에서 놓는 법이 없었다.

필요한 정보가 깔끔하게 정리된 책의 소개대로 그녀는 진헌보다 몇 발자국 앞서 걸으며 안내했다.

택시를 타는 게 훨씬 편할 테지만, 혜라는 굳이 진헌을 지하철역과 버스 정류장으로 안내했다. 진헌 역시 그녀의 여행 스타일에 불만을 표하진 않았다. 홍콩에 자주 왔지만 그가 아는 곳이라곤 호텔과 몇몇 미팅을 했던 기업의 위치밖에 없었다.

걷고 또 걷고, 지도를 잘못 봐 왔던 길을 되돌아가기도 했지만 진헌은 그녀를 보채지도 않았고, 어떠한 질문도 하지 않았다.

"우리 저거 먹어 볼래요?"

"그러죠."

한참을 걷다가 혜라는 고소한 냄새를 풍기는 베이커리 앞에 멈쳐 섰다. 한적한 골목에 붉은색 낡은 간판을 걸고 있는 가게 안엔 노란 병아리 같은 에그타르트가 줄지어 서 있었다.

"음, 맛있다. 진짜 맛있죠?"

"그러네요."

그녀는 개당 5달러짜리의 에그타르트를 2개 구입해 진헌과 함께 하나씩 나눠 먹었다. 진헌은 걸음을 늦춰 한 발자국 뒤에서 그녀의 옆모습을 바라보며 낯선 홍콩 거리를 걸었다. 입 안을 가득 채우는 달달한 타르트의 맛이 마치 제 기분인 양 달콤한 느낌마저 들었다.

혜라 역시 홍콩의 에그타르트 맛에 반한 모양이었다. 작은 입으로 오물거리며 어찌나 잘 먹던지. 그 모습이 귀여워 진헌이 처음으로 먼저 입을 열었다.

"몇 개 더 포장해 가겠습니까?"

"뭘요?"

"타르트 말입니다."

"음……."

걸음을 우뚝 멈춘 혜라가 잠시 고민하더니 씁쓸하게 미소 지으며 고개를 내저었다.

"필요 없을 것 같아요."

진헌은 그녀의 말에 대답하지 않았다.

혜라는 천천히 아껴 먹던 타르트를 한입에 쏙 넣어 먹고는 손을 털었다. 그리고 곧 옆구리에 끼고 있던 여행 책자를 다시 들었다.

「죽기 전에 꼭 가 봐야 할 여행지, 럭셔리 홍콩 여행 편」

그제야 혜라가 애지중지 손에서 놓지 않았던 책의 제목이 진헌의 눈에 또렷이 들어왔다.

꿈이 아니었다. 저 여자에게 다음은 없는 것이다.

홍콩의 거리는 무척 이채로웠다.

진헌이 호텔에서 바라만 봤던, 높은 빌딩이 가득한 거리의 화려한 홍콩은 그곳에 없었다. 오히려 소박하고 수수한 모습의 거리가 있을 뿐이었다. 사람들의 생기 넘치는 움직임이 한국과 다를 바 없는 시장 거리, 그 길을 지나자 세상 모든 골동품이 몰려 있는 것만 같은 특이한 골동품 상점들.

가는 길 내내 혜라는 웃음이 끊이질 않았다. 아기자기 예쁜 소품들을 만지작거리며 이리 보고 저리 보고.

하지만 그녀는 물건을 구입하진 않았다.

"이쯤인 것 같은데……."

대신 그녀는 미드레벨 에스컬레이터를 찾는 데에 열을 올렸다. 가는 내내 여자들이 좋아할 법한 아기자기한 볼거리들이 가득한 소호 거리를 지나쳤지만 한눈팔거나 방향을 틀진 않았다. 그녀의 목적지는 확고했다.

그곳을, 그 자리를 가고 싶어 했다.

"찾았다! 진헌 씨, 여기예요. 여기!"

상행으로 움직이고 있는 에스컬레이터가 시작되는 입구 앞에서 혜라가 펄쩍펄쩍 뛰며 기뻐했다. 혜라는 그곳을 찾기 위해 매우 많은 공을 들였다. 진헌 역시 그녀가 그곳을 찾는 것에 힘을 보탰다. 그는 이유는 알 수 없었지만 그녀에게 꽤 중요해 보이는 그 장소를 찾아가는 과정에 따로, 또 함께 동행해 주었다.

방향을 몰라 헤맬 때도, 길거리 노점상에 눈길을 뺏겨 있을 때도. 그는 그저 옆에서 묵묵히 기다렸다. 함께 나선 길이었지만 그것은 온전히 혜라의 여행길이었고, 진헌은 그녀의 뒤에서 한 발짝 물러서 있었다.

보통 말을 시작하는 것은 혜라였다. 그녀가 입을 열지 않으면 진헌은 먼저 말하지 않았다. 그들의 목적지였던 미드레벨 에스컬레이터에 도착해서도 마찬가지였다.

먼저 말을 꺼낸 건, 역시 그녀였다.

"여기 꼭 오고 싶었어요."

진헌은 에스컬레이터를 가만히 올려다보았다. 홍콩의 관광지치고는 화려하지도, 그렇다고 볼거리가 많은 곳도 아니었다. 고지대에 사는 사람들을 위한 일종의 교통수단으로 만든 에스컬레이터. 흔하디흔한 그 에스컬레이터가 800m 길이로 길게 이어져 있을 뿐인 길이었다.

"진헌 씨는 그런 거 없어요?"

언덕에 놓인 긴 에스컬레이터를 바라보던 혜라가 입을 열었다.

"노래 같은 거 있잖아요. 어떤 노래를 들으면 그 노래를 듣던 그 상황이 생각나요."

혜라의 조곤조곤한 목소리를 들으며 진헌도 생각했다.

나에겐 어떤 노래가 그런 역할을 하고 있나.

"계절이 바뀌면 바람 냄새가 바뀌잖아요. 전 가을바람 냄새를 가장 좋아해요. 그 냄새를 맡으면 생각나는 날이 있거든요."

바람에도 냄새가 있던가.

아무리 기억해도 진헌은 떠오르지 않았다. 하지만 지금의 이 냄새는 기억할 수 있을 것만 같았다.

그의 앞머리를 흐트러뜨리는 잔잔한 홍콩의 바람은, 알싸한 박하 향이 났다.

"그 영화를 참 좋아했거든요."

혜라가 에스컬레이터에 발을 올렸다. 느리지도 빠르지도 않은 속도로 긴 에스컬레이터는 쉼 없이 거리의 언덕을 거슬러 올라갔다. 에스컬레이터 아래로 아기자기한 카페와 상점들이 이어지다, 더 높은 언덕을 넘자 낡은 빌라들이 나타났다.

"여자 주인공이 짝사랑하는 남자 집을 보기 위해서 이곳을 찾아요."

그녀는 스쳐 가는 풍경을 바라보며 말했다.

알게 된 지 얼마 안 되는 시간이긴 했지만, 지금 혜라가 짓는 것 같은 묘한 표정은 처음이었다. 입은 미소를 그리고 있었지만 눈은 금방이라도 눈물을 떨어뜨릴 것만 같았다.

"이유가 뭡니까."

주어도, 목적어도 없는 질문이었다.

이곳을 찾은 이유가 무엇인지, 아니면 그 영화를 좋아하는 이유가 뭔지. 그것도 아니면, 왜 죽으려 하는지.

진헌이 말한 그 질문엔 수많은 의미를 담을 수 있었지만, 혜라의 대답은 한 가지밖에 없었다.

"잠깐 앉죠."

에스컬레이터는 길의 꼭대기 전망대에서 멈췄다. 대답 없는 혜라에게 진헌은 거리가 한눈에 보이는 그곳의 작은 벤치를 가리켰다.

해가 뉘엿뉘엿 지기 시작하는 저녁 무렵. 사람들은 여유롭게 발길을 돌리고 있었다. 그 속에서 시간이 멈춘 것처럼 둘은 나란히 앉아 어딘지 모를 곳을 응시하고 있었다.

"사랑하는 사람이 있었어요."

꿀꺽.

진헌은 마른침을 삼켰다. 생각보다 혜라의 목소리는 담담했고 오히려 낭랑했다.

"그런데, 제가 차였어요."

기대보단 평범한 이야기에 진헌의 머릿속에 물음표는 더욱 진해졌다.

"헤어졌는데, 포기가 안 됐어요. 매일같이 그 사람 집 앞을 서성였어요. 혹시라도 마주칠까 봐. 받지도 않는 전화에 수없이 메시지도 남겼어요. 혹시라도 답을 해 줄까 봐."

그리고 점차 혜라의 표정은 어두워졌다.

"그런데, 그 사람이 너무나 감쪽같이 사라졌어요. 아무 데서도 그 흔적을 찾을 수 없었어요."

헤어진 연인의 연락에 진절머리가 난 남자가 연락처를 바꾸고 사라졌다.

전헌은 뻔하디뻔한 스토리라 생각하려던 찰나였다.

"처음부터 없던 사람처럼. 그 사람의 존재를 아무도 기억해 주지 않았어요."

✳

호텔로 돌아온 진헌은 입고 있던 흰 셔츠의 단추를 거칠게 풀고 테이블에 놓여 있던 스카치를 유리잔에 쏟아 냈다.

벌컥, 벌컥.

목이 타들어 가는 느낌이 고통스러웠지만, 이상스럽게 묘한 기분을 떨쳐 낼 수 없었다.

"뭐가 뒤틀린 거냐. 이진헌."

만날수록 혜라는 생각보다 속을 알 수 없는 사람이었다. 공항에서 그녀를 만났을 때 진헌은 그저 티 없이 해맑고 쓸데없이 시끄러운 여자로 생각했다. 하지만 직접 겪어 본 그녀는 진헌에게 항상 물음표를 남겼다.

그녀는 처음 만난 타인인 자신에게 생각보다 많은 부분을 오픈했다. 하지만 정작 가장 중요한 그 무언가는 그에게 철저하게 숨겼다. 확실하게 선을 긋고 있음을 진헌 역시 느낄 수 있었다.

진헌은 휴대전화를 들고 익숙한 번호를 찾아 통화 버튼을 눌렀다.

"접니다."

— 네, 본부장님.

늦은 시간인데도 불구하고 민성의 목소리는 변함없이 단정했다.

"그 여자, 조사 좀 해 주십시오."

진헌은 홍콩의 거리를 해맑게 웃으며 걷고 있는 혜라의 사진을 그의 메일로 보냈다.

민성은 홍콩 출장의 결과물이나 돌아오는 항공 일정이 아닌 한 여자의 사진을 받았다. 보통 때와 같았다면 군말 없이 그의 요청을 처리했을 민성이었다. 하지만 그는 처음으로 진헌에게 이유를 물었다.

— 무슨 이유이십니까?

예상치 못한 민성의 질문에 진헌은 순간 말문이 막혔다. 사실 이유를 생각해 본 적이 없었다. 처음 본 그녀의 우울한 표정 때문에? 그것도 아니면 자신에게 갑자기 무언가를 숨기고 있는 그녀가 괘씸해서?

하나만 꼽을 수 있는 이유는 없었다. 말할 수 없는 복잡한 감정이 진헌의 기분을 언짢게 만들었다.

"이유가 필요합니까? 되도록 빨리 처리해요."

진헌은 날카롭게 쏘아붙이며 민성을 채근했다.

"전부. 나이, 사는 곳, 가족 관계 등등 알 수 있는 정보 모두 다."

민성은 간결하지만 무거운 요구 사항을 말하는 진헌의 목소리에 곧바로 대답하지는 않았다. 질문을 던진 이후 내내 침묵하던 그는 어쩐지 잠시 망설이는 듯했으나, 이내 특유의 사무적인 목소리로 덤덤하게 입을 열었다.

— 메이린 장. 스물다섯. 레슬리 장 회장의 알려지지 않은 사생아입니다.

6. 잔인한 연애

　호텔로 돌아온 혜라는 말끔하게 샤워를 한 후 화장대에 앉았다. 새하얀 피부가 오늘따라 더욱 창백하게 보였다.

　촉촉하게 젖은 머리카락 끝에 물방울이 맺히다 떨어졌다. 차가운 감각이 실오라기 하나 걸치지 않은 그녀의 허벅지 위를 톡톡 건드렸다.

　"화장하는 거 싫어했지만, 오늘은 그래도."

　혜라는 파우치에서 몇 안 되는 메이크업 도구를 꺼내 평소보다 진한 화장을 하기 시작했다. 한 번도 사용해 본 적 없는 화려한 붉은 립스틱 색깔이 영 어색한지 표정을 찡긋거렸다.

　색조 화장을 끝낸 그녀는 마무리로 손목에 투명한 오일을 두어 방울 떨어뜨렸다. 오일이 그녀의 피부에 닿는 순간 온 방 안을 장미꽃 향기가 가득 채웠다.

숨을 삼키며 깊게 눈을 감았다 뜬 혜라의 시선이 침대 위로 향했다. 그곳엔 옷장에서 꺼내 둔 블랙 미니 원피스가 덩그러니 놓여 있었다.

생의 마지막이 초라한 모습으로 기억되고 싶지 않아 꽤 오래전 큰맘 먹고 장만한 드레스였다. 혜라는 침대로 다가가 원피스를 집었다.

"아직 어울릴까?"

잠시 생각하던 혜라의 입술에서 실소가 새어 나왔다. 어울리고, 안 어울리고가 무슨 소용이 있을까. 마음을 놓아 버리자 한결 수월하게 옷을 갈아입을 수 있었다.

"금고에 맡겨 둔 물건을 찾고 싶은데요."

옷을 갈아입은 혜라는 로비로 내려가 호텔 매니저를 찾았다. 그는 환한 미소로 고개를 끄덕인 후 혜라를 VIP룸으로 안내했다. 크리스털로 장식된 샹들리에가 우아한 불빛을 머금고 있는 곳이었다.

매니저는 곧 호텔 전용 금고에서 작은 상자를 꺼내와 그녀에게 건넸다.

"확인해 보십시오."

"네, 맞아요. 감사합니다."

매니저는 허리를 숙이며 잔잔한 미소와 함께 밖으로 나섰다. 혜라는 제 손 위에 있던 상자를 열었다.

진주 목걸이였다.

비행기에서 구입한 후 단 한 번도 열어 보지 않고 호텔에 오자

마자 금고에 맡겨 두었던 그것을 혜라는 그제야 마주했다. 원피스와 같은 의미로 구입한 목걸이였다. 전혀 어울리지 않아 가질 수 없는 물건이었지만 한 번쯤은 반짝반짝 빛나 보고 싶었다. 멍하게 손바닥 위에 있는 상자를 바라보며 혜라는 터벅터벅 VIP룸을 걸어 나갔다.

어색한 옷, 불편한 목걸이를 손에 들고 방으로 돌아온 혜라는 진주 목걸이를 목에 걸고 전신 거울 앞에 서서 천천히 제 모습을 훑어보았다.

화려한 화장, 격식을 갖춘 드레스, 비싼 액세서리.

"완벽하네."

과하지도 모자라지도 않을 만큼, 참 예쁜 모습이었다.

그녀의 말대로 완벽했다.

"보고 싶어. 많이."

두 눈을 지그시 감은 그녀의 뺨에 눈물 한 방울이 타고 흘렀다.

5년 전.

스산한 날씨였다. 핏기 없는 낙엽이 떨어지는 가을은 봄의 온기도, 여름의 열기도 남아 있지 않았다.

사연 없는 죽음은 없다.

그곳도 마찬가지였다. 갖가지 저마다의 사연들은 서러운 통곡으로 변해 있었다.

"최석호입니다."

말끔한 검은색 정장 차림의 남자가 장례식장에 들어섰다. 오고 가는 사람 하나 없는 텅 빈 빈소를 지키며 주저앉아 있던 혜라는 낯선 이의 목소리에 겨우 고개를 들었다.

차가운 은색 안경테 너머로 보이는 눈매는 몹시 매서웠다. 그는 잠깐의 묵념조차 없었다. 고인에 대한 애도와 추모 따윈 없었다.

"유감스럽지만, 회장님은 오늘 급한 일정이 있어 조문하지 못하십니다."

사람이 죽었다.

"이것보다 더 중요한 일정이, 있을 수 있나요?"

어머니가 죽었다. 한때는 자신이 사랑했던 여자가 갑작스러운 교통사고로 목숨을 잃었다.

"전 정말 아버지를!"

"말씀 조심해 주십시오."

남자는 주위의 눈치를 살피며 그녀를 제지시켰다. 정확히는 그녀가 내뱉은 '아버지'란 말을 나무랐다.

울컥.

뜨거운 무언가가 혜라의 가슴을 꽉 막았다.

"……이해할 수 없네요. 회장님을."

하지만 그녀는 아무런 반박을 할 수 없었다. 그저 아랫입술을 질끈 씹으며 고개를 돌렸다.

뭐가 그리도 행복한지. 걱정 없이 환하게 웃고 있는 어머니의 영정 사진이 보였다. 꾹 참고 있던 서러움을 결국 터트리고 만 스무 살의 혜라는 소리 없는 눈물을 하염없이 흘렸다.

"홍콩으로 들어오시죠."

기계처럼 딱딱한 남자의 목소리가 혜라의 등 뒤로 꽂혔다. 그녀의 작은 어깨가 떨리든, 말든 남자는 신경 쓰지 않았다.

"회장님께서 곁에 있길 바라십니다. 지낼 곳은 이미 준비되어 있고, 하고 싶은 일이 있다면 지원하시겠다고 하셨습니다. 공부도 괜찮고, 사업도 좋겠군요."

"그만하세요, 최 변호사님."

혜라는 남자를 똑바로 바라보았다. 뺨을 타고 흐르는 눈물은 추호도 보이기 싫어 부릅뜬 그녀의 눈엔 빨간 실핏줄이 터져 있었다.

석호의 시선이 혜라에게로 향했다. 주먹을 꽉 말아 쥔 그녀의 손이 떨리고 있음을 느낄 수 있었다. 혜라는 가슴속에 맺힌 응어리를 최대한 누르며 겨우 말을 뱉었다.

"잘 아시잖아요. 우리가 그 지옥 같은 시간을 어떻게 버텼는지."

혜라 말이 맞았다. 석호는 누구보다 모녀의 삶을 가까이서 지켜본 사람이었다.

"그분에게 유일한 오점이 행여나 짐이 될까 봐! 우리 그렇게 살았으면…… 그 정도면, 충분하지 않나요?"

참아 보려 했지만 도무지 울컥 올라오는 서러움을 숨길 수 없었다. 혜라는 눈물범벅이 된 채로 뒤돌아 달렸다. 등 뒤로 그녀의 이름을 부르는 석호의 목소리가 들리지 않을 때까지. 그 모습은 도망쳤다는 말이 오히려 맞았다.

단 한 번도 그의 말을 거스른 적이 없었다. 숨어 살라 하여 숨어 살았다. 아는 사람이 생기거나 이웃과의 교류가 단 한 번이라도 생기면 어김없이 석호는 모녀를 찾아왔다.

그리고 소리 소문 없이 짐을 챙겨 또 다른 보금자리를 찾아 떠나야만 했다. 모녀의 삶은 그랬다. 고립되어 있었고 언제나 감시를 받았어야 했다.

스르륵.

한참을 달려가던 혜라는 어딘지 모를 병원 복도 벽에 기대어 그대로 주저앉고 말았다. 온 힘을 다해 버티고 서 있던 그녀의 다리가 힘없이 무너지자, 그녀가 버텨 온 모든 것이 함께 무너지기 시작했다.

어머니가 사랑한 남자는 여느 평범한 남자였다. 가난했지만 올곧은 신념을 가진 남자였다고 그녀는 잠결에 칭얼거리는 어린 혜라를 품에 안고 등을 쓰다듬으며 늘 말했었다.

고아원에서 만난 두 사람이었다. 오누이처럼, 연인처럼.

가정을 만들어 남들과 같은 보통의 울타리 속에서 가족이 되고 싶었다. 그녀의 꿈이라면 단 하나 그것뿐이었다.

하지만 남자는 달랐다.

감정을 추스른 혜라가 옥상으로 발을 옮겼다.

만감이 교차했다. 그 어떤 절망과 외로움의 단어를 붙여 보아도 혜라의 마음을 대변할 만한 말은 없었다.

옥상 난간에 아슬아슬하게 서서 발아래를 내려다보는 그녀의 시선 밑으로 많은 사람들의 울음소리가 가득했다.

"엄마……."

하지만 혜라는 눈물조차 흘릴 수 없었다.

그녀에게 단 하나밖에 없었던 가족, 어머니의 죽음은 사연이 없었다.

혜라는 눈을 질끈 감았다 떴다.

장례식장이 있는 병원 옥상 난간에서 내려다보는 이곳은 스산했다.

여기서 떨어지면 어떨까. 주차되어 있는 자동차 위로 떨어지게 될까. 딱딱한 아스팔트 위에 튕겨 나갈까.

혜라는 크게 숨을 들이마셨다. 입고 있었던 검은색 상복 치마저고리가 바람에 흩날렸다.

"이기적이네."

그때였다. 낮은 중저음의 단정한 목소리가 들렸다. 놀란 혜라가 뒤돌아보기도 전에 거칠고 억센 그의 손이 그녀의 여린 손목을 낚아챘다.

"앗!"

난간에서 떨어져 나온 혜라의 허리를 남자가 끌어안았다. 순간 무너진 무게중심에 그녀는 온전히 그의 품에 기대었다. 놀란 그녀는 움찔했지만 그는 혜라를 제 품에서 풀어 주지 않았다.

"적어도 여기선, 그러면 안 돼."

남자의 목소리는 단호하면서 부드러웠다.

화를 내지도, 나무라지도 않았다. 그저 부드럽게 그녀의 어깨를 토닥였다.

"흑. 흐윽……."

그제야 혜라는 눈물이 흐리기 시작했다.

자신의 어깨를 꽉 감싸 안고 천천히 토닥이는 낯선 남자의 따뜻한 손길에 그녀는 펑펑 눈물을 흘렸다.

남자의 팔에 채워진 삼베 완장이 혜라의 눈물로 얼룩지고 있었다.

✻

앳된 얼굴로 해맑게 웃는 그녀를 보며 배낭여행을 온 대학생이라 생각했던 진헌이였다.

스물다섯. 메이린 장. 레슬리 회장의 사생아.

뭐 하나 놀랍지 않은 사실이 없었다.

"다른 사람과 착각한 건 아닙니까?"

— 그럴 리 없습니다.

민성의 단호한 대답이 아니었어도 그가 그런 실수를 하리라 생각하지 않았다. 단지 민성이 말하고 있는 여자를 혜라와 연관 지을 수 없을 뿐이었다.

— 1년 전까지 한국에서 거주 중이었던 걸로 알고 있습니다. 작년 돌연 종적을 감췄고, 이후엔 출처를 알 수 없는 가십만 무성

합니다.

레슬리 회장의 개인사가 그리 깨끗할 거라곤 생각하지 않았지만, 그에게 숨겨 둔 가정이 있고, 사생아가 있다는 상상은 전혀할 수 없었다.

적어도 그는, 대외적으로 대단한 애처가였기 때문이다. 젊은 나이에 세계적인 기업의 수장이 된 지독한 워커홀릭이자 기회주의자. 그의 결혼은 한국에서 매우 유명세를 탔다.

젊은 한국인 청년 사업가와, 홍콩 거물급 정치인의 딸이자 수석 디자이너와의 결혼.

'남자판 신데렐라' 라는 타이틀을 달고 연일 신문을 장식한 그였다. 동화와 다른 점이 있다면 '공주는 왕자님과 오래오래 행복하게 살았답니다.' 로 끝나는 신데렐라 이야기와는 달리 '그는 현재 세계적인 명품 브랜드를 보유한 홍콩의 글로벌 기업 회장이되었다.' 로 끝났다는 것이다.

― 그녀에 대한 소문은 많고 스토리에 따른 결말도 많지만, 이유는 하나입니다.

가장 없는 가정이었지만 물질적인 부족함은 없이 자랐던 혜라였다. 레슬리는 넘치도록 과분한 아버지였지만, 혜라에게는 외로움이자 두려움이었다. 늘 숨어 살았다. 그가 마련한 감옥 같은 집에서, 누구와의 교류도 허락하지 않는 그 공간에서 혜라는 통제받고 있었다.

그리고 스무 살, 어머니가 죽었다.

오고 가는 사람도 없는 텅 빈 장례식장에서 혜라는 혼자 덩그러니 남겨졌다. 아버지란 사람이 누군지 얼굴도, 목소리도, 이름도 몰랐던 혜라였다.

오늘만큼은, 오늘만큼은 아니겠지.

삼 일 내내 벌겋게 충혈된 눈으로 밤을 지새웠다. 하지만 그는 끝내 나타나지 않았다.

"좋다."

혜라는 스위트룸의 편안한 소파에 몸을 깊숙이 뉘었다.

투명한 와인 잔에 붉은 와인을 쏟아 내곤 한 모금을 머금고 천천히 삼켰다.

"달다. 맛있네."

혜라가 그를 만난 건 그곳이었다.

세상에 온전히 혼자 남았다는 절망감을 안고 찾았던 장례식장의 옥상. 자신과 닮은 모습으로 위태롭게 서 있는 혜라를 살린 그를 만났다.

사실 그는, 특별할 거 없는 남자였다.

별 볼 일 없는 아르바이트를 하며 돈을 벌어 겨우 한 학기 등록금을 마련해 악착같이 공부를 하던 남자였다.

'뭐가 그렇게 간절한 거야?'

'돈, 명예, 성공. 이 세상에서 가장 좋은 단어로 말할 수 있는 모든 것.'

혼자였던 그녀의 시간 속, 살아야 할 이유가 생겼다.

혜라에게 그는 어느새 삶의 일부였고, 전부였고, 세상에서 가장 좋은 단어로 말할 수 있는 모든 것이 되어 있었다.

"그게 사실입니까?"

— 사실 여부는 알 수 없습니다. 하지만 그들 세계에선 사실로 통용되고 있는 루머죠.

레슬리 회장이 혜라를 다시 찾은 건 그녀의 어머니가 죽고 난 2년 뒤였다. 정확하게 말하자면 레슬리 회장이 아니라 그의 비서가 그녀를 찾았고 어머니의 장례식에서 석호가 말했던 그때의 메시지를 다시 전했다.

혜라가 선택할 수 있는 것은 한정적이었다. 늘 그랬듯이 남자가 주문한 현실에 맞춰 살아가는 것. 그녀는 맞서 부딪히는 것 대신 그로부터 도망가는 것을 택했다.

하지만 그날 이후, 모든 것이 변했다. 레슬리의 말을 따르지 않고 종적을 감춘 혜라에게 내려진 벌은 가혹했다. 그나마 그녀가 가지고 있던 모든 것을 내놓아야 했다.

어머니와의 추억이 묻어 있던 집도, '장혜라'라는 이름도, 그리고 그 사람도.

"내 힘으론 부족했어. 아무것도 하지 못해서, 미안해."

혜라는 와인 잔에 담긴 검붉은 와인을 바라보며 읊조렸다.

그 사람에게 하는 말이었다.

서로의 모든 것을 의지했던 사람이었다. 여느 연인이라는 개념

보다 더 깊었던 사이. 가족 보다 더 가족 같았던 그 사람.

하지만 레슬리 회장이 혜라를 찾은 그날 이후.

그 사람은 흔적도 없이 사라졌다.

'누구시죠?'

'그러게. 무슨 말을 하는지 모르겠네. 거참.'

인원이 몇 안 되는 자그마한 동네에서 사람들은 혜라도, 그 사람도 기억하지 못했다. 불안에 떨던 그들의 눈빛은 그녀를 철저하게 모른 척하고 있었다. 불과 며칠 전만 해도 정답게 인사하며 지냈던 사람들이 장혜라를, 그리고 그를 아무도 기억하지 못했다.

마치 처음부터 그녀를 모르는 사람처럼. 처음부터 그 사람은 없었던 사람인 것처럼.

악을 쓰고, 욕을 하고, 울며불며 사정을 해 봐도 달라지는 건 없었다.

딸깍.

혜라는 테이블 위에 있던 약병의 뚜껑을 열었다. 병원과 약국 여기저기를 돌아다니며 차곡차곡 모은 알약들이 가득 차 있었다.

그녀는 매우 지쳐 있었다. 그저 편히 쉬고 싶었다. 혜라는 보란 듯이 레슬리가 있는 홍콩에서, 아주 긴 잠을 잘 계획을 세웠다.

혜라가 오른손엔 와인 잔을, 왼손엔 알약을 가득 집었다.

그리고 큰 숨을 내쉰 혜라가 결심이라도 한 듯 입으로 약을 입으로 털어 넣으려고 한 그때였다.

쾅쾅쾅쾅.

문이 부서져라 울리는 굉음에도 혜라는 신경 쓰지 않고 눈을 질끈 감았다.

쾅쾅쾅쾅!

하지만 소리는 멈출 생각이 없어 보였다.

어쩔 수 없이 그녀는 몸을 일으켜 현관으로 나섰다. 문을 살짝 열자 가쁜 숨을 몰아쉬고 있는 진헌의 매서운 눈과 마주했다.

"장혜라 씨."

밖으로 나온 그녀의 모습은 진헌이 알고 있던 여자와는 달랐다.

화려한 얼굴, 비싼 옷과 액세서리, 하얗게 상기된 표정.

살짝 열린 문틈으로 테이블 위 어지럽게 떨어져 있는 알약이 선명하게 보이자 진헌은 더욱 무거워진 목소리로 그녀의 이름을 불렀다.

"장혜라!"

움찔.

진헌의 목소리에 혜라는 놀라 몸을 움츠렸다. 잠깐이었지만 그 순간이 슬로우비디오처럼 늘어지는 것만 같았다. 마치 자신을 꾸짖는 그 사람의 목소리가 아닐까 하는 괴상한 생각마저 들었으니까.

"무슨…… 일이시죠?"

혜라는 어렵게 입술을 떼곤 말했다.

"사겠습니다. 제가."

"네? 뭘⋯⋯."

"당신 시간. 내가 사겠다고 말하는 겁니다."

꽉 다문 진헌의 입술이 파르르 떨렸다. 자신이 지금 무슨 말을 하고 있는지 그는 분명히 알고 있었다.

"무슨 말씀이세요?"

"난 당신의 이름이 필요하고, 당신은 자유가 필요하죠. 그러니까 지금 소비하려고 하는 당신 시간. 내가 사겠다는 겁니다."

단도직입적이었다. 그것 역시 진헌다운 말이었다.

철저히 계획적으로 그녀를 이용하겠다 말했고, 그리고 그녀에게 기회를 주겠다 말했다.

혜라는 가만히 그를 응시했다.

무섭도록 매서운 눈을 가지고 있는 그는 자신의 모든 것을 꿰뚫고 있었다. 진헌의 앞에서 혜라는 마치 발가벗은 사람처럼 전부 들켜 버린 걸 깨달았다.

"⋯⋯하."

혜라의 힘없는 목소리가 진헌의 귓가에 스며들었다. 약간의 안도감에 문을 잡고 있던 팔에 힘이 풀릴 것만 같았다.

그렇게 시작되었다.

서로의 목적과 사용이 뚜렷한. 그들의 잔인한 연애가.

7. 일방통행

　호텔 로비의 오픈 카페. 한 테이블에 마주 앉은 둘 사이에 묘한
긴장감이 흘렀다.

　혜라는 아침에 카페인을 챙기는 편은 아니었지만 오늘은 쌉쌀
한 커피 향이 곁에 있어 참 다행이라 생각했다.

　안 그랬다면 무섭도록 노려보는 진헌의 눈빛에 압사당할지도
모를 일이었다.

　"정식으로 인사하죠. 이진헌입니다."

　그는 아침부터 말끔한 정장 차림이었다. 공항에서 처음 만났던
그날처럼. 마치 그녀와의 사무적인 미팅을 준비한 것같이 예의를
차린 모습이었다.

　고개를 살짝 숙인 진헌은 지갑에서 자신의 명함 한 장을 꺼내
그녀의 앞으로 내밀었다.

마른침을 꿀꺽 삼킨 혜라는 가녀린 손으로 그의 명함을 쥐었다.

「선진그룹 기획 본부장 이진헌」

단정하게 박힌 명조체의 아홉 글자가 그의 모든 것을 설명했다.

이 사람, 확실히 나에 대해 알고 있구나.

"생각은 해 봤습니까?"

어젯밤 주어도 목적어도 빠진 대화와 함께 진헌을 돌려보낸 후 혜라는 심경이 복잡했다.

마치 홀린 것처럼 그의 제안에 헛웃음이 나왔다.

물론 한 귀로 듣고 한 귀로 흘려 버릴 수 있는 말이었다. 그를 보낸 후 차분히 다시 소파에 앉아 약병을 집어 들어 이 지리멸렬한 시간을 그만 정리해 버릴 수도 있었다.

하지만 혜라는 그러지 못했고, 다음 날 아침 이렇게 그와 얼굴을 마주하고 앉아 있었다.

"어젠 그저 당황해서. 그래서 그랬던 것뿐이에요."

그렇다고 진헌의 제안을 받아들일 생각도 아니었다. 그와 상관없이 그녀는 언제든 다시 모든 걸 끝내 버릴 준비가 되어 있었다.

하지만 혜라는 궁금했다.

"알고 싶지 않습니까?"

"네?"

이 사람은 확실히 알고 있다. 그게 전부는 아닐지라도, 모두들 외면했던 그녀의 시간을 진헌은 모른 척하지 않았다. 오히려 잘 알고 있고, 그건 사실이라고 말해 주고 있었다.

"당신이 죽는 게, 세상에 할 수 있는 가장 큰 복수는 아닙니다. 장혜라 씨도, 알고 싶을 거라 생각하는데요. 당신에게 일어난 모든 일의 진실."

어쩌면, 지푸라기라도 잡고 싶은 마음일지도 몰랐다.

"당신이 더 이상 도망가지 않아도 되도록, 도와 드리죠."

동그랗게 말아 쥐고 있던 혜라의 두 손이 부르르 떨렸다.

그 앞에서 마치 발가벗은 채로 앉아 있는 기분이 들었다. 알 수 없는 묘한 감정. 자신의 입장을 이해해 줄 수 있는 사람이 있다는 안도감과 더불어 바닥 끝까지 내보여야 하는 비참함에 고개를 떨궜다.

"난, 그 사람과 맞설 수 없어요. 그 사람을 피하는 게, 도망가는 게…… 제가 할 수 있는 유일한 일인걸요."

죽기 위해 온 홍콩이었다.

감히, 대적할 수 없는 두려움을 피해 도망 온 홍콩이었다. 그와의 만남을 생각해 보지 않은 건 아니었다. 하지만 어머니의 죽음, 사랑하는 사람의 행방불명.

그녀는 알고 있었다. 아버지란 사람의 손 위에서 벗어날 수 없는 운명이라는 걸.

그럴 바에야 도망가는 편이 훨씬 나았다. 언제고 다시 찾아냈던 그이지만, 잠시나마 숨어서 자유를 느낄 수 있었으니까.

"당신의 이름, 찾아 주겠습니다."

하지만, 진헌의 말처럼.

"내가 원하는 건 메이린 장입니다. 장혜라가 아니라."

저 사람이라면, 가능할까?

혜라의 눈동자가 심하게 흔들림을 진헌 역시 느꼈다.

어젯밤 잠 한숨 못 잔 건 그 역시 마찬가지였다. 민성에게 혜라의 이야기를 들었을 때 진헌은 생각했다. 일단은 살려야 한다.

헐레벌떡 뛰어가 그녀의 방문을 부셔져라 두드려 다시 마주했을 땐, 진헌의 머릿속엔 또 다른 많은 생각들이 스쳤다.

그녀를 이용할 수 있다는 생각. 당장의 힘겨움에 죽을 생각을 하고 있는 사람을 앞에 두고 하기엔 부끄러운 생각인 걸 알고 있었다.

하지만 진헌은 그것을 구태여 숨기지 않기로 했다.

"우린 분명 좋은 파트너가 될 수 있을 거라는 생각이 드는데요."

진헌은 곧 서류들을 꺼냈다. 일전에 레슬리 회장에게 보여 주었던 서류들이었다.

"난 이 계약을 성공시키길 원합니다. 이곳에 있는 이유이기도 하고."

전문 용어가 가득한 사업 계획서를 혜라가 이해하기엔 쉽지 않았지만 그것이 제 아버지를 상대로 한 서류임은 알아볼 수 있었다. 그리고 이 일이, 진헌에게 아주 중요한 일임을 짐작할 수 있었다.

"그리고."

"그리고……?"

"저에게 진 빚은, 이걸로 갚았으면 좋겠습니다만."

"빚이라니요?"

순간 번뜩, 그날이 혜라의 뇌리를 스쳤다.

막다른 골목에서 위험에 처했던 그날, 그녀의 앞을 에워쌌던 낯선 남자의 뒷모습. 잃어 가는 의식 속에서 혜라는 자신을 지키는 그 뒷모습을 잠시나마 '그 사람'이라고 생각했다.

"아······. 이진헌 씨였군요."

속삭이는 그녀의 혼잣말에 진헌은 헛웃음이 나왔다.

어차피 죽을 생각이었던 사람을 굳이 구했으니 감사하다는 인사까지 기대한 건 아니었다. 하지만 혜라의 얼굴에 고스란히 드러난 실망감을 보며 뭔지 모를 김이 빠졌다.

어이없는 상황에 웃지도 울지도 못하는 진헌이 작은 숨을 내쉬고 찻잔으로 손을 가져갔다. 뜨거웠던 커피는 어느새 식어 있었다.

"조건이 있어요."

진헌이 겨우 한모금의 커피를 삼켰을 때였다. 혜라는 겨우 쥐어짜낸 목소리로 그를 향해 시선을 맞추며 말했다.

"무슨 조건이죠?"

조건이라. 전혀 예상치 못한 말에 진헌이 흥미롭게 혜라를 바라보았다. 하지만 그녀의 말이 채 끝나기도 전, 진헌의 입꼬리는 삐뚜름하게 말려 올라갔다.

"사람을, 찾아 주세요."

✻

진헌은 가장 먼저 민성에게 연락해 귀국 일정을 최대로 미뤘다. 명목상으론 재직 중에 한 번도 쓰지 않았던 휴가로 처리되었다. 그리고 레슬리 회장에 대한 모든 정보 수집을 부탁했다. 사생활은 물론이거니와 작은 습관까지 전부.

늘 그렇듯 민성은 아무런 의문을 표하지 않은 채 그의 요구에 묵묵히 따랐다.

"흠."

뻐근해진 뒷목을 손으로 받히며 진헌은 눈을 감았다.

주변 테이블엔 온갖 서류 뭉치들과 벌써 여러 잔째 마신 진한 아메리카노가 담긴 컵이 겹겹이 쌓여 있었다.

헤라는 호텔 로비를 서성이며 초조하게 손톱을 물어뜯었다.

진헌과의 예상치 못한 만남에 홍콩에 체류하게 된 시간이 길어졌다. 가지고 있는 돈도 방값을 지불하면 동이 나는 상황이었다.

"많이 기다렸습니까?"

"네? 아, 아뇨!"

진헌의 목소리가 제 등 뒤로 들리자 헤라는 화들짝 놀라며 눈을 동그랗게 떴다.

하얀 와이셔츠와 청바지. 그는 제법 편한 차림으로 서 있었다.

"가죠."

"어딜요?"

호텔 밖으로 나서는 진헌의 등 뒤를 혜라가 쫄래쫄래 뒤따랐다. 회전문을 통해 나가자 미리 준비된 검정 세단 차량의 문을 직원이 열어 주었다.

그가 건네는 자동차 키를 받아 든 진헌이 말했다.

"걸어 다니진 않을 생각입니다."

미드레벨 에스컬레이터를 찾았던 그날이 꽤나 힘들었던 모양인지 단호하게 말하는 진헌을 보며 피식 웃음이 나오려는 혜라였다.

"네, 그래요."

직원의 배려를 받으며 혜라는 사뿐히 보조석 시트에 몸을 앉혔다.

곧 진헌은 시동을 걸었고 부드럽게 차를 출발시켰다.

달리는 차 안에서 보는 홍콩의 풍경은 며칠 전과는 또 달랐다. 한 걸음 멀리서 바라보는 풍경은 마치 커다란 스크린을 통해 보는 흑백의 고전 영화 같았다.

어색한 침묵이 흘렀다. 목적지를 향해 가는 차 안에서 그들은 한 마디의 대화도 나누지 않았다.

"내리죠."

"여기는 왜……."

차에서 내린 혜라는 입을 다물지 못했다. 한눈에 보기에도 무척 화려한 백화점이었다.

'ㅁ' 자 형태로 뚫려 있는 중앙 홀을 중심으로 100여개의 명품 브랜드와 고가의 희귀 브랜드가 모여 있는 그곳은 혜라가 가지고 다녔던 럭셔리 여행 책자에서도 차마 담지 못하는 초호화 쇼핑센터였다.

"여긴 왜요?"

웅장한 규모에 압도되어 마른침을 꿀꺽 삼킨 혜라가 진헌에게 물었다.

그는 대답 대신 손가락으로 한 매장을 가리키며 말했다.

"일단은 저기부터 가죠."

혜라는 마치 영화 〈프리티 우먼〉의 비비안이 된 것만 같은 기분이 들었다.

매장에 들어서자 진헌은 진열되어 있는 원피스와 블라우스를 사정없이 집어 들었다.

자신이 고른 옷을 혜라에게 입어 보라는 말은 하지 않았다. 얼핏 봐도 제일 작은 사이즈라면 낙낙하게 맞을 것 같은 그녀였기에 가능한 일인지도 몰랐다.

"뭐 하시는 거예요?"

"지금 혜라 씨가 하고 있는 목걸이에 걸맞은 옷을 사려고 합니다."

혜라의 손이 쇄골 근처에 머물렀다 박스티를 쓸어내리며 내려갔다. 비행기에서 구입했던 고가의 명품 목걸이와 지금 입고 있는 만 원짜리 박스티가 매치되지 않는다는 건 눈으로 보지 않아도 알 것 같았다.

"너무 짧은 치마는 격이 떨어져 보입니다. 가슴이 많이 파인 블라우스 역시 마찬가지죠. 기본은 단정한 스타일이 좋습니다."

진헌은 조곤조곤한 목소리로 말을 이어 갔다.

하지만 그의 목소리는 이미 저 멀리서 울리는 메아리처럼 그녀의 머릿속에서 윙윙대고 있었다. 혜라의 신경은 온통 한곳이었다.

저렇게 비싼 옷을 많이 구입할 여력은 없다.

그런 그녀의 당황한 표정을 읽기라도 했는지 진헌은 계산대로 다가가 자신의 신용카드를 내밀었다.

"공짜 아닙니다. 꼭 필요한 투자라고 해 두죠."

"네?"

혜라가 멈칫하는 사이 진헌은 계산을 끝냈다. 하지만 쇼핑은 거기에서 끝나지 않았다.

그녀의 혼을 쏙 뺀 채로 옮긴 다음 매장은 구두였다.

"여기."

진헌은 손짓으로 소파를 가리켰다. 그녀는 그의 손짓에 홀린 것처럼 털썩 앉았다.

혜라가 소파에 앉자 진헌은 허리를 숙여 한쪽 무릎을 꿇곤 혜라의 발목을 그러잡았다.

"지, 진헌 씨!"

놀랐는지 눈이 동그랗게 커진 그녀의 외침을 그는 신경 쓰지 않았다. 진헌은 제 손바닥을 편 후 그녀의 오른쪽 발을 올렸다. 한 손에 들어오는 아담한 그녀의 발 사이즈를 어림짐작으로 살펴본 그는 곧 바로 옆에 있던 심플한 검은색 기본 구두를 들었다.

"블랙은 성별 불문하고 기본으로 하나씩은 있는 게 좋죠."

검은색 민짜 구두였다. 하지만 그의 말대로 어느 옷차림에나 단정하게, 그리고 고급스럽게 어울리는 구두였다.

진헌은 여전히 그녀의 앞에서 한쪽 무릎을 꿇은 채로 그녀의 발을 조심스럽게 잡아 구두를 신겨 주었다.

움찔.

순간 혜라는 온몸에 소름이 오소소 돋아날 것만 같이 찌릿한 느낌이 발가락 끝에서부터 올라오는 듯했다.

"편한가요?"

진헌이 단정하게 물었다. 그의 목소리에 겨우 정신을 차린 혜라가 고개를 끄덕였다. 그녀의 고갯짓을 본 진헌은 자리에서 일어나 아까와 같은 행동을 반복했다.

퍼나 끈이 없이 발등이 파인 펌프스(pumps), 발등에 스트랩이 있고 앞코가 둥근 메리제인슈즈(mary jane shoes), 발뒤꿈치 부분이 벨트로 장식된 슬링백(sling—back) 등 매장 안에 있는 구두들을 하나씩 전부 집어 들었다.

하지만 굽이 낮은 플랫슈즈(flat shoes)는 없었다. 그가 고른 구두는 단정하고 고급스럽거나, 매우 화려한, 꽤 높은 힐(heel) 스타일이었다.

"가방은 브랜드의 로고가 되도록 튀지 않으면서도 고가임은 인식시킬 수 있어야 하죠. 리미티드 에디션 중에서 고르는 게 좋겠네요."

"드레스는 무조건 화려해야 합니다. 혜라 씨는 키가 큰 편이 아니니 미니 드레스가 좋겠군요."

"립스틱은 클러치백에서 꺼냈을 때 누구라도 알아볼 수 있는 명품을 쓰는 게 좋겠습니다."

"향수는 진하고 강렬할수록 좋죠. 향료의 비율이 가장 높은 퍼
품 종류로 하죠."

쇼핑이라 말할 수 없는 쇼핑은 계속되었다. 진헌은 혜라에게
끊임없이 설명하고 요구했다. 그는 최대한 예의를 갖춰 말했고 군
더더기 없이 깔끔하게 떨어졌다.

물건을 사면서 이토록 이론적인 지식을 설명할 수 있는 남자는
이 사람밖에 없을 것이다. 국내 굴지의 백화점 본부장이라는 그의
위치가 순간 이해되던 혜라였다.

"저, 저기요. 이진헌 씨!"

얼마나 돌아다녔을까. 지친 기색이 역력한 혜라가 가쁜 숨을
몰아쉬며 진헌의 이름을 불렀다.

"할 말이 있는데요."

양손 가득 쇼핑백을 들고 숨이 찼는지 허리를 숙였던 혜라가
작은 한숨과 함께 허리를 곧게 펴고 말했다. 혜라의 말에 진헌의
눈썹이 꿈틀하고 움직였다. 무슨 문제가 있는 건가.

앞서 걸어가던 진헌이 뒤를 돌아 바라보자 그녀가 말했다.

"밥은 제가 먹고 싶은 거 먹어도 되나요?"

며칠 전부터 얼큰한 국물이 먹고 싶었던 혜라는 한국 식당을
찾았다. 주차가 안 되는 시장 골목이라 진헌이 애를 먹긴 했지만
밥만큼은 양보할 생각이 없던 그녀의 고집 덕에 결국은 걸어서

그곳을 찾게 되었다.

화려한 홍콩의 빌딩숲과 다르게 그곳은 한국의 여느 국밥집과 다름없는 모습을 하고 있었다.

"어머, 한국 분이세요?"

테이블에 앉자 그들을 알아본 아주머니가 반갑게 웃으며 주문을 받으러 왔다.

"네. 이거 두 개 주시겠어요?"

혜라는 메뉴판에서 뚝배기에 담겨 나오는 순댓국을 가리켰다. 진헌의 미간이 움찍거렸지만 그녀는 그의 의중 따윈 묻지 않았다.

소심한 복수쯤 될까.

"네. 금방 해 드릴게요. 신혼여행 왔어요?"

"네?"

친절한 아주머니의 발언에 화들짝 놀란 혜라가 눈을 동그랗게 떴다.

"요즘 홍콩으로 신혼여행 많이들 오더라고요. 오홍홍. 그런데 어쩜 이렇게 잘 어울리나 몰라."

"아 저기, 그게 아니라……."

그녀의 대답은 듣지도 않은 채 아주머니는 주방으로 들어갔다. 아주머니의 뒷모습을 하릴없이 쳐다보던 혜라가 문득 마주 앉아 있는 진헌을 바라보았다. 그는 매우 험상궂게 인상을 쓰고 있었다.

역시 저 아주머니의 말에 기분이 상했나? 싶은 혜라가 어색하게 웃었다. 하지만 진헌의 신경을 긁은 것은 아주머니의 말이 아니었다.

"순댓국 두 그릇 나왔어요. 맛있게 많이 드셔요들."

꽤 커다란 뚝배기에 보글보글 끓고 있는 국물 위로 거뭇거뭇한 순대와 온갖 내장이 둥둥 떠다녔다.

타국에서 먹는 한국 음식은 '원조할매국밥집' 보다야 퀄리티가 떨어졌지만, 혜라는 아무렇지 않게 함께 나온 공깃밥을 척 하니 말아 넣고 깍두기 국물을 쏟아부었다.

꿈틀.

진헌의 눈썹이 아주 크게 움직였다.

"사실 이거 너무너무 먹고 싶었어요."

숟가락 위로 하얀 쌀밥을 소담하게 쌓아 올린 혜라가 젓가락으로 큼지막한 순대를 얹고 깍두기까지 올려 탑을 쌓았다.

그리곤 한입에 앙 털어 넣으며 어찌나 행복한 표정을 짓던지. 진헌은 피식 웃음이 새어 나왔다.

"왜 앙 머어여? 음청 맛이써여."

"삼키고 말해도 됩니다."

혜라는 대답 대신 고개를 세차게 끄덕이며 복스럽게 먹었다.

그런 그녀의 모습을 보며 진헌 역시 숟가락을 들어 순댓국을 이리저리 휘저었다. 하지만 숟가락에 걸리는 검은색 덩어리들이 영 적응되지 않아 표정 관리가 쉽지 않았다.

"풉. 푸하하하."

그런 진헌의 모습을 보던 혜라가 빵 터진 채 배를 잡고 웃었다.

"왜 웃습니까?"

"아, 아 죄송해요. 아하하. 진헌 씨 그런 표정 처음이라."

"지금 제 표정이 어떻습니까."

"음, 좀 사람 같다고 할까?"

"사람한테 사람 같다니……."

"로봇인 줄 알았죠. 딱딱하지만 예의 바르게 세팅된 최신 로봇."

"그래도 최신이라니 다행이네요."

혜라와 진헌이 시선을 마주했다. 그리고 누가 먼저랄 것 없이 웃었다.

마치 처음으로 돌아간 것 같았다.

아무런 이해관계가 없었던, 낯선 여행지에서 만난 한 여자와 한 남자로.

"드세요, 진헌 씨. 맛있네요."

오물오물. 입술을 동그랗게 말아 맛있게도 먹고 있는 그녀를 진헌은 물끄러미 바라보았다.

"안 탑니까?"

저녁이 되어서야 녹초가 된 몸으로 호텔로 돌아온 혜라는 승강기 버튼을 누르고 있는 진헌의 성화에 머뭇거리며 답했다.

"머, 먼저 올라가요."

진헌이 눈썹을 꿈틀거렸다.

하지만 이내 버튼을 누르고 있던 손가락을 떼어 냈다. 승강기 문이 닫히고 위로 향하는 것을 확인한 혜라는 부랴부랴 다시 로비로 뛰어갔다.

"저기."

한국인 매니저가 혜라를 알아보고 답했다.

"네, 고객님. 불편한 거 있으십니까?"

"아뇨. 그런게 아니라. 로얄 스위트룸 체크아웃하고, 스탠다드 룸으로 옮기고 싶어서요."

"아, 그 부분은 이미 처리되었습니다. 고객님."

"네?"

처리되었다는 매니저의 말을 이해하지 못한 혜라가 데스크에 바짝 다가서며 되물었다. 그러자 그는 좀 전보다 더욱 천천히, 그리고 자세하게 대답했다.

"이 본부장님께서 이미 객실료를 지불하셨습니다. 그리고……."

혜라는 승강기를 타고 27층에 도착하자마자 방 안으로 뛰어 들어와 문을 벌컥 열곤 소리쳤다.

"이진헌 씨!"

잔뜩 골이 난 표정으로 들어오는 혜라를 바라보며, 방금 샤워를 끝낸 진헌이 샤워가운을 입은 채 머리카락의 물기를 털어 냈다. 그 모습에 화들짝 놀란 혜라가 얼른 고개를 돌려 허공을 향해서 버럭 화를 냈다. 처음과는 확실히 다른 태도였다.

"아니, 어떻게 저한텐 말도 안 하고!"

"먼저 올라가라고 한 건 그쪽입니다."

혜라가 어버버 하는 사이 진헌은 성큼성큼 그녀의 앞으로 다가섰다. 움찔거리며 그녀가 뒷걸음질 쳤지만 얼마 가지 못해 딱딱한 벽에 등이 닿았다.

"왜, 왜, 왜요."

혜라는 눈도 마주치지 못하고 바닥으로 시선을 내리면서 크게 소리쳤다. 그녀의 정수리를 바라보며 슬쩍 미소 지은 진헌이 그녀를 지나쳐 방으로 들어가며 말했다.

"이 방을 제가 쓸 테니까, 혜라 씨는 원래 자던 방에서 자요."

"같이 쓰자고요?"

"그럼요."

"어, 어떻게 같이 쓸 수 있어요?"

"화장실 둘, 방 셋, 그중 하나는 책상이 있는 서재에다, 접견실도 있고. 이 넓은 방을 일주일간 혼자 쓴 혜라 씨가 더 이상한 거 아닙니까?"

"하지만!"

틀린 말 하나 없이 또박또박 말하는 그를 향해 일침을 가하고 싶었지만 별다른 말이 생각나지 않았다. 혜라는 모든 말을 부정하는 접속부사를 뱉고서 더 이상 말을 잇지 못했다. 그녀의 말을 받은 건 진헌이였다.

"말했죠, 투자하는 거라고. 근데 고급 스위트룸 2개를 한 달씩이나 빌릴 만큼 보장이 확실한 투자는 아니어서 말입니다."

도저히 말로는 당해 낼 재간이 없었다.

무척 얄미운 목소리였지만 혜라로서는 어쩔 도리가 없었다. 그녀에게 남은 돈으로는 이 호텔에서 제일 급이 낮은 룸에서 묵는다 해도 채 이틀을 버티지 못할 정도였으니, 오히려 먼저 객실비를 지불해 준 진헌에게 고마운 상황이었다.

"이제야 객실 업그레이드가 됐군요."

진헌의 입장에서도 그리 손해 보는 일은 아니었다. 홍콩에 오면 늘 묵던 로얄 스위트룸에서 지내지 못하게 되어 내심 아쉬웠던 참이다. 나눠 쓰긴 하지만 원했던 객실 업그레이드가 되었으니 개중에는 기분 좋은 일이었다.

그리고 언제, 어떻게 다시 나쁜 생각을 할지 몰라 신경 쓰이는 그녀를 감시하기에도 안성맞춤이었다.

"고마워요. 이것도. 그리고 이것도."

혜라가 손에 들고 있던 쇼핑백을 슬쩍 들어 보이며 말했다. 뚱한 표정이 살짝 누그러져선 진심으로 고개를 숙이는 걸 보자니 진헌은 괜히 헛기침이 나왔다.

8. 서로의 이해관계

쇼핑을 지칠 때까지 한 탓인지 혜라는 좀처럼 눈을 뜨지 못했다. 작은 미동조차 없이 똑바로 누워 자고 있는 그녀를 보며 순간 흠칫 놀란 진헌이 곁으로 걸어갔다.

손바닥을 펼쳐 혜라의 코 주변으로 가져가니 쌔근쌔근 규칙적인 숨결이 느껴졌다.

끙.

이 여자 때문에 괜한 의심만 늘어나는 게 아닌지 모르겠다.

진헌이 고개를 절레절레 젓고 서재로 향하려다 흘러내린 이불을 바로잡아 덮어 주었다. 처음엔 허리춤까지 끌어 올렸지만 추울까 싶어 가슴 언저리로, 그것도 아닌가 싶어 결국 목 끝까지 이불을 덮어 놓고서야 그는 책상에 앉아 휴대전화를 들었다.

"김 실장. 접니다."

— 네. 본부장님.

"제가 부탁했던 거, 정리됐습니까?"

— 아직입니다.

의외의 대답에 놀란 건 오히려 진헌이었다. 처음이었다. 민성의 입에서 '아직'이라는 말이 나온 것은.

무슨 부탁을 해도, 무슨 일을 시켜도. 묵묵히 해내던 민성이었다. 오히려 요청한 것보다 더 확실하게 처리하는 그의 능력은 완벽주의자인 진헌의 입맛을 언제나 만족시켰다.

"그렇습니까? 조금 더 기다리죠."

스카우트 제의를 마다하고 굳이 선진그룹의 말단 사원으로 입사한 민성은 파격적인 인사와 초고속 승진으로 그 능력을 인정받았다. 이 회장의 신임하에 차기 CEO의 최연소 비서실장이 되었고, 곧 최연소 임원을 바라볼 참이었다.

— 본부장님.

"네."

— 그곳에서, 무슨 일을 하고 계신 겁니까.

"의외군요."

— ……무슨 일을 진행하고 계신지 알아야, 저도 본부장님을 도울 수 있습니다.

진헌은 대답을 하지 않은 채 더 듣고 싶지 않다는 듯 전화를 끊어 버렸다. 민성이 유능한 비서실장으로서 회사에도, 그리고 자신에게도 없어서는 안 될 인재임은 분명했지만 이번 일만큼은 그의 손을 타고 싶지 않았다.

"아 배고파."

잠시 후 잠에서 깬 혜라가 부스스한 머리를 벅벅 긁으며 냉장고로 향했다. 순간 문 열린 서재에서 낯선 남자의 기척을 느낀 그녀는 으악, 하고 소리를 질렀지만 곧 진헌임을 깨닫고 한숨을 쉬었다.

"잘 잤냐는 인사치곤 요란스럽네요."

"적응이 안 돼서…… 밥 먹었어요?"

혜라는 흰 티에 편한 면바지 차림으로 자신을 바라보는 진헌과 시선이 마주쳤다.

먹었을 리가 있나. 순댓국 이후로 아무것도 먹지 않았으니 배고파서 눈이 떠진 건 피차 마찬가지였다. 진헌은 샐쭉한 표정으로 어깨를 으쓱거렸다. 혜라가 소파 위에 던져둔 카디건을 챙기자 그역시 옷매무새를 조금 다듬었다. 그리고 둘은 자연스레 밖으로 나섰다. 어느새 함께하는 시간은 퍽 자연스러운 일상이 되어 가고 있었다.

그들의 은밀하지만 한편으론 꽤 즐거운 외출은 며칠간 계속되었다.

호텔 로비에서 함께 간단한 조식을 한 후 밖으로 나선다.

하루는 애프터눈 티가 유명한 카페를 찾아 종일 공부 아닌 공부를 했다. 진헌이 준비한 노트북 속 프레젠테이션에는 레슬리그룹의 연혁과 레슬리 회장 측근들의 사진이 가득했다. 석호와 같이 낯이 익은 사람도 있었다. 혜라는 그들의 이름과 얼굴을 익혔다.

"이건······."

시선은 노트북에 고정한 채 애프터눈 티 세트에 있던 민트색 마카롱을 집던 진헌이 혜라의 목소리에 고개를 들었다. 그녀는 작게 떨리는 손으로 신문 기사를 읽고 있었다.

"그의 정체가 처음으로 한국과 홍콩 언론에 밝혀진 날입니다."

짧게 대답한 진헌은 집었던 마카롱을 입으로 가져갔다. 바사삭 으깨지는 그것은 한입 물자마자 바로 달콤한 침을 삼키게 만들었다.

"남자판 신데렐라라. 재밌네요."

"레슬리 회장과는 한국에서 만났다는 것 정도만 압니다. 그녀는 홍콩에서 매우 유명한 여자예요. 지금의 명품 R을 만든 디자이너이자 홍콩 정재계에 큰 영향력을 끼치는 정치인의 딸이죠."

자신이 몰랐던 사실에 혜라의 동공이 커졌다. 깨알 같은 글씨의 활자를 읽어 가던 그녀의 시선이 한 곳에 머물렀다.

"장성우."

혼잣말처럼 읊조리는 그녀의 목소리를 들었지만 진헌은 대꾸하지 않았다. 제 아버지의 진짜 이름을 알게 된 혜라는 당황하지도 않았고, 혼란스러워 보이지도 않았다.

'엄마가 사랑한 사람은, 이 사람이었겠지.'

오히려 두려워 보였다.

혜라는 제법 진헌과 한 공간에서 생활하는 것에 적응한 듯했다. 처음엔 민망해서인지 최대한 일찍 일어나 조용히 세수를 하고 나와 그에게 아침 인사를 건넸지만, 하루 이틀이 지나자 잠옷을 입고 공동 사용 구역인 부엌이나 접견실에 스스럼없이 드나들고 부스스한 머리를 애써 감추려 하지도 않았다.

진헌은 머그컵에 내린 진한 커피를 들고 방문에 비스듬히 몸을 기대었다. 뽈뽈거리며 냉장고와 소파를 기웃거리는 혜라를 바라보며 생각했다.

'저 여자는 내가 아무렇지도 않나.'

뭔지 모르게 살짝 기분이 나빴던 진헌이였지만 이윽고 고개를 설레설레 저었다.

함께 눈을 뜨고, 함께 잠들고 있는 생활이었다. 같은 메뉴로 식사를 하고 같은 주제로 이야기를 하며 하루를 보냈다.

진헌에게 지금 그녀와의 시간은 어쩌면 일탈이었다.

호기심에서 시작했던 감정은 그녀를 알아 갈수록 연민을 담게 되었다. 하지만 그는 신체 건장한 남자였다. 가끔 옆방에서 흐르는 샤워기의 물줄기 소리를 들을 때면 온몸이 딱딱하게 긴장되는 건 어쩔 수 없었다.

'하긴······.'

다행이라면 다행이랄까. 그녀가 밤에 입고 나오는 잠옷들은 하나같이 매우 건전했다. 큰 귀가 파격적인 쥐 그림이나, 샛노란 색감이 인상적인 병아리, 곰인데도 불구하고 분홍색 얼굴을 가지고 있는 언밸런스함이 있는 것들이었다.

"진헌 씨!"

소파에 길게 누워 엎드려 있다가 자신을 빤히 쳐다보는 시선을 느꼈는지 반쯤 몸을 일으킨 혜라가 진헌의 이름을 불렀다. 깜짝 놀란 그는 손에 쥐고 있던 머그컵을 놓칠 뻔했다.

"이리 와서 이것 좀 볼래요?"

왜 쳐다보고 있었냐고 물으면 할 말이 없어 난감했던 차였는데, 혜라는 전혀 생각지 못한 것을 진헌의 앞에 내밀고 있었다.

"이 책은, 왜 아직도 가지고 있습니까?"

"그럼 버려요? 이게 얼마나 유익한 내용의 책인데요."

그녀의 여행 책자였다. '죽기 전에 꼭 가 봐야 할 여행지, 럭셔리 홍콩 여행 편.'

"제목이 마음에 안 듭니다."

혜라가 누워 있는 소파에 다가가 등을 기대고 바닥에 앉은 진헌은 커피를 한 모금 마시며 단호하게 말했다.

입을 삐죽 내밀던 혜라는 아랑곳하지 않고 말했다.

"여기 정말 예쁘지 않아요?"

그녀의 손가락 끝은 푸른 에메랄드빛이 청량하게 빛나는 홍콩의 바다가 있는 곳, 리펄스베이였다.

"바다 말입니까?"

"네. 예쁘죠?"

바다가 예쁘고 말고가 있나. 진헌은 대답 대신 커피를 마셨다.

"사실, 바다 가 본 적 없거든요."

혜라의 말에 진헌은 손을 둥글게 말아 입에 대곤 콜록거렸다.

"애프터눈 티 질린단 말이에요……. 우리 여기 가면 안 돼요?"

✳

호텔 밖으로 나선 진헌은 자연스럽게 렌트한 차가 있는 곳으로 향하려 했지만 혜라가 득달같이 뛰어와 그의 옷깃을 잡으며 손짓했다.

"2층 버스 위에서 보는 풍경이 그렇게 멋있대요!"

"누가요."

"책이요!"

싱긋 웃으며 손에 꼭 쥔 책을 보여 주는 혜라를 보며 진헌은 어쩔 수 없다는 듯 눈썹을 찡긋거렸다. 언제 다 찾아보았는지, 아니면 그녀의 말처럼 여행에 최적화된 매우 유익한 책이었는지 호텔 근처에서 리펄스베이로 바로 가는 버스 번호까지 알아와 정류장으로 안내했다.

"2층, 2층!"

홍콩 시내엔 한국에선 볼 수 없는 2층 버스가 대부분이었다. 곧 도착한 버스를 타고 혜라는 신이 난 것처럼 계단을 올라가 2층으로 향했다.

뜨거운 햇볕이 내리쬐는 낮 한 시. 지붕이 없는 2층 버스 좌석은 마치 잘 달궈진 온돌방 같았지만 도로 위를 달릴 땐 제법 시원한 바람이 불어 땀을 식혀 주었다. 그녀의 말대로 버스를 타고 리펄스베이로 향하는 길은 여러 볼거리 덕분에 지루하진 않았다.

"저기 저 건물, 너무 멋있지 않아요?"

한눈에 보기에도 엄청난 규모를 자랑하고 있는 화려한 건물이었다. 전면이 유리로 된 빌딩은 빛에 반사돼 눈이 부실 정도로 반짝거리고 있었다.

"하버시티입니다. 홍콩 최대 규모인 쇼핑센터예요. 중저가 브랜드에서 고가 브랜드까지, 홍콩에서 볼 수 있는 웬만한 브랜드들은 아마 다 있는 걸로 알고 있습니다."

"아, 백화점인 거예요?"

"백화점과 쇼핑센터는 다릅니다."

진헌의 대답을 이해하지 못했다는 듯 혜라가 눈을 깜박였다.

"백화점이 더 큰 거예요?"

"크기로 따지는 게 아닙니다. 건축법상으론 두 종류의 업태 모두 대형 판매 시설로 분류되니까요. 운영 업체의 직영 매장 비율에 따라 달라지는 겁니다."

선진백화점은 국내에서 독보적으로 탑을 지켜 내고 있는 기업이었다. 그 이유는 국내 물품뿐만 아니라 한국에선 쉽게 접할 수 없던 수출입 브랜드가 다량 입점되어 있는 유일무이한 곳이기 때문이었다.

"요즘은 백화점의 영향력이 많이 줄어들고 있습니다. 대형 마트와 쇼핑센터, 아울렛 같은 복합 쇼핑몰이 우후죽순처럼 생겨났고 해외 직구도 가능해졌고요. 그래서 선진은 이제 해외로 시장을 넓혀 볼 계획을 가지고 있었고 나름 순항 중이었지만 한계가 있었습니다."

진헌은 눈이 부신지 손을 들어 하늘을 가렸다.

'그것보다 먼저, 궁금하군요. 해성건설과의 합병 여부 말입니다.'

왠지 레슬리의 목소리가 그의 귓전에 울리고 있는 것 같았다.

"혜라 씨도 봤듯이 이곳은 매우 화려한 도시입니다. 방금 본 쇼핑센터엔 450개가 넘는 매장이 입점해 있고 주말엔 전 세계 몇십만 명의 사람들이 몰려드는 곳이죠. 축구장보다 더 큰 규모를 화려함과 편리함으로 채워 넣은 그곳은 이제 홍콩의 쇼핑센터가 아니라 하나의 관광지가 됐어요."

제법 진지한 표정과 차분한 어투로 말하는 진헌을 혜라는 물끄러미 바라보았다. 그의 뒤로 홍콩의 웅장하고 화려한 빌딩들이 지나치고 있었다.

"선진은 그만큼의 자본력이 있는 기업은 못 됩니다. 그렇기 때문에 우리에겐 레슬리그룹의 R 브랜드가 필요해요."

홍콩에선 이미 최고로 손꼽히는 명품 R 브랜드는 백화점이나 여타 쇼핑센터에 직영점을 두지 않는 곳으로 유명했다. 그래서 R 브랜드를 구입하기 위해선 홍콩에 있는 단 2군데의 매장을 직접 방문해 쇼핑하는 수밖에 없었다.

오죽하면 내로라하는 스타나 갑부들이 R 브랜드의 가방이나 향수, 옷 등을 SNS를 통해 공개하는 게 부의 상징처럼 통용되고 있는 실정이었다.

"홍콩에서의 이 프로젝트가 성공하면, 선진이 보유한 모든 백화점에 독점으로 R 브랜드를 입점시키기 한결 수월해질 겁니다."

진헌을 바라보던 혜라는 작게 고개를 끄덕이곤 그에게서 시선을 거뒀다.

'난 당신의 이름이 필요하고, 당신은 자유가 필요하죠. 그러니까 지금 소비하려고 하는 당신 시간. 내가 사겠다는 겁니다.'

차분히 원하는 바를 말하며 거래를 제시했던 진헌의 모습이 생각났다. 그는 분명 혜라에게 호의를 베풀고 있었지만, 아무런 대가 없는 도움은 아니었다.

왠지 모를 씁쓸한 감정이 그녀의 가슴을 쿡쿡 찌르는 것만 같았다.

둘은 더 이상 말이 없었다. 빨간 좌석에 나란히 앉은 둘은 서로 다른 곳을 바라보고 있었다. 이따금씩 불어오는 시원한 바람이 혜라의 머리카락을 진헌에게로 흩날렸다. 달콤한 그녀의 향기가 진헌의 코를 자극했지만 그는 홍콩의 빌딩숲에 애써 시선을 고정했다.

"진헌 씨. 저 바다 좀 봐요. 홍콩에서 바다를 보게 될 줄이야! 여긴 정말 외국 같아요."

"우린 쭉, 외국이었습니다만."

"아이 참. 그런 의미가 아니잖아요."

도착한 그곳은 그녀의 여행 책자의 사진과 똑같은 모습이었다. 영롱한 에메랄드빛을 품고 있는 바다와 고운 모래는 한국의 해수

욕장을 떠올리게 했지만 바다를 처음 본 혜라의 눈엔 마치 신비한 세계를 담고 있는 것 같았다.

"어쩜 모래가 이렇게 부드러울까요?"

"모래니까요."

부드러운 모래 위에 풀썩 앉으며 진헌이 답하자 혜라의 뺨이 뾰루퉁하게 부풀어 올랐다.

"정말이지."

입술을 꾹 다물고 삐죽거리던 혜라는 운동화와 양말을 벗곤 맨발로 모래 위를 뛰어다녔다.

"그러다 넘어집니다."

물가에 내놓은 아이처럼 불안한 그녀를 바라보며 진헌이 말했다.

"넘어져도 상관없잖아요?"

벌처럼 톡 쏘아붙이는 혜라의 말에 진헌은 아무런 대답을 하지 않았다. 살랑살랑 부는 바람에 머리카락을 흩날리며 뛰어다니는 그녀를 시선으로 좇을 뿐이었다. 오랜만에 보는 표정이었다. 처음 홍콩의 길거리를 돌아다니며 마냥 해맑게 웃고 있던 혜라의 모습과 같았다.

진헌은 가만히 지켜보다 이내 신발과 양말을 벗곤 그녀의 곁으로 다가섰다. 가까이 온 그를 혜라가 의아하게 쳐다보자 진헌이 말했다.

"여기까지 왔는데. 발은 담그고 가야죠."

그러자 진헌을 바라보며 그녀가 해사한 미소를 지었다.

"그럼 이것도!"

첨벙첨벙. 혜라가 발을 크게 구르며 파도에 쓸려 오는 바닷물 위로 뛰어다니자 고스란히 바닷물이 진헌에게 튀었다. 얼굴까지 튀어 오른 물에 진헌의 미간에 주름이 잡히자 그게 재밌던 모양인지 그녀는 더욱 더 세차게 뛰어오르며 웃었다.

"재밌습니까?"

"푸하하. 진헌 씨 표정이 너무 웃긴걸요?"

"잡히면 그대로 해 주겠습니다."

"으악!"

도망가는 혜라를 따라 진헌 역시 뛰었다. 빠른 속도로 총총총 뛰어가던 혜라였지만 진헌의 큰 보폭에는 어림도 없었다.

"각오해요."

으름장을 놓으며 진헌이 손을 뻗어 그녀의 어깨를 낚아챘다.

"어어!"

갑자기 제 어깨를 잡는 힘에 중심을 잃은 그녀가 기우뚱하며 뒤로 넘어가던 찰나, 진헌의 손이 그녀의 허리를 감싸 안으며 둘은 함께 모래 바닥으로 떨어졌다.

"아얏……."

쿵 하는 소리와 함께 단단하지만 부드러운 무엇인가에 이마를 콩 하고 박은 혜라가 손으로 머리를 비비적거리며 눈을 떴다가 깜짝 놀라 몸이 굳어 버렸다.

그의 하얀 셔츠의 가슴 부위에 붉은 립스틱 자국을 선명하게 남겼기 때문이었다.

"미, 미안해요!"

"그것보단."

여전히 제 몸 위에 있는 혜라를 보며 진헌이 말했다. 그들은 마치 모래사장 위를 부둥켜안고 뒹구는 낭만적인 커플의 모습을 하고 있었다.

혜라가 다급하게 떨어지면서 그녀의 숨결이 멀어지자 묘하게 아쉬운 마음이 들던 진헌이 헛기침을 하며 일어섰다. 진헌은 바지 위에 붙은 모래를 털어 두근거리는 심장 소리를 애써 감추면서 말했다.

"밥 먹으러 가죠?"

정류장에서 버스를 타고 15분 정도 지나자 유럽풍의 아기자기한 건물들이 줄지어 있는 마을에 도착했다.

"여긴 어디예요?"

"스탠리입니다."

한적했던 바닷가에서 멀지 않은 곳이었던 그곳엔 꽤 많은 관광객들이 몰려 있었다.

"진헌 씨 여긴 어떻게 알았어요?"

"저도, 책 도움 좀 받았죠."

진헌이 슬그머니 그녀의 여행 책자를 들어 보였다. 버스에서 잠시 읽어 본 모양이었다. 그의 모습을 보며 혜라는 살짝 웃음이 나왔다.

"놀러 오긴 왔지만, 그래도 해야 할 건 해야죠."

진헌은 어깨를 으쓱거렸다. 그들은 붉은 벽돌 건물이 인상적인 펍에 들어갔다.

혜라는 친절한 점원이 추천했던 수제 햄버거와 감자튀김, 맥주를 마시며 그가 건넨 노트북 속 사업 계획서를 읽어 내려갔다. 꽤 공들여 만든 프레젠테이션을 보며 혜라가 말했다.

"이게, 레슬리 회장에게 제안했던 사업 계획서예요?"

"네."

"멋진데요? 진헌 씨가 다 만든 거예요?"

"네. 하지만 자료 취합은 비서실과 홍보팀에서 밤새워 했죠."

"아하."

파일 제목의 '8차 최종안'이라는 글귀를 보며 몹시 꼼꼼한 직장 상사 아래에서 고생하는 그들이 약간 안쓰러워진 혜라였다.

오픈형 테라스에 앉아 있던 진헌은 지나가는 외국인들의 주목을 꽤 받았다. 원래도 큰 키와 탁월한 비율 덕에 모델인가 싶을 만큼 시선을 모았지만, 그의 흰 와이셔츠 가슴팍에 묻은 붉은 입술 자국 때문에 반응은 더욱 폭발적이었다.

흥이 넘치는 여행자들이 그 모습을 보며 엄지를 추켜들고 환호성을 질렀기 때문이었다. 혜라는 부끄러워 고개를 떨어뜨리며 얼굴을 붉혔지만 진헌은 여유 있는 미소로 대답해 주고 있었다.

스탠리에서 머문 시간이 꽤 길어졌다. 식사를 마치고 광장으로 자리를 옮겼는데 길거리에선 기타 선율이 흐르고 있었다. 한참이고 음악을 듣다가 근처의 작은 상점들을 구경하기도 하고 간식거리를 사 먹기도 했다.

날이 어둑어둑해지자 그제야 그들은 시간을 확인했다. 이국적인 풍경과 유쾌하고 자유분방한 관광객 사이에 섞여 분위기에 취해 버린 탓이었다. 밤 열한 시가 훌쩍 넘은 시간에 놀란 혜라가 자리에서 벌떡 일어났다.

"버스! 버스 타야 하는데!"

그녀의 목소리에 진헌도 그제야 아차 싶어 따라 일어섰다. 대중교통을 타고 여기까지 왔다는 사실을 까마득하게 잊어버린 것이었다.

그들은 걸음을 재촉하며 버스 정류장으로 향했지만, 도로는 불빛 하나 없이 고요했다.

"버스가 끊겼나 봐요."

좌절하며 목소리가 작아지는 혜라를 바라보곤 진헌이 차분하게 말했다.

"택시 타면 되죠."

그의 말에 고개를 끄덕이며 정류장 앞에 마련된 작은 벤치로 자리를 옮겼다. 좁은 탓에 붙어 앉은 둘의 뒷모습은 모르는 사람이 본다면 연인이라고 생각했을 것이다.

십 분이 지나고, 이십 분이 지나고. 처음엔 꽤 여유 있게 주변의 야경을 구경하며 기다렸지만 오십 분이 지나고 한 시간째에 다다르자 그들은 더 이상 자리에 가만히 앉아 있지 못했다. 거의 차도 밖으로 나선 진헌은 도로 끝을 하염없이 바라보며 한숨을 쉬었다.

"진헌 씨, 한 시간째예요. 차가 한 대도 지나가지 않아요……."

거의 울먹이며 말을 잇는 혜라를 보며 진헌이 바짝 다가섰다. 진헌은 그녀의 어깨를 광장 쪽으로 돌려세우며 말했다.

"다시 돌아가죠."

"스탠리로 다시 들어가자고요?"

"아직 문이 열려 있는 상점이 있을 테니까. 일단 거기로 자리를 옮기죠."

밤 열두 시가 넘은 시간, 너무 어두워져 한 치 앞도 보이지 않는 도로에서 벗어나 그들은 다시 스탠리 광장 쪽으로 발걸음을 옮겼다.

하지만 이미 너무 늦어 버린 시각. 조용해진 거리는 그곳도 마찬가지였다.

"다 문을 닫아 버렸어요."

이미 상점은 문을 닫은 후였고 광장을 가득 메웠던 사람들도 없었다. 몇몇 술에 취한 외국인들이 자리에 털썩 주저앉아 캔 맥주를 마시고 있었다. 몇 시간 전과 달리 조금은 무서워진 분위기에 혜라가 진헌의 곁으로 바짝 다가섰다. 진헌은 움찔했지만 그녀를 안쪽으로 세우며 걸음을 맞춰 주었다.

이색적이었던 돌담길은 밤빛에 묻혀 으스스한 길로 변해 있었다. 길을 따라 한참을 걷던 진헌의 눈에 불이 들어온 작은 간판이 보였다.

"저기 상점에 가 보죠."

"그래요!"

목표가 생기자 혜라는 그제야 안심이 되었던지 바삐 걸음을 재촉했다. 가까이 다가선 상점은 테이블이 몇 없던 작은 펍이었다. 그마저도 장사를 끝냈는지 직원이 주변을 정리 중이었다.

혜라가 불빛이 밝게 비추는 테라스 의자에 잠시 앉아 있는 동안 진헌은 가게 안으로 들어가 직원과 대화를 했다. 밖에선 그들의 대화가 들리지 않아 알 수 없었지만 진헌의 표정이 심각하게 굳어지는 것은 알아차릴 수 있었다.

"후."

작은 한숨을 내뱉으며 진헌이 문을 열고 나오자 혜라는 자리에서 벌떡 일어나 그에게 다가서며 물었다.

"왜요? 차 없대요? 여기는 콜택시 같은 거 없어요?"

다다다 쉬지 않고 물어보는 혜라의 질문에 진헌은 작게 고개를 저었다.

"시골 섬 같은 곳이라 열한 시가 넘으면 오고가는 대중교통이 전부 끊긴다고 합니다."

진헌의 말에 망연자실한 혜라가 거의 울 듯한 표정으로 물었다.

"그럼 어떡해요 우리?"

"묵을 곳이 있다고는 하는데……."

그의 말이 채 끝나기도 전, 정리를 끝낸 직원이 상점에서 나와 진헌의 어깨를 두드리며 손짓했다.

"Follow me!"

＊

그들을 안내한 직원은 풍채가 건장한 인상 좋은 중년의 남자였다. 흰색 턱수염이 산타클로스를 떠올리게 하는 모습이었는데 어두운 골목길을 따라 들어가는 내내 혜라는 한껏 긴장하고 있었다.

이미 홍콩의 골목에서 진헌이 아니었으면 큰일 날 뻔한 경험이 있었던 터라 잔뜩 신경이 곤두서 있었지만 진헌의 표정은 버스 정류장에서 오지 않는 택시를 기다리는 것보단 조금 풀어져 있었다. 그 모습을 보니 혜라도 조금은 안도하곤 남자를 따라 골목 깊숙이 들어섰다.

도착한 곳은 작은 빌라 형식의 주택이었는데, 남자는 이곳에 사는 사람들이 주거하는 공간이라고 말했다. 대개 오전에 관광객들이 왔다가 밤에는 빠져나가는 곳이라 특별한 호텔 같은 숙박 시설은 없었고 이 빌라의 빈방을 한국의 민박처럼 사용할 수 있다고 말해 주었다.

"감사합니다. 아, 땡큐!"

진헌에게 설명을 들은 혜라는 팔짝팔짝 뛰며 기뻐했다. 길에서 노숙을 할 뻔했는데, 민박이라니! 그게 어디냐 싶은 그녀는 고맙다며 남자에게 연신 인사를 했다. 그제야 자신들을 데려다준 남자의 인상이 무척 선하구나 싶었다. 하지만 문제는 그다음이었다.

"방이……."

혜라는 말끝을 흐렸다. 빈방이 하나밖에 없다는 사실을 알게 되었기 때문이었다.

어쩔 수 없지. 호텔에서도 함께 지내고 있는데 한 방에서 자는 게 무슨 대수인가 싶어 혜라는 긍정의 뜻으로 고개를 끄덕였다.

하지만 방에 들어서자 또다시 혜라는 말끝을 흐릴 수밖에 없었다.

"침대가……."

방은 무척 작았다. 그들이 지내고 있었던 호텔에 비하면 방 한 칸보다 더 작은 방이었다. 많은 것을 기대한 건 아니었지만 싱글 침대 하나가 겨우 들어갈 수 있을 정도라곤 생각하지 못했다. 좁은 화장실과 침대가 고작인, 발 디딜 틈 없는 고시촌 쪽방 같은 느낌이 나는 곳이었다.

"안 되겠습니다. 혜라 씨는 여기서 자요."

진헌이 방 안을 훑어보곤 몸을 돌려 문밖으로 나서려 하자 혜라가 그의 소맷자락을 붙잡으며 물었다.

"진헌 씨는 어디 가려고요?"

"날씨가 춥지 않으니 광장에서 있어도 될 것 같습니다. 어차피 일할 것도 있고요."

진헌은 손에 들고 있던 노트북을 들어 보이며 말했다. 하지만 혜라는 그의 소맷자락을 놓지 않았다.

"같이…… 있어요."

귀까지 빨개진 혜라는 고개를 푹 숙이며 말했다.

"진헌 씨와 같이 자는 것보다, 여기서 혼자 자는 게 더 무서워요."

몸을 잔뜩 웅크리고 누워 있던 진헌은 생각했다.

'정말 곤란한 침대군.'

서로 등을 맞대고 눕자니 등과 엉덩이가 맞닿고, 그렇다고 마주 보고 눕자니 서로의 숨결이 맞닿는 상황이었다. 게다가 베개가 하나밖에 없는 상황이라 함께 나눠 베고 있다 보니 반쪽 머리가 아려 왔다.

"장혜라 씨."

"……네?"

불편한 자세로 잠 못 드는 건 혜라 역시 마찬가지였다. 온몸에 잔뜩 힘을 주고 긴장하고 있는 터라 더욱 힘들었다.

"다른 생각이 있는 건 아닙니다."

"무슨 말…… 으악!"

진헌은 팔을 뻗어 혜라의 어깨를 휙 하고 감싸 안았다. 진헌이 베개를 홀로 편히 베고 혜라는 진헌의 품에서 그의 팔에 머리를 베었다. 그리고 그의 팔뚝이 그녀의 어깨를 강하게 안았다.

"지, 진헌 씨!"

"이대로 잡시다. 불편해서 담 걸리겠습니다."

"하, 하지만!"

"이보다 서로 편한 자세 있습니까?"

혜라는 대답하지 못했다. 확실히 훨씬 편했다. 오히려 딱딱한 침대보다 진헌의 품은 포근하기까지 했다.

"동의하는 걸로 알겠습니다. 한 사람이라도 편히 자야죠."

어둠 속에 서로의 표정이 보이지 않는 걸 다행이라 여겼다. 대답 없는 혜라의 대답을 들은 진헌이 이불을 끌어당겨 그녀의 목까지 덮어 주었다. 가슴팍에서 드는 간질거리는 느낌이 묘했다.

묘한 기분인 건 역시 마찬가지였지만, 곧 규칙적인 숨소리가 작은 방 안을 가득 채웠다.

"잡니까?"

"……."

화들짝 놀랄 때는 언제고, 진헌의 품에 안긴 지 십 분 만에 잠이 들어 버린 혜라의 실루엣을 바라보며 진헌은 피식 웃었다.

"한 사람이라도 편히 자야죠."

진헌은 다시 한번 읊조리며 가쁜 숨을 몰아 내쉬었다.

"양 한 마리……. 양 두 마리……."

9. 귀국

　며칠 전 스탠리에서의 하룻밤 이후 두 사람은 부쩍 가까워져
있었다. 그동안 어딘지 모를 어색함이 항상 따라다녔는데 그날 밤
이후 어색함은 좀처럼 찾아보기 힘들었다. 혜라는 진헌에게 더욱
격 없이 표현했고 진헌 역시 가벼운 농담을 던질 만큼 편해졌다.

　"아, 내일 마카오로 건너가 보고 싶었는데."

　밤비 내리는 바깥을 바라보며 혜라는 스위트룸 창가에서 눈과
손을 떼지 못했다.

　"내일도, 모레도 비 온다고 했어요."

　소파에 앉아 민성이 정리해 메일로 보낸 결재 문서들을 바라보
던 진헌이 고개를 돌렸다. 축 처진 어깨며 기운 빠진 목소리가 마
치 물에 젖어 시무룩한 강아지 같은 그녀의 모습에 피식 웃음이
새어 나왔다.

"그럼 그다음 날 가면 되겠네요."

"삼 일이나 이 안에 있을 텐데. 얼마나 심심하겠어요?"

"호텔 내에 스파도 있고 수영장도 있고. 마사지도 받을 수 있으니까 이용해요."

나긋한 진헌의 목소리에 눈을 번쩍 뜬 혜라가 물었다.

"가도 돼요?"

"혜라 씨가 언제부터 제 허락을 받았습니까?"

"수영장에서의 예절이나 스파의 종류, 마사지 고급스럽게 받는 법. 뭐 이런 강의를 또 들어야 할 게 있나 해서 물어본 거죠!"

툴툴거리는 그녀의 목소리에 진헌의 눈이 가늘어졌다.

"곧 죽을 사람처럼 행동하던 사람치곤 매우 활발하네요."

그의 말에 괜히 머쓱해진 혜라가 입술을 삐죽이며 침대에 털썩 모로 누웠다. 빗방울 소리는 더욱 거세져 유리창을 두드렸고 성난 바람과 천둥마저 함께 찾아왔다.

우르르 쾅.

금방이라도 건물을 삼켜 버릴 듯 우렁차게 질러 대는 천둥 소리에 혜라는 이불을 더욱 세게 여미며 움찔거렸다.

"진헌 씨, 안 자요?"

고요한 침묵 속, 혜라는 이불에 얼굴을 파묻은 채 말했다.

"먼저 자요. 기다려 줄 테니까."

그의 목소리가 혜라의 귓불을 뜨겁게 간지럽혔다.

'이 사람에겐 무엇이든 도저히 숨길 수가 없구나. 그렇게 티가 나는 건가?

어색한 침묵이 흘렀다. 어느새 진헌의 키보드 소리도 점차 사그라들어 서로의 숨소리만 조용히 울리고 있었다.

숨 막히는 고요를 깬 건 진헌이였다.

"로또인 줄 알았습니다."

무슨 소린가. 싶은 혜라가 몸을 돌려 누워 그를 바라보았다. 그는 노트북을 쳐다보며 전혀 흐트러짐 없이 말했다.

누워서 바라보는 진헌의 옆모습은 감탄이 절로 나올 정도였다. 여자보다 긴 속눈썹과 높은 콧대, 붉은 입술과 날렵하게 이어지는 턱선.

"처음에, 공항에서 혜라 씨를 봤을 때. 복권 당첨된 사람인 줄 알았어요."

"풉."

얼굴 감상도 잠시, 그의 입술에서 생각지도 못한 단어가 나오자 혜라는 웃음을 참지 못했다.

"푸하하하하."

그녀의 웃음소리를 들은 진헌이 고개를 돌려 빤히 쳐다보았다. 그제야 혜라는 웃음을 겨우 멈추며 답했다.

"진헌 씨도 그렇게 엉뚱한 생각을 할 때가 있구나 싶어서요."

"그게 그땐 가장 합리적인 생각이었습니다."

"예? 로또 당첨이요?"

"일등석에 값비싼 목걸이를 거리낌 없이 사질 않나. 하룻밤에 몇백씩 하는 스위트룸에 일주일이나 묵질 않나."

혜라를 처음 만나 이상한 여자라 여겼던 그때의 일이 생각나는지 진헌은 자신도 모르게 미소 짓고 있었다.

"그 사람이 유일하게 남겨 놓은 흔적이에요."

하지만 낮은 목소리에 그의 표정이 순식간에 굳어 버렸다.

"돈 말이에요."

밖에는 여전히 비가 내렸다. 가끔씩 울리는 천둥 소리에 여전히 움찔거렸지만 더 이상 무섭지는 않았다. 혜라는 눈을 감고 말했다.

그간 누구에게도 한 번도 꺼내 놓지 못한 말이었다. 그 사람에 대한 기억을 꺼낸다는 건, 끝내 가슴속을 꽉 누르고 있던 모난 돌덩이를 꺼내지 못해 늘 상처만 남던 일이었다.

어디서 만났고, 언제 사랑하게 됐는지. 그리고 그가 어떻게 떠났는지.

물 흐르듯 담담하게 말하던 그녀의 조곤조곤한 목소리가 서서히 잦아들 때까지 진헌은 혜라의 얼굴을 똑바로 마주하고 있었다.

"흔적도 없이 사라졌으면서, 통장 하나 남겼더라고요. 성공하고 싶어서, 잘살고 싶어서 밤낮으로 악착같이 모았던 이유를 아는 나에게, 주고 간 거예요."

혜라는 이불을 이마 끝까지 덮어 쓰며 말했다.

그 소리는 혼잣말처럼 작았지만 진헌은 뚜렷하게 들을 수 있었다.

"그게 그 사람이 살아가는 이유였는데, 그걸 남기면 내가 좀 더 잘살 거라 생각한 거죠. 내가 살 수 있는 이유는 그게 아니었는데……."

그 말을 끝으로 혜라는 더 이상 말이 없었다. 그저 규칙적인 작은 숨소리만이 들릴 뿐이었다.

가슴이 콱 막힌 듯 갑갑증이 일어 왔다. 진헌은 보고 있던 노트북을 테이블 위에 올려 두곤 일어섰다.

침대에 다가서 혜라가 덮고 있던 이불을 살짝 끌어 내렸다. 곤히 잠든 그녀의 새하얀 피부가 눈 주위만 복숭아처럼 퉁퉁 부어 있었다. 아직 눈가에 묻어 있는 물기를 조심스럽게 스윽 닦아 낸 진헌이 손을 그녀의 머리카락으로 향했다.

"이상하게 기분이……"

부드럽게 혜라의 머리카락을 쓸어내리는 그의 손길은 다정했다.

낯선 남자와 낯선 나라에서 만나, 한방에서 함께 밤을 보내고 있다.

그런데 온몸의 신경이 잔뜩 긴장되어 있는 그와 달리 혜라는 너무나 편한 표정으로 쌔근쌔근 잠들어 있었다.

진헌은 그녀가 태연할 수 있는 이유가 '그 남자'에게 있다는 사실을 깨달았다.

"나쁘군요."

유쾌하진 않은 기분이 진헌의 표정을 묘하게 만들었다.

＊

며칠째 진헌은 소파에서, 혜라는 침대에서 절대 움직이지 않았다. 누가 정한 것도 아닌데 그들은 서로의 영역에서 좀처럼 벗어

나지 않았다. 여전히 홍콩의 하늘은 성난 듯이 어두웠고 비는 억수같이 쏟아졌다.

일을 하면서도 진헌은 혜라가 계속 신경 쓰였다. 그녀의 기분이 좀처럼 나아지지 않았기 때문이었다.

"진헌 씨?"

진헌은 창밖을 바라보며 한숨짓는 혜라의 손목을 잡아 그녀를 돌려세웠다. 갑자기 일어난 일에 휘청거리며 진헌의 품에 머리를 콩 하고 부딪힌 그녀가 그를 올려다보자 진헌은 입가에 잔잔한 미소를 띠었다.

"나가죠."

진헌의 손에 이끌려 호텔 밖으로 나서자 위에서 볼 때보다 더욱 세차게 장대비가 쏟아지고 있었다. 하지만 진헌은 아랑곳 않고 호텔 앞 택시를 잡아탔다. 그는 여전히 혜라의 손목을 꽉 그러잡고 있었다.

도망가는 사람을 겨우 붙잡은 것처럼, 그의 손아귀엔 힘이 실려 있었다.

"진, 진헌 씨……."

혜라의 목소리에 진헌이 시선을 돌려 손을 바라보았다. 그제야 그녀의 손목을 잡고 있는 자신의 손을 살짝 풀었다.

긴장이 풀렸던지 혜라 역시 '휴' 하곤 작은 한숨을 내쉬었지만 곧 다시 그녀의 손에 따뜻한 온기가 덮여 왔다.

"잡고 있겠습니다."

"네?"

붉게 물든 뺨이 느껴지자 혜라가 고개를 차창 밖으로 돌렸다. 발끝까지 찌릿한 느낌이 도달하면서 심장이 빠르게 뛰기 시작했다.

택시는 빠르지도, 느리지도 않게 움직였다. 마치 차창 밖의 풍경을 일부러 보여 주기라도 하듯이 택시가 시내 곳곳을 누볐다. 그사이 빗방울은 점점 잦아들었고 홍콩의 하늘은 더할 나위 없이 맑아졌다.

"내려요."

택시는 빅토리아 항구에 정차했다. 먼저 내린 진헌이 혜라의 손을 잡아 이끌었다.

"여긴 왜요?"

"비가 그쳤으니까."

씩 웃는 그의 장난스러운 표정을 보며 혜라도 피식 따라 웃었다.

"비가 그칠 건 어떻게 알았어요?"

"내가 그치라고 한 겁니다."

"예?"

"전화했어요. 우리 저거 타야 하니까 잠깐 멈추라고."

"칫, 말도 안 돼."

그의 터무니없는 장난에 혜라가 웃으며 진헌이 가리키는 곳을 바라보았다. 그의 손가락 끝엔 빨간 돛을 단 크루즈가 있었다.

"어? 저 배, 여행 책에서 봤어요. 아쿠아루나잖아요."

"잘됐네요."

휘적휘적 앞서 걷는 진헌을 따라 혜라가 종종걸음으로 따라갔다.

"예약해야 할 텐데……. 꽤 며칠 전에 예약해야 예매할 수 있다는 글을 봤는걸요?"

그녀의 말을 듣는 둥 마는 둥 진헌은 선착장으로 향했다. 그곳에는 외국 영화의 해적선처럼 붉은 돛을 달고 있는 배 한 척이 그들을 기다리고 있었다. 가까이에서 본 아쿠아루나는 한눈에 담기조차 힘들 정도로 거대했다.

버선코처럼 날렵한 적갈색의 선체는 나무로 만들어져 있었다. 마룻바닥을 연상시키는 갑판 위는 반질반질했고 수십 명을 태울 수 있을 만큼 넓었다. 바다를 바라볼 수 있는 난간 쪽엔 누울 수 있는 의자가 마련되어 있었다. 뜨거운 석양을 머금은 것같이 검붉은 돛 뒤로 목조로 만들어진 복층 선실이 보이는 구조였다.

'후크 선장의 배가 이런 모습이었을까?'

혜라는 어릴 적 읽었던 동화책 속 그의 해적선이 문득 떠올랐다. 상상하는 모든 것이 가능한 네버랜드를 그리는 것은 어렵지 않았지만, 본 적 없던 바다 위를 유영하는 후크 선장의 해적선을 그리기엔 너무 어려워 어머니에게 칭얼거렸던 어린 날이 기억났다. 그녀의 입꼬리가 살며시 호를 그렸다.

배에 오르자 단정한 흰 와이셔츠를 입고 빨간 허리끈을 두른 선원들이 웃으며 그들을 반겼다.

"2층으로 가죠."

진헌이 앞서 걸었다. 여전히 그의 손은 혜라를 꽉 잡고 있었다.

2층 선실에 오르자 편안히 누워 홍콩의 야경을 감상할 수 있는 침대형 좌석이 마련되어 있었다. 그들이 자리를 잡자 배는 커다란 뱃고동 소리를 내며 서서히 움직이기 시작했다.

"사람들 더 안 타요?"

수많은 관광객들이 세계 3대 야경 중 하나인 홍콩의 야경을 감상하기 위해 빅토리아 항구를 찾는다. 그중에서도 아쿠아루나는 빅토리아 항구의 중심에서 홍콩을 바라볼 수 있는 가장 인기 있는 크루즈였다. 하지만 지금 배 위에는 단 두 사람뿐이었다.

"빌렸어요."

"네?"

혜라가 무어라 더 말을 하려던 찰나, 직원이 그들에게 와인을 권했다. 혜라는 얼결에 와인 잔을 집었다.

그 후 한동안 침묵했다. 항구의 잔잔한 물결을 느끼며 마시는 와인 한 모금은 마천루에 올라 세상을 내려다보는 기분만큼 황홀했다.

진헌은 침대에 풀썩 몸을 뉘었다. 그의 인기척을 느꼈지만 혜라는 끄트머리에 걸터앉아 물결에 찰랑이는 머리카락을 매만지며 야경을 바라보았다.

탁.

"엄마야!"

그런 그녀의 팔목을 잡아끌었다. 중심을 잃은 혜라가 풀썩 뒤로 넘어지려 하자 진헌의 손이 부드럽게 그녀의 허리를 감싸 안고선 침대에 눕혔다.

"뭐, 뭐 하는 거예요!"

"누워서 봐요. 여긴 그러라고 있는 침대니까."

일어서려 했지만 소용없었다. 그의 손이 그녀의 허리를 놓아주려 하지 않았다.

얼결에 품에 안긴 채 그의 어깨를 베고 눕게 된 혜라가 하늘을 올려다보았다. 홍콩의 별이 우수수 떨어질 듯한 까만 하늘이 눈앞에 있었다.

평화로웠다. 그녀의 귓가엔 잔잔한 물결 소리와 규칙적인 진헌의 숨결 소리만 들려왔다.

곧이어 시작된 홍콩 야경의 절정인 레이저쇼, 심포니오브라이트가 시작되었다. 울긋불긋한 레이저가 멋진 홍콩의 빌딩과 건물에서 쏟아졌다. 초록빛, 붉은빛 레이저는 밤하늘로 향했고 검정 캔버스에 우아한 색을 칠했다.

여기서 이대로, 시간이 멈춰도 좋을 만큼 일렁이는 파도가 혜라의 마음을 동하게 했다.

"약혼합시다. 우리."

✱

호텔로 돌아온 후, 그들 사이에 잠시나마 사라졌던 어색함이 다시 짙어졌다.

"진헌 씨, 더 해야 할 일 있어요?"

"네."

"그럼, 저 먼저 씻을게요."

사실 그 어색함은 진헌만 가지고 있는 건지도 모른다. 혜라는 평소와 다르지 않았다. 오히려 바깥바람을 쐬고 멋진 홍콩 야경을 보고 와서인지 기분이 조금 나아 보였다.

그녀가 욕실로 향했다. 곧이어 물줄기 소리가 시원하게 쏟아지자 진헌은 작은 숨을 몰아쉬며 잔뜩 경직된 자세를 풀고 소파에 눕듯이 몸을 고쳐 앉았다.

그 어느 날보다 긴장 상태에 있던 진헌이였다.

"후, 미치겠군."

사실 그들의 관계에서 약혼은 명분이었다.

함께 귀국을 해야 하는 명분, 그녀를 이용하기에 합당한 명분, 혜라를 제 옆에 묶어 둘 수 있는 명분.

"프러포즈라니……."

하지만 빅토리아항구에서 진헌은 그 명분을 프러포즈로 둔갑시켰다.

왜 그랬을까. 자신답지 않은 감정적인 행동이었다.

진헌은 소파에 머리를 기댄 채 눈을 감고 이유를 생각했다.

며칠째 비가 왔다. 날씨가 좋지 않았다. 그녀가 실망하고 있는 모습이 보기 싫었다…….

이것저것 머리에서 떠오르는 대로 진헌이 마음속으로 중얼거렸다.

덜컥.

"진헌 씨는 안 씻어요?"

그가 한참 핑계를 생각하는 데에 골몰해 있을 때였다. 혜라가 젖은 머리카락을 수건으로 털며 나와 진헌을 지그시 바라보았다.

"아, 네. 조금 있다가."

진헌이 자세를 고쳐 앉으며 대답했다.

머리를 말린 혜라는 침대 위로 올라가 진헌의 등을 바라보며 모로 누웠다.

"내일 그럼 기사가 나는 건가요?"

"네. 한국에선 아마 꽤 시끄러운 스캔들이 될 겁니다."

"그래요……."

자세를 고쳐 천장을 바라보며 누운 혜라가 눈을 질끈 감았다.

가라앉은 그녀의 목소리를 알아차린 진헌이 처음으로 몸을 돌려 혜라를 바라보았다.

"문제 있나요?"

"아뇨. 그냥, 기분이 이상해서요."

말을 잇지 못하는 그녀의 표정을 읽은 진헌이 입술을 꾹 깨물었다. 그 역시 짐작할 수 있는 기분이었다. 낯선 곳에서 만난 위험한 인연은 한배를 탔다. 서로의 목적지는 정해져 있었지만 항로는 가늠할 수 없는 긴 항해를 앞두고 있었다.

진헌은 테이블 위에 있던 노트북의 전원을 켰다.

「선진그룹의 피앙세는 해성건설이 아니었다! 그녀의 정체는?!」

미리 섭외해 둔 기자가 뽑은 기사의 헤드라인이었다. 멀리서 찍힌 파파라치 사진에는 손을 꼭 맞잡은 그들이 야경을 바라보는 옆모습이 찍혀 있었다. 제법 사랑하는 연인처럼 서 있는 모습이었다.

노트북 속 빼곡하게 적힌 활자들을 바라보며 진헌은 잠시 생각했다.

자극적인 제목, 그리고 수많은 루머들을 생성할 내용. 선진그룹 차기 CEO의 약혼녀가 누구인지 추측하는 스캔들이 주가 되는 기사였다.

"예상했던 시나리오 아니었습니까?"

진헌은 침대 곁으로 다가가 노트북을 건네며 말했다. 언제까지 꿈속 여행자의 기분으로 남아 있을 수는 없었다. 현실로 돌아갈 시간은 다가왔다고. 그녀에게 알렸다.

기사를 읽어 보던 혜라는 곧 떨리는 시선을 거뒀다. 입술을 움찔거리던 혜라는 끝내 그의 질문에 대답을 하지 않은 채 등을 돌리며 자세를 고쳐 누웠다. 그리곤 이불을 이마 끝까지 덮어쓰며 말했다.

"그 사람도……."

바스락거리는 이불 소리에 혜라의 뒷말이 묻혔다. 하지만 진헌은 예상할 수 있었다.

그녀는 여전히 그 남자를 찾고 있었다.

겉으로는 밝아 보이지만 그녀의 내면에는 깊이를 알 수 없는 우물이 있다. 그리고 언제 그 우물로 도망쳐 숨어 버릴까. 어느새 불안해하는 진헌이 있었다.

처음엔 호기심, 그리고 연민. 하지만 지금은 어디로 향하는지 알 수 없는 감정이 그의 머리를 지끈거리게 만들었다.

✳

홍콩에서 함께하는 마지막 날이 밝았다.

혜라는 소파에서 불편하게 잠들어 있는 진헌을 내려다보았다.

어쩌다 이 사람과 이렇게까지 얽혀 버렸을까. 묘한 기분이 들었다. 모든 걸 버리기 위해 왔던 홍콩에서 더 많은 짐을 안고 돌아가야 한다.

진헌의 제안을 거절하지 못한 걸 후회하게 될까.

하지만 다시 되돌아간다 해도 그의 제안을 거절하지 못할 것이란 걸 혜라는 알고 있었다.

"진헌 씨. 아침이에요."

혜라의 목소리에 진헌이 눈을 떴다. 언제 소파에서 잠들어 버렸는지 기억조차 나지 않았다. 그녀는 평소처럼 방긋 웃으며 말했다.

"얼른 세수하고 나와요. 마지막 조식을 먹으러 가야죠!"

진헌은 몸을 일으켜 세우며 뻐근한 어깨를 매만졌다.

"룸서비스 시켜도 됩니다."

"내려가서 먹을래요. 이제 언제 다시 올 수 있을지도 모르는데…….. 커피도 마지막으로 마셔 보고, 로비 구경도 마지막으로 다시 할래요."

혜라는 마지막이라는 단어를 신경 써서 말했다. 진헌은 그런 그녀의 단어 선택이 못마땅해 눈썹을 꿈틀거리다 작은 한숨을 내뱉곤 화장실로 들어갔다. 곧이어 샤워기의 물줄기 소리가 시원하게 들렸다.

평소와 같은 날이었다. 어느새 홍콩의 일상은 그들에게 보통날이 되어 있었다. 혜라는 말했던 것처럼 평소보다 조금 더 오랜 시간 커피를 음미하며 마셨고 호텔 로비를 찬찬히 구경했다.

"진헌 씨, 부탁이 있는데요."

발걸음이 유난히 무거워 보이던 혜라가 승강기 앞에서 애꿎은 손톱을 만지작거리며 말했다.

"아쿠아루나 한 번 더 보고 싶어요. 정말, 마지막으로."

진헌의 시선을 마주한 혜라는 뜨끔했다. 그의 표정이 매우 화가 나 보였다. 머쓱해진 혜라가 뒷머리를 긁적이며 말했다.

"시간이 없죠? 괜한 소릴 해서…… 어?"

그녀의 말이 채 끝나기도 전, 진헌은 혜라의 손목을 낚아채 호텔 로비를 가로질러 걸어갔다.

"진, 진헌 씨!"

"갑시다."

둥근 회전문을 통해 밖으로 나서자 대기하고 있던 택시가 그들 앞에 섰다. 지체 없이 진헌은 혜라를 부드럽게 택시 안으로 밀어넣었다.

"지금 바로요?"

"네."

진헌의 짧은 대답과 함께 택시는 곧장 빅토리아 항구로 향했다. 말 없는 진헌을 물끄러미 바라보다 혜라가 차창 밖으로 시선을 옮겼다.

낮에 보는 홍콩의 색깔은 반짝이는 회색이었다. 창문을 조금 열자 습하지만 꽤 시원한 바람결이 그녀의 머리카락을 건드렸다. 혜라는 정신없이 지나쳐 가는 홍콩의 모습을 하나하나 눈에 담았다.

"다 왔습니다."

진헌이 먼저 내려 혜라에게 손을 내밀었다.

"괜찮은데."

혜라는 뺨을 살짝 붉히며 진헌의 손을 잡았다. 택시에서 내린 그들은 항구 쪽으로 발걸음을 옮겼다. 맞잡은 두 손은 여전히 서로의 온기를 나누고 있었다.

"느낌이, 달라요."

화려한 불빛과 번쩍이는 레이저가 수놓았던 새까만 밤하늘과 달리 높은 구름과 파아란 하늘은 무척 청명했다.

"실망했습니까?"

"아뇨."

물 위에 떠 있는 붉은 돛의 아쿠아루나가 물결을 가로지르자 부드러운 곡선이 요동쳤다. 눈이 부실 정도로 화려했던 그때의 모습은 아니었지만, 꾸밈없이 반짝이는 회색빛 홍콩과 어우러진 붉은색은 여전히 아름다웠다.

"더 좋은 것 같아요. 여기."

혜라의 **뺨**에 들꽃 같은 보조개가 일었다. 진헌은 혜라를 잡고 있던 손에 힘을 꽉 주었다.

"시작입니다."

"네?"

"마지막이 아니라, 시작이라고요. 혜라 씨에게도, 그리고 나에게도."

혜라는 고개를 들어 진헌을 바라보았다. 그의 표정은 변함없었지만 자신을 잡고 있는 손은 더욱 단단해졌다.

그의 말대로 마지막이 아니길 혜라는 마음속으로 바랐다. 끝이 어딜 향하고 있는지 전혀 알 수 없지만, 함께 서 있는 이곳이 찬란한 시작점이 되길.

"이제 가요, 진헌 씨. 한국으로!"

＊

한국으로 돌아가는 비행기 안, 혜라는 사뭇 긴장된 표정으로 굳어 있었고, 진헌은 이륙부터 착륙까지 서류만 들여다보았다.

— **승객 여러분, 저희 비행기는 방금 서울 인천 국제공항에 도착하였습니다. 좌석 벨트 사인이 꺼질 때까지 자리에서 일어나지 마시고……**.

돌아가는 시간은 생각보다 빨리 흘렀다.

짐을 챙기려 안전벨트를 풀던 혜라의 손목을 진헌이 잡았다.

"선글라스 써요."

"네?"

혜라가 고개를 갸우뚱하자 진헌은 서류 가방에 챙겨 두었던 케이스에서 선글라스를 꺼내 그녀의 얼굴에 천천히 씌워 주었다.

그의 손가락이 얼굴선에 닿자 혜라는 머리카락이 삐죽 서는 것만 같았다.

"최대한 노출 안 되게 할 테니 놀라지 말아요."

혜라는 그가 무엇을 걱정하는 건지, 사실 이해되지 않았다. 하지만 보통 때보다 더 다정하게 들리는 그의 목소리에 그저 고개를 끄덕였다. 진헌의 목소리에서 자신을 걱정하는 마음이 느껴졌기 때문이었다.

짐을 찾고 캐리어를 끌고 게이트 밖으로 나서자 진헌의 말이 무슨 뜻이었는지 혜라는 비로소 이해할 수 있었다.

"침착해요. 괜찮으니까."

게이트의 문이 열리자마자 수많은 사람들의 목소리가 들려왔다. 검은 정장을 입은 경호원들이 기자들을 막고 서 있었지만 여기저기서 터지는 플래시 세례와 사람들의 시선까지는 막지 못했다.

눈이 부실 정도로 터지는 밝은 플래시 불빛과 대중없는 셔터 소리에 정신이 아찔해지려던 찰나, 진헌이 혜라의 손을 꽉 그러잡았다.

"굳이 고개 들 필요 없어요. 내 손만 보고 따라오면 됩니다."

혜라는 선글라스 너머의 진헌을 바라보았다.

변함없는 무표정한 모습이었지만 그의 손에 온기는 뜨거울 정도로 따뜻했다. 혜라는 고개를 끄덕였다. 그리고 그의 말대로 마주 잡은 그의 손만 바라보며 걸었다.

"안녕하십니까, 본부장님. 모시겠습니다."

곧이어 깔끔한 정장 차림의 무리들이 다가와 혜라와 진헌을 에워쌌다.

두 사람은 그들의 엄호를 받으며 공항을 무사히 빠져나갔고 공항 밖, 미리 준비된 차량에 올라탈 수 있었다.

"괜찮습니까?"

혜라가 고개를 끄덕였다. 긴장이 풀렸는지 아니면 편안한 고급 승용차의 승차감 덕분인지 작은 한숨이 절로 새어 나왔다.

"아!"

그리고 그제야 아직도 제 손을 잡고 있는 진헌의 손을 알아챘다. 혜라가 황급히 손을 빼내자 그가 말했다.

"이 정도 스킨십은 익숙해질 때도 됐는데요."

진헌은 다정했던 공항에서와 다르게 다시 예의 바른 딱딱한 로봇으로 변해 있었다. 노트북을 꺼내 일을 시작하는 그를 보며 혜라는 입을 삐죽였다.

공항 도로를 벗어난 차는 한 시간을 달린 후 서울 외곽의 고급 주택가로 들어섰다.

"회사에 잠깐 들러야 합니다."

"저 혼자 내리나요?"

"오늘도 같이 보내고 싶습니까?"

진헌의 입꼬리가 히죽 올라갔다.

당황한 혜라가 황급히 손을 내저으며 대답했다.

"아, 아뇨. 그런 게 아니라…… 아까처럼 또 기자들이……."

"조치 취해 놨으니 걱정할 필요 없습니다. 아침에 사람 보내겠습니다."

종잡을 수 없는 그의 말투가 지금의 상황이 공적인지, 사적인지 가늠되지 않았다. 혜라는 그의 말에 고개를 끄덕이는 걸로 대답했다.

그녀가 내리자 메이드 차림의 여자가 나와 혜라의 짐을 받았다. 뒤돌아봤지만 이미 진헌을 태운 차는 시야에서 멀어진 뒤였다.

뭔지 모를 아쉬움이 들었지만 이내 혜라는 안으로 걸음을 옮겼다.

"진헌 씨 집인가요?"

"네. 본부장님 사택입니다."

"아……."

푸른 잔디가 깔린 마당을 살펴보았다. 깔끔하게 정리되어 있었지만 꽃 한 송이, 나무 한그루 없는 그곳을 보며 혜라는 눈썹을 올렸다. 그의 집은 호텔 못지않았다. 복층으로 된 넓은 저택이었다. 화려하지는 않지만 그의 성격처럼 무척 심플했다.

"필요한 게 있으시면 말씀 주세요."

여자는 혜라를 2층 방으로 안내 후 고개를 숙였다.

혜라는 마당이 내려다보이는 창가에 서서 한적한 동네의 모습을 물끄러미 바라보았다. 고즈넉한 분위기가 마음에 들었다.

짐을 풀기 위해 혜라가 몸을 돌렸다. 그녀의 시선은 곧 테이블 위에 준비되어 있던 신문에 내려앉았다.

「선진의 차기 후계자와 함께한 그녀, 정체는?」
「해성건설 합병설 무산. 선진 주가 폭락!」

혜라는 멍하니 신문을 들고 한동안 시선을 떼지 못했다.

자극적인 기사 제목이 신경 쓰였지만, 그것보단 함께 홍콩 호텔에서 나오는 모습, 공항 출국장을 빠져나오는 모습이 파파라치 컷이 신문사별 첫 페이지에 대서특필되고 있다는 게 마음에 걸렸다.

'내가 원하는 건 메이린 장입니다. 장혜라가 아니라.'

그가 허투루 한 말이 아니란 걸 혜라는 다시 한번 깨달았다. 한국에서 그는 꽤 중요한 인물이었다.

"선을 넘었구나."

다신 돌아오지 못할 강을 건넌 것 같았다.

끊어 버릴 수 없었던 '아버지'라는 사람과의 인연과 지워지지 않았던 '메이린 장'이라는 이름이 결국은 혜라에게로 돌아오고 있었다.

그녀는 침대 위로 올라가 몸을 웅크리며 눈을 감았다. 꿈같이 자유로웠던 홍콩에서의 일상은 더 이상 없을 것이다.

낯선 이 공간이, 처음으로 쓸쓸하다고 느껴졌다.

10. 잘못된 만남

"최 비서입니다."

혜라는 아침 일찍부터 문 두드리는 소리에 깨어났다. 문을 열자 바로 앞에 서 있던 여자가 환하게 웃으며 깊게 고개를 숙였다.

"차량을 준비해 두었습니다. 밖에서 기다리고 있겠습니다."

깔끔한 포니테일로 묶은 헤어스타일이 세련된 인상을 주는 여자였다.

"아, 네. 준비하고 내려갈게요."

혜라는 급하게 세수를 하고 옷을 챙겨 입었다. 캐리어 가장 위에 올라와 있던 후드티와 청바지를 꺼내 입고 후다닥 나가려는 찰나, 그녀가 진헌이 챙겨 주었던 선글라스를 집어 들었다.

"그래. 이건 하자."

1층 거실로 내려가자 아까 그 여자가 다가오며 눈짓했다. 함께 대문 밖으로 빠져나가자 그녀가 말했던 차량이 준비되어 있었다.

"이 리, 리무진이요?"

"네. 본부장님께서 특별히 신경 쓰셨습니다. 안에 간단한 음식이 마련되어 있으니 이동하시면서 식사해 주셔야 할 것 같습니다. 양해 부탁드리겠습니다."

깊게 허리를 숙이는 그녀를 보며 혜라는 손사래를 쳤다.

"아, 아니요. 챙겨 주시는 건데 저야 감사하죠."

리무진 안은 무척 안락하고 또 고급스러웠다.

그녀의 말대로 간단히 먹을 수 있는 샌드위치와 샐러드가 준비되어 있었고 기본적으로 와인과 각종 음료도 함께 구비되어 있었다.

"우와아."

혜라는 주섬주섬 주머니에서 휴대전화를 꺼내 들었다.

마주 앉은 최 비서를 향해 어색한 웃음을 지으며 그녀는 사진을 한 장 두 장 찍었다. 이 순간에도 셀카봉이 없어 안타깝다는 생각이 들었다.

두려운 감정은 있었지만, 진헌의 배려로 누릴 수 없었던 많은 것들을 경험하고 있었다. 마치 홍콩 여행의 연장선 같았다.

'진헌 씨에게 덕분에 잘 잤다고 인사해야 할까.'

순간 진헌을 떠올린 혜라였지만, 막상 그의 전화번호조차 저장하지 않았다는 사실을 그제야 깨닫곤 고개를 내저었다.

그러고 보니 꽤 많은 시간을 함께했다 생각했는데 막상 진헌에 대해 혜라가 아는 사실은 별로 없었다.

"여기 어디 뒀었는데……."

혜라는 주머니에서 작은 카드 지갑을 꺼냈다. 그곳엔 진헌에게 받았던 명함이 아직 그대로 자리를 잡고 있었다.

홍콩에 있을 땐 사실 연락이 필요치 않았다. 한시도 떨어진 적이 없었으니.

혜라는 휴대전화에 진헌의 전화번호를 저장했다.

'이 번호가 맞는 건가. 업무용 전화번호 아닌가?'

개인용 전화가 아닐 수 있다는 생각이 들었지만 괘념치 않기로 했다. 이름을 진헌 씨로 해야 할까. 이진헌으로 해야 할까. 망설이던 그녀는 결국 '이진헌 씨'로 입력한 후 저장 버튼을 눌렀다.

혜라가 간단하게 아침 식사를 하는 동안 리무진은 부드럽게 달렸다. 그리고 곧 목적지에 도착했다.

"이쪽으로 오시죠."

먼저 내린 최 비서가 혜라를 안내했다.

그녀가 손짓한 쪽을 바라보자 화려한 조명과 거울이 즐비한 숍이 있었다.

"여긴 왜……."

"본부장님께서 오늘 저녁 파티 참석 준비를 지시하셨습니다."

"파티요?"

"자선 파티가 있습니다. 국내 기업들과 국외 관계사들이 참석할 예정이고 그 외 초대받은 몇몇 기자들이 참석할 예정입니다."

최 비서는 친절하게 설명을 덧붙여 주었다.

그리고 혜라를 거울 앞에 앉혔다. 곧이어 여러 명의 스탭들이 그녀에게 허리를 숙이며 인사했다.

"시작하겠습니다."

그들 중 한 명이 목소리를 내자 모두들 기다렸다는 듯이 혜라에게 다가섰다. 그녀의 손톱을 만지고, 몇몇은 무릎을 꿇고 앉아 그녀의 발톱을 관리하기 시작했다.

그리고 혜라의 뒤에선 헤어디자이너가 싱긋 웃으며 그녀의 머리를 만지작거렸다.

"드레스는 준비하셨던 게 있다고 하셔서 받아 왔습니다."

제 등 뒤에서 말하고 있는 그녀의 목소리에 혜라가 거울을 통해 바라보았다. 홍콩에서 진헌과 함께 갔던 명품 매장에서 산 검은색 미니 드레스였다.

"괜찮으신가요?"

혜라는 고개를 끄덕이는 것으로 대답을 대신했다. 그녀가 눈을 감자 부드러운 퍼프의 촉감이 얼굴을 덮어 왔다. 톡톡 고운 가루를 퍼뜨리며 뽀얀 그녀의 피부를 더욱 투명하게 빛냈다.

혜라는 환한 조명에 눈을 감았다. 그녀의 심장이 빠르게 움직였다. 눈을 감아 버리자 깊이를 알 수 없는 어둠에 익숙해져 다시 눈을 뜨는 것이 두려워졌다.

✱

"본부장님, 말씀하신 기자 명단과 참석자 명단입니다."

"네."

단정한 노크 소리와 함께 민성이 들어왔다. 연회 개회사를 준비 중이던 진헌이 민성이 건네준 서류를 받아 찬찬히 훑어보았다. 식순과 간략하게 정리된 참석자들의 프로필이었다.

"참석자 명단에 없는 한 사람이 최 비서와 함께 올 겁니다. 제가 초대한 사람이니 각별히 신경 써 주세요."

"네. 알겠습니다."

"아, 그리고."

나가려던 민성이 몸을 돌려세웠다.

"오늘 김 실장은, 참석할 필요 없습니다."

민성은 늘 그랬듯 그의 말에 어떠한 질문도 하지 않았다. 허리를 숙이고 인사하며 나가는 그의 뒷모습을 물끄러미 바라본 진헌은 작은 숨을 내쉬었다.

오늘의 파티는 진헌이 급하게 개최한 자선 파티였다. 아직 연말이 다가온 것도 아니었고 그렇다고 특별한 이유가 있는 것도 아니었다. 그가 이 파티를 주최한 가장 큰 이유는 따로 있었다.

― 본부장님, 도착했습니다.

"알겠습니다."

테이블 위 인터폰에서 최 비서의 목소리가 흘러나왔다. 진헌은 마지막으로 옷매무새를 정리하고 밖으로 나섰다.

이미 밖은 기자들로 인해 장사진을 이루고 있었다. 초대를 받은 몇몇의 기자들의 출입만을 허가하였지만 그럼에도 불구하고 많은 기자들은 이미 대기하고 있었다.

진헌이 나서자 기다렸다는 듯이 플래시 세례가 터졌다.

그리고 곧 진헌의 앞으로 검은색 리무진이 부드럽게 들어와 정차했다. 진헌은 혜라가 앉아 있는 뒷좌석의 문을 부드럽게 열었다.

어두운 차 속, 갑자기 너무나 화려한 빛이 쏟아져 들어왔다. 잔뜩 웅크려 있던 그녀의 정신이 빛과 뒤섞여 몽롱해져 갔다.

"혜라 씨?"

사시나무 떨듯 떨고 있는 그녀를 바라보며 진헌이 낮게 속삭였다.

진헌의 목소리는 들렸지만 혜라는 좀처럼 안심할 수 없었다. 그의 등 뒤로 수많은 사람들의 웅성거림과 카메라 플래시의 밝은 빛이 그녀의 정신을 점점 더 아득하게 만들고 있었다.

"못…… 못 해요. 나 못 할 것 같아요."

그녀의 눈망울에 금방이라도 떨어질 것 같은 눈물이 맺혔다. 손을 떨며 그녀는 입과 코를 막았다. 숨소리조차 새어 나가지 못하도록.

심상치 않은 기운을 느낀 진헌이 부드럽게 뒷좌석의 문을 닫았다. 그리고 차를 빙 돌아 반대편 문을 열고 조심스레 그녀의 옆자리에 앉았다.

"나, 도망갈래요. 보내 줘요. 보내 줘요 제발."

"무섭습니까?"

흐느끼는 혜라의 목소리에 담담하게, 그리고 다정하게 진헌이 물었다.

무서움일까. 아니, 두려움이었다.

"엄마가 죽었던 건 사고였지만, 난 알아요. 그건 진짜 사고가 아냐."

어머니가 죽기 전 날, 그녀는 오열하며 누군가와 통화했고 곧 뛰쳐나갔다. 언제나 상냥하고 조용했던 어머니의 입에서 원망의 욕이 난무했던, 절망으로 가득한 통화였다. 그렇게 교통사고를 당했다.

알고 있었다. 그녀의 전화를 받고 있는 사람이 누군지.

"그 사람이 죽인 거예요. 아버지란 사람이. 엄마를 죽이고, 민이마저……."

진헌의 질문에 대한 대답인지, 스스로에게 하는 혼잣말인지 알 수 없을 정도로 혜라는 머리를 감싸고 중얼중얼 말을 읊었지만 그는 담담하게 듣고 있었다.

진헌은 알고 있었다. 그녀가 지난 시간 어떤 일들을 겪어 왔는지.

의외로 대담한 혜라의 모습과 장난 서린 웃음을 보며 그는 그녀가 참 강하고 대단한 여자라 생각했었다. 하지만 아니었다.

가면 뒤에 숨는 법에, 아버지란 그늘에서 도망가는 법에 그녀는 숙련되어 있을 뿐이었다.

"혜라 씨."

진헌이 그녀의 어깨를 부드럽게 감싸 자신 쪽으로 돌렸다.

"장혜라."

그녀의 시선엔 초점이 없었지만 진헌은 혜라의 눈을 똑바로 바라보며 다정하지만 강한 어조로 말했다.

"두렵다면, 도망가고 싶다면 그래도 좋습니다. 아직도 죽고 싶다면, 죽게 해 줄게."

그 목소리에 혜라가 고개를 들었다.

"내가 여기까지 끌고 온 거니까. 당신이 도망가고 싶다면 나 역시 더 이상은 당신 손을 억지로 잡아끌고 들어가진 않을 겁니다."

혜라의 어깨에 있던 그의 오른손이 그녀의 팔을 어루만지며 내려왔다. 그리고 그녀를 향해 조심스레 손바닥을 펼쳤다.

"더 이상 숨지 말고. 도망치지도, 죽지도 말고 나를 믿어 보는 건, 무립니까? 나는 당신을 두고 떠나지도, 버리지도, 죽어 버리지도 않을 겁니다."

그녀의 뺨 위로 눈물방울이 흘렀다.

갇혀 버린 새장 속 유일한 빛이라고 생각했던 그녀는 죽어 버렸다. 그리고 다시 나타난 따뜻했던 빛은 사라졌다. 시리도록 영원히.

자신의 목적을 위해 제 손을 잡은, 누구보다도 믿을 수 없는 저 남자의 입에서 나온 말들이 진심인지 혜라는 알 수 없었다.

하지만 그녀가 평생을 안고 살았던 응어리를 그는 어루만져 주고 있었다.

'믿을 수 있을까. 저 사람을.'

떠나지도, 버리지도, 죽어 버리지도 않겠다는 그 말을.

한눈에 보아도 잔뜩 긴장한 작고 하얀 손이 진헌의 손바닥 위로 올라왔다.

"······늦진 않았겠죠?"

"전혀."

리무진에서 내리자 그의 손을 꽉 그러잡은 혜라가 진헌의 눈에 들어찼다.

발랄했던 짧은 단발머리가 긴 웨이브로 변해 있었다. 화장기 없던 얼굴에서 정적인 화려함이 묻어났다. 붉은 립스틱은 세련되면서도 그녀의 이미지를 차갑게 만들었다.

쇄골 위로 홍콩에서 산 진주 목걸이가 우아하게 늘어져 있었다. 그것에 걸맞은 품격의 검은색 드레스가 너무도 잘 어울렸다.

한동안 멍하니 진헌이 그녀를 바라보자 혜라는 천천히 또박또박, 울컥 올라오는 눈물을 참으며 말했다.

"진헌 씨 말대로, 구두는 기본이에요."

혜라의 말에 피식 웃음이 나왔다. 진헌은 그녀를 에스코트하며 연회장으로 이어진 레드카펫을 밟았다.

"장혜라로 다시 돌아가는 일은 없을지도 모르죠."

"······."

"돌아가지 못한다 해도, 걱정 말아요. 난 거짓말은 안 하니까."

"······걱정하지 않아요."

마른침을 꿀꺽 삼킨 그녀의 표정은 긴장이 역력했다. 수많은 기자들의 플래시 세례를 뒤로하고 진헌이 먼저 그녀의 손을 이끌며 한 발 내디뎠다.

연회장의 문이 굳게 닫혔다.

화려한 옷과 비싼 장신구들을 걸친 사람들 사이로 진헌과 그의 팔짱을 낀 혜라가 들어섰다. 순간 시끄러웠던 연회장의 분위기는 물을 끼얹은 듯 조용해졌다.

"어머, 소문이 사실이었네."

"정말 그 여자인가?"

"그저 루머인 줄만 알았는데 말입니다."

수군거리는 사람들의 목소리를 뒤로하고 진헌은 보란 듯이 혜라의 손을 다정하게 잡으며 웃어 주었다.

두근.

활짝 미소 짓는 진헌의 모습을 처음 본 혜라는 심장이 쿵 하고 내려앉는 것만 같았다. 보여 주기 위한 미소인 걸 알면서도 그의 낯선 모습에 떨리는 마음은 어쩔 수 없었다.

진헌은 멍해진 혜라를 이끌고 사람들 사이로 섞여 들어갔다. 두 사람을 놓칠세라 호기심을 눈에 가득 담고 달라붙는 사람들에게, 진헌이 혜라를 '메이린 장'으로 소개했다.

앞에 수식어 하나를 덧붙여.

"제 약혼자, 메이린 장입니다."

그의 발언에 사람들의 수군거림은 커져만 갔다.

연회장 뒤편. 잘 보이지 않는 곳에 민성이 서 있었다.

사람들의 움직임에 심상치 않은 분위기를 느낀 그가 연회장으로 다가섰지만, 진헌의 옆에 있는 의문의 여자를 발견하고서 걸음을 멈췄다.

그리고 잠시 생각하던 민성이 몸을 돌렸다.

그의 표정은 묘하게 일그러져 있었다.

✳

"이게 뭐 하는 짓이야!"

세월의 깊이를 나타내는 주름이 패어 중후한 멋을 가진 남자가 진헌을 향해 소리를 쳤다. 그의 목소리에는 묵직한 힘이 실려 있었다.

"회장님께서 무슨 말씀을 하시는지 모르겠습니다."

진헌이 그의 앞에 서서 대답하자 인철은 책상 서랍을 열고 신문 몇 개를 집어 진헌의 발밑으로 던졌다.

촤르륵.

종이 날리는 소리가 매우 신경질적으로 울렸다. 지면엔 파티장으로 들어가고 있는 진헌과 긴장한 혜라의 모습이 퍽 다정하게 찍혀 있었다.

"이게, 무슨 짓이냐고 물었다."

"이미 조사해 보셨을 거라 생각하는데요. 다시 되물어 보시는 이유가 무엇입니까?"

인철은 입을 꾹 다물며 진헌을 무섭게 노려보았다.

그의 시선을 진헌은 피하지 않았다.

"네가 지금 무슨 짓을 하고 있는지 알고 있기나 해?"

"해성건설 때문입니까?"

진헌의 당돌함 물음에 인철은 끙 앓는 소리를 냈다.

"그때 말씀드렸다시피 세 결혼은 제가 알아서 합니다."

"네놈이 아직도……!"

"회장님의 비즈니스 욕심을 채우기엔, 그쪽보단 이쪽이 낫지 않나 싶은데요."

인철은 차마 그의 말에 대꾸하지 못했다.

레슬리그룹의 숨겨진 사생아에 대한 이야기는 이미 이 세계에 선 꽤 유명한 이야기였다. 수면 위로 올라오지 않아 모두 쉬쉬하며 추측하고 있을 뿐 알 만한 사람은 다 알고 있던 그 이야기 속 주인공이 루머가 아닌 실제로 밝혀지는 순간이었다.

그리고 그 중심에 진헌이 있었다. 레슬리그룹의 유일무이한 상속녀인 메이린 장과 함께.

"더 하실 말씀 없으시면 가 보겠습니다."

진헌이 허리를 숙였다. 그리고 뒤돌아 회장실의 문을 굳게 닫고 나섰다.

혼자 남은 인철의 머릿속은 복잡해졌다.

그는 책상 귀퉁이에 있던 봉투를 집어 열었다. 안에서 진헌과 혜라의 모습이 고스란히 담긴 사진 뭉치가 쏟아져 나왔다.

홍콩 길거리 음식을 먹으며 아이처럼 웃고 있는 혜라와 그녀의 정수리를 물끄러미 바라보고 있는 진헌의 모습이었다.

"그런 표정으로 무슨 비즈니스를 운운하고 있나. 모자란 놈."

그들의 결혼은 일종의 계약과 같은 기업 간의 약속이었다. 하지만 진헌의 갑작스러운 약혼 발표로 언론과 미디어에서는 연일 그와 신원 미상의 여자의 관계를 추측하는 보도를 내놓았다. 한때 약혼이 오가던 해성 또한 사람들의 입에 오르내리고 있었다.

이번 일로 해성건설은 모양새가 민망해진 곤란한 상황에 처했다. 선진 입장에선 큰 빚을 지게 된 셈이었다.

예상치 못한 진헌의 갑작스러운 약혼 발표로 인철은 미간에 생긴 주름을 쉽사리 펼 수 없었다. 매우 성가신 일을 떠안게 된 그는 책상 위를 손가락으로 튕기며 골똘히 생각에 잠겼다. 이윽고 인철은 전화기의 둥근 버튼을 눌렀다. 곧 단정한 목소리의 비서가 호출을 받자 인철이 말했다.

"오늘 해성건설 김 회장하고 자리 만들어 주게."

— 네. 회장님.

인철의 손가락이 사진 속 진헌의 얼굴을 쓸어 만졌다. 혜라를 바라보는 진헌의 눈매가 둥글게 호를 그리고 있었다.

11. 돌아가는 길

　정신없이 연회장에서 몰래 빠져나온 혜라는 몰려드는 기자들을 피해 진헌의 집이 아닌 그의 비서가 미리 체크인 해 둔 호텔에 묵었다. 진헌의 집 앞은 아직도 취재진들이 진을 치고 있다는 말을 전해 들었다.

　혜라는 두근거리는 가슴을 진정시킬 수 없었다. 마치 어제의 일이 꿈만 같았다.

　화려한 장소, 화려한 조명, 화려한 사람들. 그 사이에 '장혜라'가 아닌 '메이린 장'으로 서 있는 자신의 모습.

　두려운 모습이었다.

　마주하고 싶지 않아 도망 다니고 피했던 모습을 정면으로 마주한 순간이었다.

　"정신없다."

머리를 정리하던 혜라가 낮게 읊조렸다.

거울 속 여자는 어제의 그녀와 달랐다. 화려한 화장도, 비싼 액세서리 하나도 끼고 있지 않은.

하룻밤 사이에 많은 이질감이 느껴졌다.

똑똑.

이런저런 생각에 넋을 놓고 있던 혜라가 문 두드리는 소리에 화들짝 놀라며 문 쪽을 바라보았다.

"진헌 씨인가?"

혹시나 싶은 마음이 들자 혜라의 움직임이 급해졌다.

"네, 나가요!"

혜라는 옷매무새를 다듬고 머리를 정리하며 다급히 문 쪽으로 향했다. 예쁜 미소가 어린 그녀의 얼굴엔 달 같은 보조개가 쫑긋거렸다. 하지만 문이 활짝 열리는 순간, 혜라는 딱딱하게 굳어 버렸다.

"안녕하십니까."

그는 진헌이 아니었다. 검은색 정장 차림, 날카로운 안경테 너머로 보이는 냉철한 눈매.

"오랜만입니다."

석호였다. 아버지를 대신해 그의 말을 전했던 사람.

"회장님께서 보내셨습니다."

그는 여전히 선을 넘지 않았다. 혜라가 허락하지 않은 공간으로 구태여 발을 내딛지 않았다. 그저 가만히 혜라를 응시할 뿐이었다.

혜라는 아무런 말도, 행동도 할 수 없었다. 온몸이 돌처럼 **뻣뻣**하게 굳어지는 것만 같았다.

'유감스럽지만, 회장님은 오늘 급한 일정이 있어 조문하지 못하십니다.'

심장이 쿵 내려앉았다. 그녀의 귓가에 그날의 장례식장, 그때의 어수선한 울음소리가 들려왔다. 정신이 아득히 멀어져만 갈 것 같았다.

그리고 그 순간 그녀의 시야에 익숙한 실루엣이 들어찼다.

"누구시죠?"

진헌은 그에게 조용한 곳으로 이동을 제안했다. 멀리 가지는 못했다. 호텔 라운지에 마련되어 있는 카페를 찾은 셋은 어색한 자리를 마주하고 있었다.

먼저 침묵을 깬 건 석호였다.

"최석호입니다."

그는 진헌에게 명함을 건넸다. 레슬리그룹의 수석 변호사라는 활자가 뚜렷하게 적혀 있었다.

"네. 용건부터 말씀하시죠."

원래도 사무적으로 말하는 사람이었지만 이번엔 달랐다. 혜라가 느끼기엔 진헌의 목소리는 매우 날이 서 있었다.

석호도 느꼈는지 당황하는 기색이 보였지만 그는 곧 평정심을 되찾곤 말을 이었다.

"몇 해 전 장혜라 씨가 거절한 제안을 다시 한번 더 말씀드리기 위해 찾았습니다."

그의 말이 끝나자 진헌이 혜라를 바라보았다. 혜라의 표정은 비교적 담담해 보였지만 몸은 부들부들 떨리고 있었다.

"지금 한국에서의 여론으로 인해 회장님께선 매우 곤란한 입장에 처하셨습니다. 그때도 말씀드렸었지만……."

"네. 그러셨겠죠."

가만히 있던 진헌이 남자의 말을 끊으며 입을 열었다.

최대한 침착하자. 다짐하던 그녀였지만 서늘한 오한이 온몸을 떨게 만들었다. 그런 혜라의 상황을 눈치챈 진헌이 테이블 밑으로 손을 뻗어 그녀의 손을 가볍게 그러잡았다.

놀란 혜라가 쳐다보자 진헌은 천천히 고개를 끄덕였다.

진헌의 소리 없는 응원에 마른침을 삼킨 그녀는 큰 숨을 몰아쉬며 말했다.

"엄마가 돌아가신 날, 홍콩으로 들어와 곁에서 조용히, 세상에 없는 사람처럼 살라고 하셨죠."

"……네."

한 마디 한 마디가 버거운 혜라였다. 목소리는 미친 듯이 떨렸고 온몸에 한기가 돌았다.

"그러고 싶지 않아요."

목구멍까지 차오른 말을 혜라는 겨우 내뱉었다. 그리고 자리에서 일어나며 떨리는 목소리로 그녀는 끝까지 말을 이었다.

"이제 도망가지 않기로…… 했어요."

혜라의 말에 석호는 아무런 대답을 하지 못한 채 안경 끝을 만지작거렸다.

"저, 다시는 그때로 돌아가고 싶지 않아요."

혜라는 마지막 말을 뱉은 후 그대로 뒤돌아 카페를 빠져나왔다. 진헌 역시 자리에서 일어나 남자에게 가벼운 묵례를 한 후 그녀의 뒤를 쫓았다.

카페를 벗어난 후 얼마 가지 못한 채 혜라는 다리가 풀려 그대로 주저앉고 말았다. 따라오던 진헌이 황급히 뛰어와 그런 그녀의 가녀린 어깨를 감싸 안았다.

"흑……."

애써 참고 있던 눈물이 터져 버렸다.

장례식장에 홀로 남겨져 있었을 땐, 눈물조차 나지 않았다. 처음부터 혼자였던 사람처럼 그러려니 하며 지났던 감정의 소용돌이가 진헌의 품 안에 있자 폭풍처럼 휘몰아치기 시작했다.

무서움, 쓸쓸함, 외로움, 분노.

꽁꽁 묻어 두었던 감정의 부딪힘이 싫어 도망갔던 혜라였다.

그때 홍콩에서 차라리 죽어 버렸다면, 바닥끝까지 내려앉는 이 기분을 느끼지 않았어도 되었을 텐데.

"괜찮습니다."

규칙적인 토닥거림과 다정한 목소리가 혜라의 귓가에 울렸다.

그녀는 눈물을 참지 않았고 터져 나오는 울분의 목소리도 참지 않았다. 처음이었다. 아버지라는 벽 앞에서 도망가지도, 숨지도 않았던 건.

비록 마음에 담은 모든 말을 뱉어 내진 못했지만 그거면 충분했다.

혜라는 토해 내지 못했던 서러움을 진헌의 품 안에서 조금씩 덜어 내고 있었다.

✳

혜라는 호텔 밖으로 한 발자국도 나오지 못한 채 창문 곁을 떠나지 못했다.

한강이 훤히 보이는 그곳엔 삼삼오오 산책을 하며 주말의 여유를 즐기는 사람들이 많았다.

"감옥이 따로 없네."

텔레비전에선 선진그룹의 스캔들이 떠들썩하게 보도되고 있었다.

외출은커녕 호텔 방 안을 벗어나지 못했다. 생각보다 큰 파장에 그녀는 이제 선글라스로도 자신이 감춰지지 않을 거란 사실을 깨달았다.

물론 문 밖에 진헌이 심어 둔 큰 덩치의 보디가드들이 서성이는 것도 외출 생각을 접는 데 한몫을 했다.

'괜찮습니다.'

멍하니 창밖을 바라보던 혜라가 침대 위로 풀썩 쓰러지듯 누웠다. 귓가에 그날의 진헌의 목소리가 맴돌았다.

'하지만, 다음엔 좀 덜 흥분하면서 말하도록 하죠. 아마, 다시 찾아올 겁니다.'

무의미하게 천장에 발라진 벽지만 바라보다 문득 휴대전화가 떠올랐다. 혜라는 침대 맡에 두었던 자신의 휴대전화를 들었다.

'이진헌 씨'라고 저장되어 있는 전화번호를 보고, 또 보고. 통화 버튼을 누를까 말까. 꽤 긴 시간 동안 고민했다. 혜라는 에잇 모르겠다. 하곤 통화 버튼을 눌렀다.

— 네.

"여, 여보세요?"

연결음이 한 번도 채 끝나기 전에 덜컥하고 전화 너머로 단정한 진헌의 목소리가 들려왔다.

— 네.

"아 진헌 씨, 저 혜라인데요."

— 압니다.

"통화 되세요?"

— 뭐, 그럭저럭.

뚱한 진헌의 대답에 혜라가 삐죽 입술을 내밀었다. 왠지 부끄러워 도톰한 새하얀 이불을 더욱 당겨 덮으며 침대 위에 깊게 몸을 눕히곤 물었다.

"그럭저럭한 상황은 무슨 상황인데요?"

— 회의 중인 상황이죠.

"어머!"

놀란 혜라가 허리를 벌떡 세워 앉았다. 그녀는 급격히 목소리를 줄이며 소곤대며 말했다.

"회의 중인데 전화받으시면 어떡해요!"

— 혜라 씨가 한 전화니까, 받았죠.

"나중에 다시 할게요."

당연하다는 진헌의 목소리에 잠시 멍하던 혜라가 정신을 차리곤 말했다. 다급히 끊으려는 그녀의 목소리에 진헌은 부드럽게 말했다.

— 상관없으니 말해요.

"네?"

— 용건 있어서 한 거 아닙니까?

"아, 그게……."

막상 할 말을 말하려니, 회의 중인 그에게 말할 만큼 중요한 말이 아닌 투정이란 생각에 얼굴이 붉어졌다.

"그냥, 진헌 씨 집 앞은 언제 정리가 되나 해서……."

— 같이 있고 싶습니까? 이틀 전에 본 것 같은데 말이죠.

"그런 뜻이 아니라, 호텔에 혼자 있기가 좀 그렇고, 무섭기도 하고."

— 홍콩에선 혼자 잘 지내지 않았습니까. 그것도 제일 비싼 방에서.

"그만 좀 해요, 정말 창피하게."

퉁명스러운 혜라의 목소리가 귓가에 울리자 진헌은 피식 웃음이 새어 나왔다. 그녀가 어떤 표정으로 말을 하고 있을지 눈에 선했기 때문이었다.

— 두 시간 후에 사람 보내겠습니다.

"네?"

— 준비해요. 끊습니다.

"어, 어? 진헌 씨?"

뚝.

끊긴 휴대전화를 혜라는 멍하니 바라보았다. 그러다 문득 고개를 돌려 테이블 위에 있던 시계를 본 혜라가 몸을 일으켰다.

"세수라도 해야겠다."

입꼬리는 이미 배시시 웃음이 흘러 들떠 있었다.

따뜻한 온기가 올라오는 물에 샤워하고 머리를 말렸다. 잘하지 못하는 솜씨지만 메이크업을 받았던 때를 떠올리며 화장대에 앉아 연한 메이크업도 해 보았다.

편하게 입을까 싶어 옷장에서 청바지를 꺼냈지만 혜라는 다시 집어넣곤 진헌과 함께 백화점에서 산 원피스를 꺼냈다.

준비를 마친 혜라가 전신 거울 앞에 서서 이리저리 몸을 비춰 보았다.

"흐음."

연회 때와 달리 무언가 부족한 모습에 뾰로통한 입술을 삐죽 내밀었다. 그러다 문득 내가 왜 이렇게 신경 쓰지? 싶은 혜라가 세차게 고개를 내저었다.

혜라는 거울을 뒤로하고 재빨리 문을 나섰지만 걸음을 옮길 순 없었다. 문 앞을 지키고 있던 검은 정장을 입은 두세 명의 경호원들과 눈이 마주쳤기 때문이었다.

혜라가 놀람 반, 민망함 반으로 겸연쩍게 웃자 그들은 잔뜩 경계 태세를 갖췄다. 주위를 살피곤 두꺼운 팔을 들어 그녀의 앞을 막아섰다.

"아, 저기. 제가 약속이 있는데……."

그녀의 말에도 그들의 경계 태세는 풀어지지 않았다. 잠시 후 이어마이크에서 들리는 소리에 한 경호원이 고개를 끄덕였다.

"이쪽으로 모시겠습니다."

경호원들은 혜라를 에스코트하며 호텔의 VIP 전용 승강기로 안내했다. 승강기는 다른 층에 서지 않고 곧바로 호텔 내 투숙객 전용 주차장으로 내려갔다.

"아직 안 왔나?"

주차장에 도착한 혜라는 이리저리 고개를 돌려 살펴보았지만 경호원들에게 시선이 가로막혀 제대로 볼 수 없었다.

곧이어 검정 세단이 부드럽게 멈춰 섰다. 경호원들은 일제히 고개를 숙이며 인사를 하고 멀어져 갔다. 그제야 시야가 뚜렷해진 혜라가 차량을 바라보자 진헌이 걸어 나와 보조석 문을 열어 주며 그녀에게 말했다.

"타요."

사람을 보내겠다기에 최 비서가 오지 않을까 짐작했던 혜라는 의외의 상황에 깜짝 놀라 우물쭈물하며 차에 올라탔다.

곧 진헌도 운전석으로 돌아와 안전벨트를 맸다.

"직접 올 줄 몰랐어요."

"그래서 별로입니까?"

"아뇨! 그런게 아니라."

"빨리 보고 싶어서요."

"네?"

갑작스러운 진헌의 말에 뺨이 붉게 달아오른 혜라가 고개를 푹 숙였다. 그 모습을 물끄러미 바라보던 진헌이 슬며시 미소 지었다.

"실망한 것 같은데. 리무진을 또 타고 싶었나 봅니다?"

"아이 참. 놀리지 말아요, 진헌 씨!"

혜라가 화들짝 놀라며 퉁명스럽게 말하자 진헌은 결국 크게 소리 내며 웃어 버렸다. 티격태격했지만 다른 어떤 날과는 달리 한결 편안해진 분위기였다.

"진헌 씨 계획대로는 잘되고 있나요?"

앞을 바라보며 운전을 하던 진헌을 빤히 바라보던 혜라가 입을 열었다.

"왜 물어보는 겁니까?"

그는 여전히 앞을 바라보며 대답했다.

"그냥요."

"걱정되는 거라도 있습니까?"

걱정되지 않는다면 거짓말이었다. 커다란 돌덩이가 혜라의 가슴을 꾹 누르고 있는 것처럼 잘 지내다가도 한 번씩 드는 생각에 머리가 복잡해지던 그녀였다.

"일단 먹죠."

진헌은 핸들을 크게 돌렸다.

서울 야경이 한눈에 보이는 한강 변의 레스토랑에 도착했다.

진헌은 혜라가 앉을 의자를 살짝 빼 주며 더욱 다정한 매너를 뽐냈다. 그의 행동이 싫지 않았지만, 혜라는 그의 다정함이 자신들을 알아보고서 쳐다보는 많은 시선 때문이라는 걸 잘 알고 있었다.

"여기 스테이크가 괜찮더군요. 와인도 함께 들죠."

"그래요."

그의 말대로 맛이 좋은 스테이크였다. 입 안에 넣자마자 부드럽게 사라지는 식감에 혜라의 입꼬리가 몽글몽글 올라갔다.

그런 그녀를 바라보던 진헌이 피식 웃었다. 혜라가 의아한 눈빛으로 진헌을 바라보았지만 그는 대답 대신 자신의 고기를 덜어 그녀의 접시에 옮겨 주었다.

진헌은 맛있게 오물오물하며 입을 움직이는 혜라의 얼굴을 찬찬히 살폈다. 처음보다는 기분이 풀어진 것 같은 모습에 괜스레 마음이 놓였다. 곧 진헌이 냅킨으로 입을 닦았다. 잠시 고민했지만 그는 결국 준비해 둔 서류 봉투를 혜라 앞으로 내밀었다.

"뭐예요?"

사실 어떤 분위기에서 저 서류를 전달해야 할지 진헌은 난감했다. 좀처럼 선뜻 집어 올 수 없었던 종이를 때마침 전화한 그녀덕에 겨우 내밀 수 있었다.

한국으로 돌아온 이후 혜라는 홍콩 길거리를 돌아다니며 지었
던 미소를 단 한 번도 짓지 않았다. 물론 이해 못 할 일도 아니었
다. 여행과 현실의 차이랄까. 죽음과 삶의 연장선의 차이라고 할
수 있을까. 감당하기 힘들어 외면했던 현실을 받아들이기란 썩 쉬
운 일은 아니었을 것이다.

"일단, 차분히 읽어 봐요."

진헌이 대답했다.

사뭇 진지한 그의 표정에 마른침을 꿀꺽 삼키며 그녀는 천천히
서류 봉투에 있던 종이를 꺼냈다.

"이건……."

서류를 잠깐 훑어본 혜라가 얼굴을 들었다.

"혜라 씨와 정식으로 약혼하고 싶습니다."

식사를 마치고 호텔로 돌아온 혜라가 화장대 앞에 앉아 촉촉하
게 젖은 머리카락을 말렸다. 물이 뚝뚝 떨어졌지만 드라이기의 바
람은 정작 허공만 가를 뿐이었다.

'제가 당신이 기댈 수 있는 사람이 되면 좋겠군요.'

진헌의 목소리가 뚜렷이 들리는 것 같았다.

덜 말린 머리카락을 수건으로 말아 올린 뒤 혜라는 침대에 기대
누웠다. 그리고 그가 건넨 종이를 들여다보았다.

약혼 서약서였다.

혜라는 위에 몇 줄을 읽어 내려갔다.

"본인은 쌍방의 허가 없이는 어떠한 자료나 정보라도 이를 외부로 유출, 발설, 공표하지 아니한다. 또한 서로의 동의하에 이루어진 관계임을 확실히 하는 바, 이에 대한 비밀을 유지할 것을 서약합니다……."

어쩌면 비밀 유지 계약서라고 보는 게 맞을까.

참 철저한 남자다, 이 사람. 문득 그런 생각이 들었다. 좀 더 확실한 우리의 관계 설정이 필요했을까. 표면상이라도 약혼을 고집하는 그의 이유는 짐작할 수 있었다.

"하지만……."

왜 그런 말을 했을까.

머리가 복잡해진 혜라는 더 읽지 않고 볼펜을 집어 들었다. 그리고 진헌의 반듯한 사인이 적힌 서명란을 보며 잠시 머뭇거리다 이내 반듯한 글씨체로 또박또박 자신의 이름을 적어 내려갔다.

「메이린 장.」

✽

민성은 평소와 같이 결재 서류들과 진헌의 미팅 일정을 정리했다. 하지만 쉽사리 그의 사무실 문을 열 수 없었다.

"휴."

그의 입술 사이로 깊은 한숨이 새어 나왔다.

진헌의 어떠한 요구에도 감정 변화 없이 해내 왔던 민성이었다. 그런 그가 잔뜩 찡그린 인상과 함께 내뱉는 한 음절의 날숨은 누구라도 궁금증을 품기에 충분했다.

"실장님, 무슨 일 있으십니까?"

그의 맞은편에 앉아있던 최 비서가 고개를 갸웃거리며 입을 열었다. 단정하게 포니테일로 묶은 그녀의 머리카락이 찰랑하고 움직였다.

"아닙니다."

표정 관리를 하지 못했구나. 그제야 민성은 정신이 들었다. 그는 넥타이와 옷매무새를 가다듬고 자리에서 일어서며 말했다.

"아, 최 비서."

"네."

"본부장님 약혼녀, 말입니다."

갑자기 꺼낸 민성의 말에 최 비서의 의아한 표정이 풀어졌다.

진헌의 갑작스러운 약혼 발표 이후 그의 행보는 독단적인 행사로 이어졌다. 비서실과 일말의 상의도 없이 갑자기 일어난 일에, 비서진은 뒷수습을 위해 홍보실과 몇 날 며칠 밤샘 근무는 일도 아니었다.

"네, 실장님."

진헌은 민성을 많이 의지했었다. 사실 민성의 능력을 본다면 누구인들 그를 의지하지 않을 수 없을 것이다.

말단 평사원에서 비서실장이 되기까지. 나아가 최연소 임원을 바라보는 민성의 이야기는 사내 신문에서도 회자될 정도였다. 그는 명실상부 선진그룹의 독보적인 존재였다.

걱정돼서겠지. 폭풍처럼 일어난 일말의 시간들이 무슨 연유에서인지 모르는 그는 분명 진헌이 염려되었을 것이다. 그래서 그렇게 깊은 한숨을 내쉬었겠지.

최 비서는 조심스럽게 추측하며 민성에게 물었다.

"본부장님 때문이십니까?"

민성은 뒤돌아 그녀를 바라보았다. 차가운 은색 안경테가 그의 표정을 더욱 날카롭게 만드는 것 같았다.

"그분, 어때 보였습니까?"

의외의 물음에 당황한 건 최 비서였다.

"어디 불편한 곳은 없는지, 아파 보이진 않았는지……."

"아, 네. 그런 점은 없었습니다. 조금 긴장해 보이긴 하셨지만, 성품도 외모도 무척 아름다운 분이셨습니다."

최 비서에게서 매끄러운 답이 흘러나왔다. 하지만 그 답은 그를 만족시키지 못한 모양이었다. 민성의 입에서 작은 한숨이 새어 나왔다.

"네."

왜. 어째서. 본부장실로 향하는 길에서도 그의 머릿속은 물음표로 가득할 뿐이었다.

똑똑.

노크를 했지만 진헌은 대답이 없었다. 민성은 잠시 기다린 후 문을 열고 들어가 준비했던 서류들을 건넸다.

개회사를 쓰기 위해 그는 몇 번이고 종이를 바꾸고 있었다. 보통 비서실을 통해 받은 개회사를 사용했는데 이번만큼은 직접 쓰기 위해 고민고민을 거듭했다. 서류 너머로 그의 살짝 접힌 미간이 보였다.

"참석자 프로필입니다. 그리고 말씀하신 기자들 섭외했습니다."

서류를 받은 진헌은 찬찬히 살펴보았다.

"참석자 명단에 없는 한 사람이 최 비서와 함께 올 겁니다. 제가 초대한 사람이니 각별히 신경 써 주세요."

"네. 알겠습니다."

"아 그리고."

뒤돌아선 등 뒤로 진헌의 목소리가 들렸다.

"오늘 김 실장은, 참석할 필요 없습니다."

수많은 생각들이 머릿속을 채우고 흘러나와 입 안을 맴돌았지만, 민성은 입을 다물었다. 꾸벅 인사를 하고 사무실을 빠져나왔다.

진헌이 사람을 시켜 혜라에 대한 조사를 하고 있다는 사실을 민성은 알고 있었다. 그런 일을 자신에게 시키지 않고 독단적으로 진행하고 있는 이유도, 어렴풋이 짐작할 수 있었다.

하지만 확인하고 싶었다. 그리고 머지않아 민성은 확인할 수 있었다.

"제 약혼자입니다."

눈부실 정도로 많은 카메라의 플래시 앞에서 잔뜩 굳어 있던 여자. 그 어떤 날보다 화려한 옷과 두꺼운 화장으로 표정은 가렸지만 진헌의 손을 떨면서 꽉 붙잡고 있던 그녀는, 혜라였다.

"혜라야……."

그녀가 왜 지금 제 눈앞에 다른 남자의 손을 잡고 서 있는지. 어째서, 그토록 거부했던 '메이린 장'이라는 이름으로 서 있는지.

민성은 휴대전화를 꺼내 어디론가 전화를 걸었다. 그의 손끝 역시 떨리고 있었다.

"최 변호사님. 김민성입니다……."

＊

"마음에 드는 디자인 있습니까?"

"네? 아 그게 사실, 다 너무 예뻐서요."

"미안하지만, 이것들을 다 사 줄 수 있는 능력은 없습니다. 하나만 골라요."

"아이 참. 누가 다 사 달랬어요?"

혜라는 눈을 흘기며 입술을 삐죽였다.

화려한 반짝거림으로 가득한 주얼리숍이었다. 선뜻 선택하기 어려워하는 혜라 앞에 직원이 하얀색 깔끔한 장갑을 끼곤 조심스레 서너 개의 반지를 꺼내어 내밀었다.

"이 제품 어떠세요? 트리니티 계열 제품입니다."

혜라의 네 번째 손가락에 직원이 조심스레 반지를 끼워 주었다.

"색상은 세 가지인데, 로즈골드는 사랑, 옐로우골드는 믿음, 화이트골드는 우정을 의미해요. 다이아 세팅이 가능한 제품입니다."

심플하면서 우아함이 돋보이는 반지였다. 하얗고 가느다란 손가락 위로 예쁘게 올라간 모양에 혜라의 눈이 가느다란 미소가 지어지자 진헌은 직원에게 말했다.

"이걸로 제작해 주시죠."

매장을 나오자 단정한 모습의 최 비서가 고개를 숙이며 안내했다. 그녀와 함께 탄 차 안에서 진헌은 아무런 말을 하지 않았다.

혜라 역시 그의 눈치를 볼 뿐 입을 열 순 없었다.

"잠깐. 여기 세워 주세요."

"회사로 안 들어가십니까?"

"요 며칠 만나지도 못했는데, 잠깐이라도 데이트는 해야죠."

"아, 네. 본부장님."

데이트란 말에 혜라의 얼굴이 확 달아올랐다. 저 사람이 저리 능글맞은 말을 잘하는 사람이었나.

차는 서서히 섰고 진헌은 혜라의 손을 잡고 내렸다.

"좀 걷죠."

한적한 공원을 둘은 함께 걸었다.

"저, 진헌 씨. 손은 좀……."

제 손을 여전히 꽉 잡고 놓아줄 생각이 없는 진헌에게 혜라가 말했다. 하지만 진헌은 눈길 한 번 주지 않곤 앞만 보며 말했다.

"약혼반지도 맞추러 간 마당에 손은 잡으면 안 됩니까."

"네?"

순간 벌게진 얼굴을 감추려 혜라는 푹 고개를 숙였지만 귀까지 숨기진 못했다. 그 모습을 본 진헌이 피식 웃었다.

"어디서, 언제, 누가 보고 있을지 모릅니다. 이번엔 불화설로 매스컴을 타고 싶습니까?"

"아. 그렇죠."

그녀의 목소리는 풀이 죽어 있었다.

"뭐, 기사 사진은 실물보다 퍽 낫더군요."

"놀리지 마세요!"

주먹을 둥글게 말아 진헌의 팔을 콩 하고 때리는 그녀의 손길을 보며 그는 그저 부드럽게 웃어 주었다.

"좀, 괜찮습니까? 최 변호사가 다녀간 이후로 잘 못 먹는다고 들었습니다."

"제 주변에 밀정들이 많은 모양이네요."

"하하. 호텔 많이 불편합니까?"

"아니에요. 괜찮아요."

"내일은 우리 집으로 데려다줄게요."

"진헌 씨 집이요? 정리된 거예요? 집 앞에 기자들이 계속 있다고 하던데."

혜라의 물음에 진헌이 걸음을 멈췄다. 덩달아 함께 걸음을 멈춘 혜라가 그를 바라보았다. 눈을 동그랗게 뜨고 고개를 갸웃거리는 그녀를 보며 진헌은 작은 한숨을 내쉬었다.

"나는, 우리 약혼식은 진짜라고 생각합니다."

"네?"

"시작이 어찌 됐든, 난 혜라 씨에게 최선을 다할 생각입니다. 그게 언제까지일지는 모르겠지만."

갑작스러운 진헌의 고백 아닌 고백에 혜라는 놀란 마음만큼 눈썹이 올라갔다.

"혜라 씨가 원할 때까지, 전 이 약혼 유지할 겁니다."

"진헌 씨, 그 말은 지금……."

"내가 서명한 그 약혼 서약서는, 진심입니다."

호텔로 돌아온 혜라는 진헌이 주었던 서류 봉투를 다시 찾았다.

"기쁜 일, 슬픈 일을 함께 나누며 이해와 배려의 마음을 가지도록 노력하겠습니다."

미처 끝까지 읽지 못했던 서약서에 적힌 글귀들에 혜라의 심장 소리가 빨라졌다.

"당신이 내게 기꺼이 의지하고 기댈 수 있도록, 예의와 품위를 지키며 늘 같은 마음을 가질 것입니다……."

소파에 풀썩 주저앉은 혜라는 알 수 없는 묘한 기분에 휩싸였다. 뺨은 점점 더 붉어지고, 심장은 여전히 빠르게 뛰고 있었다.

"이런 걸, 계약서 쓰듯이 시작하는 사람이 어디 있어!"

12. 원하고, 또 원치 않는

약혼식 준비는 일사천리로 진행되었다. 사실 그들이 크게 신경 쓸 문제는 없었다. 진헌의 진심이야 어찌 되었건, 약혼식 자체는 형식적인 절차였다.

"해성과 혼담이 오고 갔던 거, 이쪽에선 다 알고 있는 사실인데. 너야 상관없다 한들, 그쪽 입장도 생각해야 한다."

손님들은 인철의 리스트에 따라 초대되었다. 보통 정재계 관련자들이었지만 가장 주요한 인물은 해성건설 김 회장과 그의 막내딸이었다.

진헌이 터트린 일로 인해 인철이 감당하기로 한 손해 중 하나였다. 미리 섭외한 기자를 통해 세간에 퍼졌던 혼담은 루머임을 기사화하는 것. 그리고 선진백화점에서 명품 브랜드 R을 발판 삼아 홍콩으로 진출하고자 한 이번 프로젝트에 해성건설과 손을 잡는 것이었다. 계약 조건은 철저히 해성건설에게 유리한 조건이었다.

"그 아이, 확실히 네 사람이냐."

진헌이 건넨 결재판을 보며 무심하게 서명을 하던 인철이 물었다.

그가 말하는 주어가 혜라를 가리키고 있는 것을 알았지만 진헌은 입을 다물었다.

"그래. 네가 말했던 것처럼. 그 아이라면, 결혼은 네 마음대로 해도 좋다. 하지만 확실히 해야 할 거다. 선진의 후계자로 있는 한, 너에게 결혼은 여전히 비즈니스야. 그리고 그건 그 아이도 마찬가지일 테다."

사무실로 돌아온 진헌은 결재판을 책상 위에 던져두고 의자에 깊숙이 몸을 뉘었다.

이미 알 만한 사람들은 알고 있는 메이린 장의 정체였다. 하지만 진헌은 그 사실이 밖으로 새어 나가지 않도록 언론을 단속하고 있었다.

이유는 간단했다. 갑자기 너무 많은 일을 겪은 그녀에게 또 다른 짐을 얹어 주기 싫었기 때문이다.

진헌은 수화기를 들어 말했다.

"김 실장 불러 주세요."

"네, 본부장님."

손가락으로 책상을 튕기던 진헌의 미간이 꿈틀거렸다.

처음 혜라를 잡았을 때의 의도대로라면 그녀를 무기 삼아 레슬리 회장이 거절했던 이번 홍콩 프로젝트 카드를 내밀어야 했다.

하지만 진헌은 그에게 따로 연락을 취하지 않았다. 그렇다고 언론에 그녀의 정체가 레슬리 회장의 사생아라는 사실을 밝히지도 않았다. 오히려 혜라를 찾아온 최 변호사를 함께 내쫓지 않았나.

똑똑.

"접니다."

곧 문 밖에서 민성의 목소리가 들렸다. 진헌은 작은 한숨을 내쉬었다.

"들어와요."

돌릴 수 없는 일이란 건 알고 있었다. 하지만 진헌은 이제 메이린 장이 아닌 장혜라와의 온전한 약혼식을 꿈꾸고 있었다.

"부르셨습니까."

"김 실장."

"네, 본부장님."

그러기 위해선 꼭 해결해야 할 일이 있었다. 피하고 싶지만, 피할 수 없는 일.

"앉아요."

소파에 앉은 민성을 확인한 후 진헌은 책상 서랍에 넣어 두었던 서류 뭉치들을 들고 일어나 그를 마주하며 앉았다.

툭.

탁자 위로 둔탁한 소리를 내며 서류 더미가 쏟아졌다. 굳이 살펴보지 않아도 진헌이 무엇을 말하고 싶어 하는지 알 수 있었다.

"뒷조사 좀 했습니다."

"알고 있습니다."

민성은 덤덤하게 답했다. 사실 어느 정도 예상하고 있었다.

홍콩에서 진헌이 혜라에 대한 조사를 부탁했을 때, 민성은 거절했다. 표면상으론 무슨 이유인지 알아야 한다 했지만 사실 핑계일 뿐이란 걸 민성도, 진헌도 서로 알고 있었다.

"앞으로 어쩔 생각입니까?"

"왜 그랬냐고 물어보실 줄 알았는데요."

"과거의 이유 따윈 궁금하지 않습니다. 어차피 김 실장에게 장혜라는, 없는 사람 아닌가요?"

"……단 한 순간도 제 삶에서 혜라가 없었던 적, 없습니다."

진헌의 미간이 일순간에 일그러졌다. 표정에 감정을 드러내는 적이 없던 그였지만, 민성의 말 한마디에 그의 가슴에서 뜨거운 무언가가 울컥 올라오는 것 같았다.

"이용하지 마십시오. 이미 많이 힘들었던 여자입니다. 본부장님까지 상처를 줄 필욘 없을 것 같습니다."

"나는 되지만, 너는 하지 말라. 뭐 그런 겁니까?"

화가 머리끝까지 난 진헌의 목소리엔 분노가 실려 있었다. 하지만 민성은 표정 하나 변하지 않고 말했다.

"마음대로 생각하셔도 좋습니다. 제 사정까지 본부장님의 이해를 바라진 않아요. 하지만 본부장님 욕심 때문에 그 사람, 상처 주지 마십시오."

"글쎄요. 욕심이 안 난다면 거짓말이죠."

진헌이 자리에서 일어섰다. 그리고 힘주어 단호하게 말했다.

"장혜라 씨, 제 옆에 두고 싶어졌습니다. 내 여자로."

민성은 헛헛한 기분에 웃음이 났다. 진헌이 간단명료하게 말하는 '내 여자'라는 단어가 그에게는 한때 감히 쳐다볼 수도 없는 값비싼 보석과도 같았다. 그는 반듯한 자세로 앉아 먼 곳을 응시하며 말했다.

"혜라도, 원합니까?"

진헌의 눈동자가 흔들렸다. 그가 선뜻 대답하지 못하자 민성은 실소를 지으며 자리에서 일어나 그와 시선을 마주했다.

"본부장님이 우리 사이에 개입할 수 있는 정당한 명분은 없습니다."

진헌의 집으로 돌아온 혜라는 오랜만에 단잠을 자고 일어났다. 침대가 더 좋은 탓인지, 공기가 더 좋은 곳인지. 이유는 모호하지만 확실히 혼자 있던 호텔보단 이쪽이 나았다.

"일어나셨어요? 식사 준비되어 있습니다."

"감사합니다. 제가 너무 늦잠 잤죠?"

"아뇨. 푹 주무시는 것 같아서 다행인걸요."

혜라는 웃는 인상이 선한 메이드와 이야기를 나누며 1층으로 내려갔다.

"진헌 씨는, 어제도 안 들어왔어요?"

"아뇨. 본부장님 어제 새벽에 들어오셨어요."

"아, 그래요?"

"네. 지금 식사 같이 하시려고 기다리고 계세요."

혜라의 발걸음이 빨라졌다. 얼마 안 되는 거리였지만 천 리 길 처럼 느껴지는 기분이었다.

진헌의 집으로 온 후, 한 번도 집 안에서 진헌을 본 적이 없었 다. 보통 회사 일 때문에 늦은 새벽에 들어와 얼마 되지도 않아 새벽같이 다시 출근하니 영 얼굴을 볼 시간이 없는 것이다.

"잘 잤어요?"

혜라가 들어서자 식탁에 앉아 신문을 보고 있던 진헌이 인기척 을 느끼곤 신문을 접으며 말했다. 혜라는 그에게 다가가며 반가운 마음을 살짝 누르고 물었다.

"네. 진헌 씨는 오늘 출근 안 했어요?"

"하루 쉬려고요."

"왜요?"

"다른 할 일이 많거든요."

진헌은 일어나서 혜라가 앉을 의자를 빼내어 주었다. 뺨을 붉 히면서 앉는 그녀를 보며 그가 미소를 지었다.

"할 일이 많은 것치곤, 진헌 씨 기분이 좋아 보여요."

"그런가요?"

"네. 뭔가……."

"뭔가?"

'부드러워진 것 같아요.' 라는 말이 목구멍까지 차올랐지만 혜라는 아니라는 듯 고개를 절레절레 저었다.

"먹어요. 두 공기 먹기예요."

"예? 양이 너무 많은데요?"

"살이 더 빠진다면 곤란합니다. 다 먹어요."

달그락거리며 진헌이 반찬 접시를 혜라 앞으로 밀어 주었다.

진헌의 말대로 밥을 두 공기까진 먹지 못했지만 혜라는 정말 오랜만에 맛있고 배부른 식사를 했다. 숟가락 위에 소담히 올린 흰 쌀밥에 맛있는 반찬을 집어 먹으며 복스럽게도 먹었다.

식탁 위에는 밥과 국, 반찬과 같은 한식과 더불어 토스트, 베이컨 등 양식도 있었지만 혜라는 아침부터 느끼한 건 넘어가지 않는 모양인지 밥과 국에 손이 갔다.

그런 그녀의 식습관을 저택 사용인들이 유심히 지켜보며 하나하나 메모하고, 체크했다. 어느새 혜라는 낯선 저택의 새로운 식구가 되어 있었다.

밥을 먹고 난 후엔 진헌이 혜라를 데리고 밖으로 나섰다.

"타요."

진헌이 보조석 문을 열어 주자, 혜라가 머뭇거리다 이내 올라탔다. 진헌은 혜라에게 불쑥 다가가 안전벨트를 매어 주었다. 혜라는 너무 가까워진 위치에 그의 숨결이 닿는 피부마다 묘한 기분이 일어 왔다.

"가고 싶은 데 있어요?"

"가고 싶은 곳이요?"

"네. 오늘은 제가 운전대를 잡았거든요. 혜라 씨가 원하는 곳에서 나들이를 할 예정입니다."

갑작스러운 나들이 소식에 들뜨면서도 고민이 되는 혜라였다.

"사실 저, 해 본 게 많이 없어서 좋은 곳을 아는 데가 없는걸요."

어색하게 웃으며 말하는 혜라를 바라보며 진헌이 그녀의 머리를 부드럽지만 장난스럽게 쓰다듬었다.

"머리 헝클어져요, 진헌 씨."

"그러라고 한 겁니다. 귀여운 건 반칙이거든요."

확 얼굴까지 달아오르는 열감에 다급하게 혜라가 고개를 숙였다.

"뭐, 뭐예요! 진헌 씨."

부끄러워하는 혜라를 물끄러미 바라보다 진헌은 둥근 호를 그리며 웃었다.

"그럼, 출발합니다."

진헌과 함께 도착한 장소는 인사동이었다. 홍콩에 있을 때 거리를 돌아다니며 쇼핑하고 길거리 음식을 먹으며 좋아하던 혜라의 모습이 생각났기 때문이었다.

그의 예상대로 혜라는 그곳을 무척 마음에 들어 했다.

"진헌 씨, 이거 봐요!"

들뜬 혜라의 손에 이끌려 간 곳은 아기자기한 한국적인 액세서리들을 파는 작은 상점이었다.

"이거 너무 귀엽지 않아요? 곰돌이가 한복 입고 있어요."

초승달처럼 휘어진 눈꼬리로 환하게 웃고 있는 그녀를 보며 진헌의 눈가 역시 부드러워졌다. 마치 홍콩에서 처음 만났었던 호기심 많은 말괄량이 아가씨를 보는 것 같았다.

"사 줄게요."

"정말요?"

"여긴 전부 다 사 줄 수 있을 것 같으니까. 맘껏 골라요."

"말 무르기 없기예요!"

아이처럼 좋아한 혜라는 이것저것 만져 보며 열심히 골랐다. 그렇게 한참 만에 한복을 입고 있는 곰 인형이 달린 열쇠고리 여러 개와 북촌의 한옥이 멋스럽게 찍힌 엽서 몇 장을 담았다.

고작 작은 타르트 몇 조각 사 두는 것조차 꺼려 했던 홍콩에서의 그때와는 다른 모습에 진헌은 안심했다.

"그 많은 걸 어디다 쓰려고요."

"다 줄 데가 있는걸요? 자! 하나는 진헌 씨 거예요."

연분홍 색깔의 저고리와 붉은 치마를 입은 곰 인형이 달린 액세서리를 혜라가 불쑥 내밀었다.

"차에 달아 놓아요."

진헌이 작은 곰 인형을 받곤 미소 지었다.

모처럼 편하고 즐거운 하루였다. 혜라는 길거리를 돌아다니며 즐거워했다. 진헌이 이끄는 산책길을 따라 걷기도 했다. 인사동은 발 닿는 어느 곳이든 고전과 현대가 묘하게 어우러진 풍경을 가지고 있었다.

"힘들지 않습니까?"

"조금요. 구경하는 게 너무 재밌는걸요?"

"맛있는 차가 있는 곳을 알고 있어요."

"음, 좋아요!"

듬성듬성 빈틈 사이로 노을이 새어 나오는 돌담길을 따라 걸었다. 곧 날렵한 용마루가 길게 뻗은 한옥이 보였다.

"아이고, 이 본부장!"

안으로 들어서자 앞치마를 매고 있는 인상 좋은 중년의 남자와 해사한 미소를 띤 여자가 두 사람을 맞이했다.

"인사동 왔다가, 이쯤이었던 게 생각나서요. 너무 늦진 않았나 모르겠습니다."

"와 줄 거라곤 생각 못 했는데. 이렇게 얼굴이라도 보니 고맙지. 이쪽으로 앉으세요."

진헌에게 다정한 웃음을 짓던 권 전무는 혜라에게 시선을 옮겼다. 조금 놀란 눈치였지만 그는 친절한 목소리로 그녀를 노을빛이 잘 보이는 대청으로 안내했다. 잿빛과 나무색이 어우러진 한옥으로 된 카페였다. 너른 홑처마의 팔작지붕은 고풍스러웠고 공간을 가득 채우는 잔잔한 피아노 선율은 부드러웠다.

"감사합니다."

혜라는 작게 고개를 숙이며 그가 안내한 자리로 향했다. 원목으로 된 작은 테이블과 등받이가 달린 좌식 의자가 있었다.

"예쁩니다."

"본부장 덕분이네."

"이제 퇴사하셨는데, 본부장이라고 부르지 마세요. 저도 그럼 권 전무님으로 불러야 되잖습니까. 이젠 사장님이신걸요."

"하하하."

잠시간의 안부 인사를 끝내자 권 전무의 옆에 서 있던 선한 눈매의 미경이 수정과 두 잔을 그들 앞으로 내밀었다.

"이 본부장이 와야 이 귀한 걸 먹어 보네. 하하. 자주 좀 오게."

"당신도 참, 그런 얘긴 뭐하러……. 입맛에 맞을까 모르겠네요."

"어머니가 해 주신 거면 다 맛있습니다."

그녀가 건넨 찻잔을 소중히 받는 진헌의 모습을 보며 혜라는 깜짝 놀랐다.

'어머니?'

그는 분명 그녀를 향해 어머니라 말하고 있었다. 진헌에게 격식을 차리며 내외하던 그녀를 권 전무의 아내라고 짐작했다. 전혀 예상치 못한 전개에 놀란 혜라의 동공이 커졌다.

"아. 소개가 늦었네요. 장혜라 씨입니다."

"신문에서 봤습니다. 인사가 늦었네요."

남자는 혜라에게 손을 내밀었다. 혜라 역시 손을 맞잡고 고개를 숙였다.

"장혜라입니다."

"당신도, 인사 나눠요."

권 전무는 자상하게 웃으며 미경에게 말했지만, 그녀는 고개를 들지 못하고 자리에서 일어서 나갔다.

그 모습에 민망한 듯 남자는 멋쩍게 웃으며 말했다.

"미안해서 그럽니다. 아직도 준비가 안 된 모양이야."

"괜찮습니다. 감사합니다."

"어휴, 이 늙은이한테 감사는 무슨. 잠깐 일어나 보겠네. 얘기들 나누세요."

둘만 남은 자리. 알 수 없는 침묵이 흘렀다. 고요함을 먼저 깬 건 진헌이였다.

"찻잔 어떻습니까?"

그의 물음에 혜라의 시선이 수정과 잔으로 향했다.

손자국이 그대로 묻어나 어설프고 투박하지만 둥근 결과 연한 분홍빛이 멋진 도자기였다.

"직접 만드신 겁니다."

그는 잔잔한 미소를 띠었다. 약과로 만든 꽃잎이 떠 있는 수정 과였다. 메뉴에는 없었지만 그녀는 수정과를 늘 따로 만들어 두곤 했다. 어릴 때부터 이를 좋아했던 진헌 때문이었다.

매콤하고 알싸했지만 목구멍을 따라 넘어갈 땐 달콤한 시원함 이 입 안에 퍼졌다.

혜라는 궁금했지만, 먼저 입을 열지 않았다.

한참을 그렇게 아무 말도 없이 지는 노을빛이 담긴 수정과를 마시던 진헌이 입을 열었다.

"제 친어머니입니다."

덜컹.

혜라의 심장이 순간 덜컹 내려앉았다. 덤덤하게 말을 잇는 진헌의 얼굴은 슬퍼 보이지도, 불편해 보이지도 않았다. 오히려 그는 무척 편안해 보였다.

"어머니가 계신다는 말은 안 했어요."

홍콩에서 함께 지냈던 언젠가, 진헌은 선진그룹에 관계된 모든 사람들의 얼굴과 이름을 알려 줬었다. 그때도 의아하게 생각하긴 했지만 말 없는 그를 보며 막연히 돌아가셨나 보다, 하고 생각했던 혜라였다.

"어머니는 더 이상 선진과 관련된 분이 아니니까요."

잠시 말을 쉬던 그는 생각이 많아진 것 같았다.

"정신병원에 계셨어요. 내가 열다섯 살 때부터."

하지만 곧 덤덤하게 말을 이어 나갔다.

"이쪽은 흔한 일이죠. 기업과 기업이 제 자식을 걸고 하는 계약 같은 결혼이요. 하지만 어머니에겐 이미 정인이 있었어요."

어쩔 수 없는 선택으로 한 결혼은 불행했다. 그 불행은 자신뿐만 아니라 자식에게도 이어졌다.

"외할아버지가 돌아가시고 나서 어머니는 아버지에게 이혼을 요구했지만 받아들여지지 않았죠."

인철은 그녀의 요구를 묵살했다. 허울뿐인 결혼이었어도 미경은 이제 막 시작한 선진을 유지할 수 있었던 발판이었고, 제 아들의 어머니였다.

그러던 중 그녀가 사랑했던 남자가 죽었다. 병상에 누워서도 오직 그녀의 이름만을 부르며 외롭게 죽었다고.

"어머니는 소리쳤고, 아버지 앞에서 칼을 들고 스스로 목숨을 끊으려 했어요. 방에서 숨죽이고 있던 내가 말리려고 어머니에게 달려들다가……."

"아! 진헌 씨 허리에 흉터……."

대답 대신 그는 고개를 끄덕였다.

"내가 스무 살이 되던 해에 나오셨어요. 그때 이혼하셨고요."

"그럼 어머님 옆에 계신 분은 누구세요?"

"어머니를 곁에서 도와주시던 분이세요. 모든 연락이 차단돼서 뵙고 싶어도 성인이 될 때까진 방법이 없었는데 권 전무님이 매번 도와주셨죠. 덕분에 몇 번 면회도 갈 수 있었고, 지내시는 상황도 알 수 있었어요. 물론 어머니는 원하지 않으셨지만……."

분위기는 무겁게 가라앉았다. 혜라는 진헌의 표정을 살폈다. 평소와 다르지 않은 얼굴이었지만 어딘지 모를 씁쓸함이 묻어 있었다.

"그래서 난, 결혼을 하고 싶지 않았어요. 내가 할 수 있는 결혼은 행복할 수가 없으니까."

누구에게나 사연은 있다. 하지만 혜라는 한 번도 진헌에게 아픔이 있을 거라곤 생각하지 못했다. 좋은 집에서, 좋은 환경에서 누리고 싶은 것을 다 누리며 풍족하게. 그렇게 살아왔을 것이라고 단정 짓고 있었다.

"그런데 혜라 씨를 만난 겁니다. 그리고 처음으로 내 옆에 누군가 함께 있는 미래를 생각했어요."

진헌이 손을 뻗어 테이블 위 혜라의 손을 잡았다. 따뜻한 그의 온기가 혜라의 심장을 두근거리게 만들었다.

"혜라 씨."

나지막이 부르는 그의 목소리에 혜라가 고개를 들어 눈을 마주했다. 그의 눈동자는 투명하고 깊었다.

"그 사람, 찾았습니다."

✳

시간은 정신없이 흘렀다. 특히 혜라에겐 더욱 바쁜 시간들이었다.

"오전에는 피부 관리 예약되어 있으십니다. 오후엔 본식 드레스 가봉 가셔야 합니다. 식단을 조금 줄일게요."

보통은 최 비서가 그녀의 옆에서 도와줬지만 회사 일과 겹칠 땐 진헌의 집에서 일하고 있는 분들의 도움을 받았다.

"저기, 이거요. 별건 아니지만……."

"어머. 아가씨. 주시는 거예요?"

"아가씨란 말 어색해요. 그렇게 안 부르셔도 되는데."

"에효. 뭘 저희들까지 챙기셔요. 괜찮은데."

"저는 매번 도움만 받는걸요. 감사해요."

인사동에서 구입했던 귀여운 열쇠고리에 사람들은 방긋 미소 지었다. 누군가를 위해 선물을 사는 것도, 주는 것도 낯선 혜라였지만 한집에서 함께하는 사람들에게 처음으로 보낸 작은 정성이 받아들여졌다는 사실에 마음이 따뜻하게 간질거렸다.

약혼 준비로 하루 종일 바쁘게 움직이다 밤이 돼서야 혜라는 침대에 몸을 뉘었다.

"휴."

그리고 그제야 잠시 자리를 내줬던 복잡한 상념들이 그녀의 머릿속을 어지럽혔다. 침대 맡 서랍장을 열어 작은 명함 한 장을 꺼내 들었다.

'그 사람, 찾았어요.'

손바닥보다 더 작은 크기의 명함에 또렷하게 새겨진 세 글자. 김민성.

읽기만 해도 눈물부터 차오르는 글자에 혜라는 애써 눈을 부릅떴다. 그날 진헌에게 민성에 대한 이야기를 간단하게 전해 들을 수 있었다.

'더 빨리 말해 주지 못해 미안해요. 고민이 됐습니다.'

그는 말해 주고 싶지 않았고, 영영 모른 체하고 싶었다 말했다.

'하지만 혜라 씨가 불행해지는 거, 원치 않아요. 행복해졌으면 좋겠습니다. 내 옆이 아니더라도.'

결국 참아 내던 눈물방울이 뚝 하고 떨어졌다. 뺨을 타고 흐른 한 방울은 이내 이불을 적셨다. 혜라는 손으로 슥 닦아 내곤 명함을 다시 서랍에 넣었다.

당장이라도 연락하고 싶었지만, 또 한편으론 그러고 싶지 않았다. 너무나 원했던 순간이지만, 눈앞에 닥친 진실은 감당할 수 없는 시간이기도 했기 때문이었다.

13. 이별의 시간

"긴장됩니까?"

"아뇨, 괜찮아요."

"예뻐요."

약혼식 당일이었다. 엠파이어라인의 연분홍빛 드레스를 입은 혜라가 대기실에 있었다. 초조함이 역력한 그녀의 모습과는 다르게 진헌은 무척 여유로웠다.

"놀리지 마요!"

메이크업을 했지만 혜라의 붉어진 뺨은 감출 수가 없었다. 그런 그녀의 허리를 진헌이 부드럽게 감싸 안았다.

"진, 진헌 씨."

벗어나 보려 그의 어깨를 두드렸지만 오히려 그 손길에 진헌은 더욱 힘을 줘 그녀를 놓아주지 않았다.

진헌의 말대로 그의 품 안에 안겨 있는 그녀는 오늘따라 유난히 더욱 빛났다.

깔끔하게 올린 머리카락과 단정하지만 그녀의 가녀린 선이 드러나는 드레스는 화려하지도, 과하지도 않았지만 투명한 그녀의 실루엣을 더욱 생기 있게 만들었다.

"고마워요."

진헌의 목소리가 혜라의 귓가에 나지막이 들려왔다. 요동치는 심장 소리가 들릴세라 혜라는 숨을 내쉬는 것조차 조심스러워했다.

'고마운 건 오히려 나예요. 진헌 씨. 당신을 만나서 정말 다행이었어요.'

입까지 차오른 말을 꾹 삼켰다. 그의 진심이 무엇인지, 충분히 알고 있었다. 고맙다 말하는 진헌이 어떠한 마음으로 뱉은 진심인지도 알고 있었다.

하지만 그의 진심에 혜라는 어떠한 대답도 섣불리 할 수 없었다.

"흠, 흠. 본부장님."

대기실을 찾은 최 비서의 목소리에 진헌은 혜라를 겨우 품에서 놓아주었다. 최 비서는 시선을 바닥으로 내리며 말을 이었다.

"나오셔야 할 것 같습니다. 곧 식이 시작될 겁니다."

그녀의 말에 진헌이 입꼬리를 말아 올리며 미소 지었다. 대기실 밖으로 나가는 진헌의 뒷모습을 혜라는 말없이 지켜보다 다리가 풀린 듯 소파에 스르륵 주저앉았다.

진헌이 신부 대기실을 나서자 뒤따르던 최 비서는 그에게 바투 다가서며 작은 목소리로 말했다.

"말씀하신 부분 체크해 보았습니다."

진헌은 걸음을 멈추고 그녀의 말에 귀 기울였다.

"회장님께서 주신 리스트의 귀빈들은 대부분 도착하셨습니다. 그런데……."

"그런데요?"

"해성건설에선 참석하지 않으셨습니다. 미리 섭외했던 기자들도 캔슬됐고요."

"왜죠?"

"그것까진……. 기자 캔슬은 회장님 비서실에서 내려온 지시 사항이었습니다."

"알겠습니다."

"네."

진헌의 표정이 굳어졌다. 약혼식이 형식적인 절차라는 걸 알고 있었지만 자신이 모르는 또 다른 무언가가 있다는 생각이 그의 머릿속을 스쳤다.

"귀빈 여러분들께 알려 드립니다……."

최대한 화려하지 않게, 단출한 그들만의 약혼식이 시작되었다. 낯이 익은 사람들 앞에 진헌과 혜라가 섰다.

너무나 잘 어울리는 선남선녀를 두고 사람들은 축하한다며 인철에게 인사말을 건넸다. 그 역시 웃으며 화답했지만 그의 눈은 웃고 있지 않았다.

약혼식은 엄숙하게 진행되었다.

"어떠한 경우라도 항시 사랑하고, 존중하겠습니다."

"당신이 내게 기꺼이 의지하고 기댈 수 있게 예의와 품위를 지키며 늘 한결같은 마음을 가지겠습니다."

"기쁜 일, 슬픈 일은 함께 나누며 이해와 배려의 마음을 가지도록 노력하겠습니다."

진헌이 혜라에게 건넸던 약혼 서약서가 낭독되고 그는 혜라의 네 번째 손가락에 반지를 끼워 주었다. 제 손가락에서 영롱하게 빛나고 있는 로즈골드색의 반지를 바라보는 혜라를 보자 진헌이 활짝 미소 지었다.

모든 식순이 끝나고 혜라는 드레스를 갈아입었다. 그녀는 캐주얼한 하트 탑의 연분홍색 드레스를 입고 볼레로를 걸쳤다. A라인의 풍성한 레이스가 청초하면서 발랄한 느낌을 주었다.

"이것도 예쁘네요."

들릴 듯 말 듯 진헌이 다가와 그녀의 귓가에 속삭였다. 민망한 혜라가 팔꿈치로 그를 툭 하고 밀었다.

"모두들 잔을 들어 축복해 주시기 바랍니다."

사회자의 목소리를 따라 금빛 샴페인이 담긴 잔을 들었다. 투명한 유리잔이 부딪치는 소리가 낭랑하게 연회장을 채웠다.

부드러운 클래식 선율이 울렸다. 살짝 입술을 댄 샴페인이 바이올린과 피아노가 어우러진 5중주를 타고 더욱 달달하게 넘어갔다.

곧 연회장 안은 그들의 약혼식을 핑계로 모인 기업인들 간의 사교 모임이 되었다. 테이블을 옮겨 다니며 인사를 하고, 안부를 묻는 그들 사이에서 혜라의 긴장도 살짝 풀려 있었다.

"혜라 씨, 잠깐만 여기 있어요."

곁에 있던 진헌의 시선이 인철에게 향했다. 사람들 사이에 섞여 이야기를 나누는 그를 피로연 내내 놓치지 않던 그가 인철에게 다가갔다.

"휴."

진헌이 자리를 잠깐 비우자 혜라는 혼자 남았다. 준비된 하얀색 의자에 잠시 앉아 장시간 서 있어 아픈 다리를 한 손으로 주무르다 고개를 들었다.

"민아⋯⋯."

혜라가 벌떡 자리에서 일어났다. 그녀가 손에 들고 있던 샴페인 잔이 파르르 떨렸다. 연회장 입구에서 자신을 바라보고 있는 익숙한 실루엣. 민성이었다. 그는 혜라가 자신을 발견하고 일어선 것을 확인한 후 황급히 시선을 피하며 발을 옮겼다.

탁.

테이블 위에 샴페인 잔을 거칠게 내려놓은 혜라는 홀린 듯 민성의 그림자를 따라 연회장 밖으로 나서려 했다. 그때 진헌이 나타나 그녀의 팔목을 거칠게 낚아챘다.

"혜라 씨."

초점 없는 그녀의 눈빛에 진헌이 혜라의 양어깨를 꽉 그러잡았다.

"나 봐요."

감당할 수 없을 거라는 걸 혜라는 알고 있었다. 그래서 민성을 먼저 찾을 수 없었다. 지금껏 버텨 왔던 자신이 순식간에 무너질 거란 사실을 알고 있었다.

그리고 그게 진헌에게 어떤 상처가 될지, 누구보다 혜라는 잘 알고 있었다.

"미안해요. 진헌 씨. 미안해요……."

혜라의 눈에서 쉼 없이 눈물이 흘렀다.

"그 사람, 만나야 해요. 나."

"장혜라."

"그게, 내가 살아 있던 유일한 이유였는걸요……."

진헌은 더 이상 그녀를 잡아 둘 수 없었다. 힘없이 내려간 그의 팔을 밀치며 혜라는 거추장스러운 드레스의 치맛자락을 붙들고 연회장 밖으로 뛰어나갔다.

"민아. 민아!"

연회장 밖으로 뛰쳐나간 혜라가 마침내 그토록 애타게 찾던 그의 이름을 외쳤다. 민성이 사라진 방향으로 뛰던 도중 신고 있던 구두 굽이 부러져 휘청한 혜라는 이내 신발을 벗고 맨발로 뛰기 시작했다.

"흑. 흑……."

눈물이 터져 나왔다. 무슨 의미의 눈물인지 가늠조차 되지 않는 깊은 슬픔이 쏟아졌다. 잘 감추고 눌러 왔다고 생각한 모든 것이 무너지는 순간이었다.

"여전히 울보네."

얼마나 헤맸을까. 그녀의 뒤에서 익숙한 목소리가 들렸다. 침착하지만 단호한 민성의 음성이었다.

혜라가 몸을 돌려 그를 마주했다.

"……미안해. 내가, 많이 늦었어."

희미하게 웃는 민성의 눈에도 눈물이 가득 맺혀 있었다.

민성을 잃어버린 그날 이후로 혜라는 매 순간 생각했다. 그를 만나면 무슨 말을 먼저 해야 할까.

'살아 있어 줘서 고마워.'

'무슨 일이 있었던 거야?'

'그동안 어디에 있었어?'

'왜 한 번도 날 찾지 않았어?'

가슴속에 가지고 있던 모든 말을 꺼내고 싶었지만 혜라는 단한 마디도 할 수 없었다.

그리고 그 순간 그녀의 등 뒤로 사늘한 그림자가 다가왔다.

"읍!"

순식간이었다. 건장한 남자의 거친 손이 그녀의 코와 입을 흰손수건으로 막았다. 놀란 혜라는 거칠게 반항했지만 소용없었다. 그녀의 어깨를 강하게 누르는 두꺼운 남자의 팔뚝과 입을 막는 손아귀의 악력을 당해 낼 수 없었다. 혜라는 점점 다리의 힘이 풀리고 눈이 감기기 시작했다.

완전히 닫히기 직전, 그녀는 무겁게 내려앉는 눈꺼풀을 가까스로 들어 올렸다. 혜라의 시야에 묘한 표정의 민성이 가득 찼다. 그는 안도한 것 같으면서도 슬퍼 보였다.

점차 정신을 잃어 가던 혜라가 그에게 손을 뻗었다.

'조금만 더, 조금만······.'

민성에게 닿을 듯 닿지 않는, 차가운 허공을 만지며 그렇게 혜라는 의식을 잃었다.

✳

부스럭거리며 종이 넘기는 소리에 혜라가 눈을 떴다. 낯선 천장과 하얀 침대가 시야에 들어왔다. 입고 있던 드레스는 편한 홈웨어 차림의 원피스로 바뀌어 있었다.

"아야."

몸을 일으키려던 혜라가 금세 다시 풀썩 쓰러졌다. 머리가 어지러웠다.

"급히 움직이지 마시죠. 어지러울 겁니다."

"최 변호사님?"

그녀의 침대 옆에서 석호가 서류를 보고 있었다. 혜라는 그제야 그의 존재를 깨닫고 날을 세웠다.

혜라는 팔뚝에 꽂혀 있던 링거 바늘을 뽑아냈다. 쓰라림이 느껴졌지만 이내 사그라졌다.

"뭐 하시는 겁니까?"

막아 보려 했지만 원망이 가득한 그녀의 눈빛을 보곤 석호는 한숨을 쉬며 고개를 돌렸다.

"변호사님이야말로, 지금 무슨 짓이죠? 제가 왜 여기에······."

"하루 정도 걸릴 겁니다."

그는 주섬주섬 서류를 챙겨 가방에 넣으며 말했다.

"회장님께서 한국으로 들어오고 계십니다. 김 실장 있으니, 그동안 쉬고 계시죠."

"김 실장이라면……."

석호는 그녀의 말을 더 듣지 않고 자리에서 일어났다. 그리고 검은 정장을 입은 남자들에게 무언가를 지시하곤 방 밖으로 나갔다.

그 사람이 왜 여기에?

석호의 한마디에 혜라의 미간이 일그러졌다. 아무것도 이해할 수 없었다. 지금 이 상황에 대한 모든 것이 납득되지 않았다.

'아, 진헌 씨!'

가장 먼저 확실하게 든 생각이었다. 그녀는 자신의 손을 살폈다. 여전히 그녀의 네 번째 손가락엔 반지가 빛을 내고 있었다.

'찾고 있을 거야, 걱정할 텐데…….'

진헌에게 돌아가야겠다는 마음이 갑자기 차올라 가만히 있을 수 없었다. 침대에서 내려간 혜라가 방문을 열었다.

"들어가십시오."

"비켜요!"

"안 됩니다."

하지만 문을 열자마자 문 밖을 지키고 있던 두 명의 남자에게 가로막혔다. 아무리 밀치며 저항해도 두 장정의 사이를 지나가는 건 불가능했다. 혜라는 꼼짝없이 다시 방 안으로 들어가야 했다.

"하."

혜라는 자신이 할 수 있는 게 그저 기다리는 것뿐이라는 사실에 절망했다. 침대 옆에서 쪼그려 앉은 혜라가 다리를 감싸 안고 얼굴을 파묻었다.

얼마나 지났을까. 굳게 닫혀 있던 방문이 드디어 열렸다.

끼익하는 문소리에 그녀가 얼굴을 들었다. 그곳엔 민성이 죽을 들고 서 있었다.

"왜 그러고 있어. 더 누워 있지."

"네가 왜……."

"언제 오빠라고 부를래?"

민성이 혜라의 팔목을 잡고 그녀를 일으켜 침대에 앉혔다.

"앉아. 이거 좀 먹자."

그는 쟁반에 받쳐 온 죽 그릇에 숟가락을 넣어 달그락거렸다. 그리고 한입에 먹을 수 있도록 떠서 입으로 후 불어 내곤 혜라에게 내밀었다.

쨍그랑.

하지만 혜라는 민성이 내미는 그릇을 손으로 쳐 냈다. 요란한 소리를 내며 그릇이 바닥으로 쏟아졌다.

"말해."

떨리는 목소리지만 그녀는 단호하게 말하고 있었다.

"네가 나, 여기로 데리고 온 거야?"

민성은 작게 한숨을 내쉬곤 쟁반을 테이블 위로 물렸다.

"그래. 욕해. 차라리 실컷 원망하고, 화내."

차분하고 단정한 목소리, 맑고 반짝거렸던 눈빛까지. 민성은 그대로였다. 눈을 감으면 꿈에서나 볼 수 있었던, 그때 그 모습처럼 다정했고 따뜻한 목소리였다.

"내가, 얼마나! 얼마나…… 흑."

말을 채 잇지 못한 채 혜라는 눈물을 터트렸다. 민성이 그녀의 어깨를 강하게 감싸 안으며 토닥였다.

"미안해. 미안해. 미안해, 혜라야."

"놔! 이거 놔!"

민성은 한참을 서럽게 울며 발버둥 치는 그녀를 품 안에서 진정시켰다. 울음소리가 잠잠해지자 혜라를 꼭 안은 채로 그는 입을 열었다.

"네 곁을 지킬 수 있는 방법이, 아무것도 없더라."

✳

5년 전 그날은 여느 때와 다르지 않은 날이었다.

민성은 새벽에 일어나 신문 배달을 하는 동시에 닥치는 대로 과외 아르바이트를 찾았다. 남는 시간에는 학교 도서관에서 미친 듯이 공부했고 가끔은 책장 사이 틈에 끼어 앉아 잠을 청하기도 했다. 그리고 밤이 되면 대리 기사가 되어 도로에 나섰다.

"여보세요?"

— 김민성 씨?

"네. 누구시죠?"

─ 중구청 경찰서입니다. 신원 확인을 좀 해 주셔야 할 것 같습니다.

"신원 확인이라니요?"

─ 아, 그게…….

어쩔 수 없는 선택이었다. 하루 중 휴식 시간이 세 시간도 채 되지 않았던 삶, 가난한 집안에서 태어난 게 죄라면 그의 첫 번째 죄일 것이었다. 그럼에도 불구하고 서울의 일류 대학에 들어가 제 자신의 미래에 욕심을 부렸던 것도 그에겐 너무 큰 사치의 죄였다.

"보험사에서 수상쩍어 조사했더니 자살로 밝혀졌다네."

"에그머니나!"

"빚 때문인가 봐. 왜, 크게 사기 당했잖아."

"하늘도 무심하지, 몸도 성치 않은 사람한테 무슨 볼일이 있다고 사기를 쳐선!"

한때는 꽤 단란한 가정이었다. 조금 다른 점이라면 어머니는 사랑하는 아들의 얼굴을 볼 수 없었고 아버지는 하나뿐인 아들의 목소리를 들을 수 없었다. 민성은 중학생이 되면서부터 몸이 불편한 부모님 대신 실질적인 가장이 되어 있었다.

"에휴. 자살은 보상도 못 받는다며. 빚은 어쩌누?"

"아들이 성인이니 갚아야겠지. 쯧쯧. 남아 있는 자식만 불쌍하지 뭐."

여유로운 삶은 아니었지만 불행하다고 생각한 적 없었다. 세 식구가 부대끼며 생활했던 작은 단칸방의 따스함을 민성은 여전히 기억하고 있었다.

장례식장엔 몇 안 되는 부모님의 지인들이 드문드문 찾아왔다. 그때마다 반복되는 동정 어린 수군거림을 민성은 참기 힘들었다. 그는 사람들을 피해 옥상으로 자리를 옮겼다.

"이기적이네."

"이거 놔!"

"적어도 여기선, 그러면 안 돼."

자신과 똑 닮은 혜라를, 그곳에서 처음 만났다. 민성은 자신의 품에서 한참을 울던 그녀를 달랬다. 하지만 그 순간엔 누군가 옆에 있다는 사실만으로 그 역시 위로받고 있었다.

"왜 삶에 집착하는 거야?"

"그러는 넌, 왜 삶에 미련이 없어?"

"아무도 없으니까."

"보면 몰라? 부모님이 돌아가신 건 나도 마찬가지야."

"나에겐 달라. 살아가야 할 이유가 없어진 거야."

"그건 돈으로 살 수 있어."

장례식장에서 만난 스물의 혜라는 미숙했다. 그녀는 말했다. 아버지로부터 숨고, 자신의 삶에서 도망치는 것이 최선이라고.

"도와줄게. 필요하면, 네가 이유를 찾을 수 있도록."

그렇게 2년이 흘렀다. 민성은 혜라가 이유를 찾을 수 있도록 그녀를 돌보고, 이끌었고, 아껴 주었다.

"민아, 나 합격했어!"

"정말? 어디 봐."

그동안 사람을 피해 옮겨 다니는 삶을 살면서 제대로 된 학업을 이어 갈 수 없었던 혜라는 그의 도움으로 검정고시를 치렀다. 그들의 삶은 조금도 나아지거나, 밝아지지 않았다. 오히려 더 힘들어졌지만, 함께하는 그 시간만큼은 행복했다. 그들에게 서로는 연인이자, 오누이었고, 생의 이유가 되었다.

"최석호입니다."

"무슨 일이시죠?"

그런 소소한 일상들이 깨진 건 한순간이었다. 여느 날과 같이 카페에서 아르바이트를 하고 있던 민성에게 한 남자가 찾아왔다. 그리고 그 후 모든 것이 바뀌었다.

"회장님께서 감사의 표시로 말씀하신 사항입니다. 김민성 씨에게 필요한 모든 지원을 하시겠다고 하셨습니다. 대신 조건이 있습니다."

"제가 싫다면요?"

"굳이 김민성 씨에게 호의를 베풀지 않아도, 방법은 많습니다. 하지만 좋은 게 좋은 거라고 해 두죠."

군더더기 없는 그의 말에 민성은 참을 수 없는 비참함을 느껴야 했다.

"저만, 사라지면 된다고요."

"상실감이야말로 장혜라 씨의 아킬레스건이죠. 그렇게 평생을 살아오게 만들었으니까. 몰랐던 게 아닙니다. 회장님은 때가 될 때까지 지켜보신 것뿐입니다."

"하지만……."

"장혜라 씨는 홍콩으로 돌아가 회장님 곁에서 지낼 겁니다. 부족함 없이. 원래 자리로 돌아가는 것뿐이니 죄책감 가질 필요 없을 겁니다."

더욱 좌절할 수밖에 없었던 건 석호의 말에 아무런 반박도 할 수 없었던 자신 스스로였다. 석호가 말하는 달콤한 모든 것들은 그가 찾고자 했던 세상에서 가장 좋은 것들임을 부인할 수 없었다. 민성은 그저 쥐고 있던 뜨거운 커피 잔을 더욱더 세게 말아 쥘 뿐이었다.

"그리고 김민성 씨의 삶에도, 이 방법밖엔 없을 것 같은데요."

영원한 건 없었다. 그에겐 부모가 그랬고, 행복이 그랬다. 영원할 것 같던 것들도 결국 사라지기 마련임을 민성은 잘 알고 있었다.

그렇게 그는 욕망과 사랑 사이에서 먼지처럼 사라졌다. 혜라가 희망을 가질 만한 흔적을 남기지 않도록 모든 것을 지우고 떠났다. 미안하다는 말도, 다시 돌아오겠다는 편지 한 통도 남길 수 없었다. 그가 남길 수 있었던 건 거추장스러웠던 현실이 그대로 담겨 있던 낡은 종이 통장 하나뿐이었다.

민성의 새로운 통장엔 역겨운 돈이었지만 없어선 안 될 욕망이 찍혔다. 늘 그의 발목을 잡고 있었던 빚을 갚았고, 학교를 졸업할 수 있었다. 그리고 그토록 원했던 유학길에 올랐다.

그는 레슬리에 대한 모든 걸 공부했다. 이젠 다신 다가설 수 없는 그들의 세계를 마주하기 위한 최선의 방법으로 선진그룹에 충성했다.

국내 굴지의 백화점과 명품 브랜드를 보유하고 있는 선진이라면, 언젠가는 그들과 어깨를 나란히 할 것이었다. 그리고 그녀를 찾을 순 없어도 적어도 동등한 위치에서 다시 만날 수 있을 거라 생각했다.

"그 여자, 조사 좀 해 주십시오."

하지만 혜라와의 만남은 뜻밖에도 진헌을 통해서 이루어졌다. 홍콩의 거리를 해사한 웃음으로 거닐고 있는 그녀의 사진을 메일로 받았을 때, 그 기분은 우물 바닥을 짚은 것처럼 공허했다.

죽어라 노력해도 민성은 얻을 수 없었던 혜라를, 자신과 다른 세상에 살고 있던 진헌은 너무도 쉽게 얻었다.

"제 약혼자입니다."

눈 부실 정도로 많은 카메라의 플래시 앞에서 잔뜩 굳어 있던 여자. 그 어떤 날보다 화려한 옷과 두꺼운 화장으로 표정은 가렸지만 진헌의 손을 떨면서 꽉 붙잡고 있던 그녀는, 이미 삶의 이유를 찾은 모습이었다.

"최 변호사님. 김민성입니다. 제가 도와 드리겠습니다. 대신, 조건이 있습니다."

14. 이유

"뭐라도 좀 먹어."

"……."

혜라는 침대에 누워 이불을 머리끝까지 덮어썼다. 민성이 걱정
스럽게, 그리고 다정하게 다가왔지만 그녀는 아무런 미동조차 없
었다.

"회장님이 약속해 주셨어. 예전처럼 함께할 수 있게 해 주시겠
다고. 혜라야, 다시 예전처럼 돌아갈 수 있어."

민성이 침대에 걸터앉아 말했다.

"나 좀 봐. 장혜라!"

아무런 대답이 없는 그녀를 향해 민성이 소리쳤다. 결국 민성
은 혜라를 억지로 끌어다 앉혔다. 얼굴을 마주한 그녀의 눈빛은
아무것도 없이 공허했다.

"그러니까, 회장님께 홍콩 들어가겠다고 해. 알겠지?"

"……."

"뭐 때문에 네가 도망쳤는지 알아. 나도 알아! 근데 이제 혼자 아냐. 나랑 있어. 내가 계속 함께할 거야. 응? 그러니까……."

"영원이란 건 없어."

그녀의 목소리는 힘없이 울렸지만, 원망이 가득 차 있었다. 혜라는 민성을 향해 물었다.

"그 사람 손바닥 위에서 우리가 영원히 함께 있을 수 있을 거라고 생각해?"

그녀의 말에 민성은 선뜻 대답하지 못했다. 영원이라는 건 없다. 알고 있었기에 지난날 민성은 혜라를 떠날 수밖에 없었다. 하지만 이번엔 달랐다. 영원히 함께할 수 없을지는 몰라도 지금 당장 그녀를 다른 사람에게 빼앗기고 싶지는 않았다.

"……상관없어. 네 옆에 있게만 해 달라고 했어. 다른 건 욕심내지 않겠다고. 죽은 듯이 살아야 하는 네 삶에 함께할 수 있게만 해 달라고."

"하……."

"회장님, 거역하지 마. 어차피 다시 돌아와. 돌고 돌아서 결국 넌 다시 여기 와 있다고! 겨우 얻어 낸 기회야. 예전처럼, 우리 돌아갈 수 있어. 혜라야……."

혜라의 몸이 사시나무처럼 떨렸다. 잘 참아 왔던 어둠이 밀려와 그녀의 온몸을 옭아매는 것처럼 숨 쉬기조차 버거웠다. 그때, 굳게 닫혀 있던 방문이 벌컥 열렸다.

"회장님 오셨습니다."

석호가 말하자 민성은 자리에서 일어나 허리를 숙여 인사했다.

처음 마주한 아버지란 사람이었다. 사진으로만 봤던 두려움의 대상이 혜라의 눈앞에 섰다. 온몸이 굳은 것처럼 그녀는 침대 위에 앉은 상태로 눈꺼풀조차 깜박일 수 없었다. 커다란 벽이 마치 그녀를 압사시킬 것처럼 가까이에 있었다.

"그대로구나. 네 엄마와 똑 닮았어."

매서운 눈을 가진 남자였다. 혜라를 위에서 아래로 훑어보는 그의 눈빛엔 잠깐 연민이 스치는 듯했지만 이내 냉정만 가득 차 있었다.

그는 혜라의 침대 위로 손에 들고 있던 여권을 던졌다.

"너 때문에 본 손해가 크다. 이번 일로 난 너희 모녀에게 진 빚을 갚았다고 생각하겠다."

혜라의 입꼬리가 씰룩였다. '너희 모녀'라는 단어가 그녀의 가슴을 날카롭게 찔렀다.

"출국 채비시켜."

그는 석호를 향해 무심하게 말했다. 석호가 고개를 끄덕이자 잠시 민성을 흘겨보곤 몸을 돌렸다.

도망가고 싶다. 벗어나고 싶다. 죽고 싶다. 혜라의 뺨을 타고 눈물 한 방울이 흘렀다. 하지만 이제 더 이상 그녀의 손을 잡아줄 수 있는 사람은 없었다.

'괜찮습니다.'

'다음엔 좀 덜 흥분하면서 말하도록 하죠. 아마, 다시 찾아올 겁니다.'

혜라는 질끈 눈을 감았다. 귓가에서 언젠가 말했던 진헌의 목소리가 울리는 것만 같았다. 그녀는 떨어지지 않는 입술과 나오지 않는 목소리를 겨우 쥐어짜 내 말했다.

"싫……어요."

"뭐?"

"혜라야!"

나가려던 레슬리 회장이 몸을 돌려 혜라를 마주했다. 민성은 다그치듯 그녀의 이름을 불렀다.

그리고 혜라는 다시 한번 힘주어 말했다.

"싫다고요."

방 안엔 정적이 흘렀다. 아무도 먼저 입을 열 수 없었다. 살얼음판 같은 팽팽한 긴장감을 뚫고 입을 뗀 사람은 레슬리였다.

"독한 것마저 똑같구나. 네 어미랑. 언제까지 버티나 보지."

그는 밖에 서 있던 경호원을 향해 소리쳤다.

"가둬. 절대로 누구도 들여보내지 마!"

"회장님!"

돌아서는 레슬리를 향해 민성이 쫓아갔다. 혜라를 가만히 바라보던 석호는 이내 고개를 절레절레 저으며 작은 숨을 내쉬고는 그들의 뒤를 따라갔다. 곧이어 쾅 하는 소리와 함께 방문이 굳게 닫혔다.

혜라는 침대에 쓰러지듯이 누웠다. 아직도 온몸은 떨리고 있었고 입술은 파리했다. 그녀는 다시 혼자가 되었다. 피했던 두려움을 온몸으로 맞았지만 약간은 후련했다. 더 이상 도망가진 않기로 마음먹었기 때문이었다.

"여기 두고 가겠습니다."

그날 이후로 혜라는 침대 위에서 한 발자국도 움직이지 않았다. 문 앞을 지키는 남자들이 식사 때에 맞춰 음식을 두고 갔지만 혜라는 물 한 모금조차 잘 마시지 않았다.

아침인지, 밤인지도 모를 꽉 막힌 공간에서, 그녀는 하루 종일 침대에 누워 진헌과 함께한 홍콩에서의 일상을 꿈꾸곤 했다.

'당신이 더 이상 도망가지 않아도 되도록, 도와 드리죠.'

'내 손만 보고 따라오면 됩니다.'

'나는 당신을 두고 떠나지도, 버리지도, 죽어 버리지도 않을 겁니다.'

'혜라 씨가 원할 때까지, 전 이 약혼 유지할 겁니다.'

'당신이, 행복해지면 좋겠어요.'

주체하지 못할 눈물이 뺨을 타고 흘렀다. 그렇게 울면서 지새우는 밤이 며칠이고 계속됐다.

일주일이 지났다. 여전히 그녀의 방문은 굳게 닫혀 있었다. 아무도 찾지 못하는 완벽한 감금이었다.

혜라의 방문을 열 수 있는 사람은 단 두 사람뿐이었다. 민성은 매일같이 들어와 그녀의 침대 곁에서 자리를 지켰다. 간간히 석호도 왔었지만 그는 레슬리의 지시로 확인하듯 잠시 잠깐 혜라의 상태를 훑어보고 아무런 말도 하지 않고 나갈 뿐이었다.

"혜라야, 제발."

민성은 침대 위에 죽은 듯이 누워 있는 혜라를 향해 죽이 담긴 그릇을 내밀었다. 하지만 혜라는 눈길조차 주지 않은 채 이불을 머리끝까지 덮었다.

"너 벌써 일주일째야! 물도 제대로 안 마셨잖아."

잔뜩 화가 난 목소리로 민성이 혜라의 이불을 걷어 냈다. 등을 돌리고 얼굴을 베개에 묻고 있었지만 그녀의 눈은 며칠을 울며 지냈는지 빨갛게 부어 가라앉지 못했다. 그사이 얼굴이 많이 야위었다.

민성은 안쓰러운 마음을 애써 모르는 척 거칠게 혜라의 손을 끌어당겨 앉혔다. 그리고 그녀의 어깨를 양손으로 꽉 그러잡고 힘을 주었다.

그의 손길이 닿은 어깨를 혜라가 반사적으로 움츠리자 민성은 크게 소리쳤다.

"장혜라! 내 눈 봐. 보라고!"

날카로운 민성의 목소리에 고개를 힘없이 떨구었다가 다시 천천히 들어 올렸다. 그녀의 눈엔 아직까지 원망이 가득 차 있었다.

"이거 놔!"

온종일 말 한 마디 하지 않고 갇혀만 있었다. 버석하게 마른 목에서 목소리가 제대로 나오지 않아 힘겨워하던 혜라가 잔뜩 갈라진 목소리로 민성에게 쏘아붙였다.

"설마 너……."

서슬 퍼런 그녀의 눈을 마주한 민성은 깨달았다. 한때는 자신이 세상의 전부였던 혜라는 더 이상 이곳에 없었다.

"혜라 너……. 그 사람, 기다리는 거니?"

민성의 말에 혜라는 아무런 대답도 하지 않았다.

"하."

짧은 탄식. 팽팽하게 긴장된 상태로 유지되던 긴 침묵을 깬 건 민성의 목소리였다.

"아니라는 말도 안 하네."

혼잣말처럼 중얼거린 민성의 눈빛이 점점 차갑게 식어 갔다. 민성의 모습에서 두려움을 느꼈지만 혜라는 후회하지 않았다. 그녀는 숨기고 싶지 않았다. 어쩌면 숨길 생각조차 하지 못했다는 말이 맞았다. 자신의 감정을 민성에게 속일 수 없었다.

외부와의 모든 것들과 차단된 채 갇혀 있는 일주일 동안 침대 위에서 혜라는 하염없이 울었다. 지금 할 수 있는 일이라곤 우는 것밖에 없었다. 애석하게도 그것은 그녀에게 아주 익숙한 일이었다.

"응. 맞아. 기다리고 있어."

너무나 익숙해서 일말의 희망도 기대도 없을 상황이었다. 예전이라면 그랬을 것이다. 하지만 지금은 달랐다. 그녀에게 기댈 수 있는 사람이 생겼기 때문이었다.

혜라의 덤덤한 대답에 민성은 커다란 둔기가 자신의 머리를 때리는 것 같은 충격을 받았다. 한때는 연인이었고, 가족이었던 그녀의 곁으로 돌아오기 위해 그가 어떤 심정으로 이를 악물었는지. 그를 이해해 주고 알아줄 거라 생각했던 혜라의 차가운 냉대엔 이유가 있었다.

"그 사람은, 다를 거라고 생각해?"

민성은 가져온 쟁반에 그릇을 담아 챙기며 일어섰다. 비릿한 조소를 띠고 그녀를 내려다보는 그의 눈빛엔 생기 없는 추잡한 욕망이 가득할 뿐이었다.

민성은 뚜벅뚜벅 문 쪽으로 걸어갔다.

"너도 알잖아. 네가 살고 있는 이 세계가 어떤 세계인지."

"……무슨 말이야?"

그의 뒤통수를 향해 혜라가 말했다. 민성은 문손잡이에 손을 올린 채 뒤돌아보지 않고 말했다.

"사랑? 연민? 그 세계의 사람들에게 가당키나 한 말일까? 설마, 그 사람이 너에게 진심이었다고 생각하는 건 아니겠지?"

덜컹 심장이 내려앉는 느낌에 혜라가 몸을 떨었다.

"네가 메이린 장이기 때문에 이용당한 거잖아. 안 그래?"

민성이 고개만 살짝 돌려 그녀에게 말했다.

"쓸모없어진 카드는 버려야지. 이젠 레슬리의 사생아 카드보단 해성건설이 더 낫지 않겠어?"

전혀 알아들을 수 없는 민성의 말에 혜라는 도저히 가만히 앉아 있을 수 없었다. 혜라가 잔뜩 야윈 양팔로 몸을 지탱하며 침대에서 나와 겨우 일어섰다. 한 발자국, 한 발자국. 민성을 향해 다가가며 그녀가 날 선 목소리로 되물었다.

"무슨 말이냐고 물었어."

민성은 뒤돌아섰다. 제 앞까지 다가와 서 있는 그녀를 향해 날카로운 미소를 입꼬리에 걸쳤다.

"선진은 해성과 합병 준비 중이었어. 그 세계에서 이게 무슨 뜻인지 정도는 알겠지."

잠시 말을 끊은 민성이 다시 뒤돌아 문손잡이를 돌렸다. 열린 문틈으로 메마른 바깥 공기가 들어와 혜라의 뺨을 감싸 왔다.

"그 카드를 버리고 널 잡은 거야. R 브랜드에 사활이 걸려 있던 선진이었으니까. 그런데 지금, 형편없이 쓸모없잖아. 이 카드는."

쾅.

날카로운 민성의 목소리 끝에 닫힌 문 너머엔, 시린 적막이 깔렸다.

'내가 원하는 건 메이린 장입니다. 장혜라가 아니라.'

진헌의 목소리가 혜라의 귓가에 끊임없이 맴돌고 있었다.

"몰랐던 것도 아니잖아."

서로의 이해관계로 얽혀 버린 처음. 몰랐던 일도 아니었다. 혜라는 스스로에게 말했다.

'나는 당신을 두고 떠나지도, 버리지도, 죽어 버리지도 않을 겁니다.'

다리에 힘이 풀려 버린 혜라는 그대로 스르륵 바닥에 주저앉고 말았다. 흔들리는 동공, 떨리는 몸이 매우 지쳐 있었다.

약혼식이 끝나고 혜라가 사라진 지 이미 일주일이 지났다.

하지만 진헌에게선 아무런 소식도 없었다.

'그런데 지금, 형편없이 쓸모없잖아. 이 카드는.'

혜라는 자신의 왼손을 물끄러미 바라보았다. 무뚝뚝한 표정으로 명함을 건네던 진헌의 모습이, 아쿠아루나에서 바라보던 홍콩의 야경을, 서로의 맞닿은 숨결로 심장을 가쁘 움직였던 스탠리의 하룻밤이. 아주 먼 어느 날처럼 불현듯 뇌리를 스쳐 지났다.

서로의 욕망으로 시작한 우리의 관계가 진심이 되었다고 할 수 있을까. 혜라는 확신할 수 없었다.

반지를 응시하던 혜라의 눈에서 이윽고 커다란 눈물방울이 떨어졌다. 쓸쓸한 방 안에서 그녀의 고독이 쉼 없이 흘러내렸다.

✳

"본부장님, 말씀하셨던 참석자 리스트와 통화 목록입니다."

"이게 다입니까?"

최 비서가 건넨 몇 장의 서류를 넘기며 진헌이 말했다.

"네. 회장님 비서실에서 참석 여부 확인 통화했고요. 해성건설만 회장님께서 직접 하셨다고 합니다. 그리고 이건 연회장 내외에 있던 CCTV 5대 중 해당 부분 녹화 파일입니다."

"김 실장은 여전히 연락 두절이고요."

"네. 여러 방면으로 알아보고 있긴 한데, 연락이 닿는 주변인이 없습니다."

"알겠습니다. 나가 봐요."

최 비서가 나가자마자 진헌은 책상을 주먹으로 내리쳤다. 쾅. 하는 묵직한 소리가 조용한 사무실을 가득 메웠지만, 그의 무서운 표정은 쉽사리 가라앉지 않았다.

한참이 지나도 돌아오지 않는 혜라를 찾아 진헌 역시 뒤따라 나갔다. 하지만 그녀는 없었고 복도엔 굽이 부러진 한 짝의 웨딩 슈즈만 남아 있었다.

'소란 피우지 마라. 그 아이 찾지 마.'

진헌은 곧바로 대기하고 있던 경호원들과 비서진을 찾았지만 인철에 의해 제지되었다. 그제야 진헌은 자신도 모르게 무언가 잘못되었음을 깨달았다.

진헌은 입술을 질끈 깨물고 최 비서에게 받은 CCTV 녹화본을 확인했다. 괴한에게 납치되는 그녀의 뒤로 민성이 뒤따르고 있는 모습이 선명하게 찍혀 있었다.

"대체 어디 있는 겁니까."

진헌은 모니터 속 혜라를 하염없이 바라보며 중얼거렸다. 마음 같아선 공권력의 힘을 빌려 전국을 샅샅이 뒤져서라도 그녀를 찾고 싶은 심정이었지만 좀 더 냉정해지기로 했다.

인철의 제지가 없었더라도 현실적으로 일을 크게 만들 수 있는 상황은 아니었다. 경찰에 신고할 수도 없었다. 그렇게 된다면 수많은 언론의 표적이 될 일은 자명했다. 해성건설과 사실상 합병 무산이었던 파혼설에 이어 갑작스러운 약혼 발표까지. 일련의 사건들로 인해 세간의 부담스러운 주목을 받았던 건 선진이 아닌 혜라였다.

평범히 살고자 했던 그녀에게 진짜 이름을 돌려주고자 시작했던 인연이었다. 선진과 그리고 자신과 엮이면서 평범과는 점점 더 멀어지고 장혜라가 아닌 메이린 장이라는 이름에 다가서는 그녀에게 또 다른 짐을 얹을 수는 없었다.

그리고 무엇보다 지금 당장 혜라를 찾는다고 한들, 이 상황에서 온전히 서로가 함께할 수 있는 방법이 없었다.

"하."

깊은 한숨을 내쉰 진헌이 손으로 이마를 짚었다. 견딜 수 없는 두통이 불현듯 찾아왔다. 머리가 깨질 것처럼 아팠지만 그의 생각은 더욱 또렷해졌다.

혜라를 위해서도, 선진을 위해서도 더 이상 낭비할 시간이 없었다. 잠시나마 욕심냈던 행복한 결혼은 없는 것이다. 결국 진헌에게 감정이라는 건 여전히 비즈니스일 뿐이었다.

모니터를 가만히 응시하던 진헌이 책상 위에 있는 인터폰 버튼을 힘주어 눌렀다. 곧이어 단정한 최 비서의 목소리가 흘러나왔다.

✳

고요한 적막이 머무는 방 안. 죽은 듯이 침대 위에 누워 있던 혜라가 무거운 눈꺼풀을 들어 올렸다. 오른쪽 손등의 찌릿한 느낌 때문이었다.

"내 몸에 손대지 마!"

침대 곁에서 달그락거리며 주삿바늘과 알코올 솜을 정리하는 여자와 그 옆에 서 있는 민성을 발견한 혜라가 온 힘을 끌어모아 소리를 질렀다. 화들짝 놀란 여자는 황급히 자리를 정돈하고 방문을 나섰지만 민성은 그 자리에서 한 발자국도 움직이지 않았다.

혜라가 왼손을 들어 손등에 꽂힌 수액 바늘을 뽑아내려 하자 그제야 민성이 달려 나와 그녀의 팔을 억세게 낚아챘다.

"장혜라."

몹시 화가 난 어투와 차갑고 시린 눈빛이 그녀를 관통했다. 하지만 무엇보다 혜라의 가슴을 저릿하게 만든 것은 민성의 다음 말이었다.

"내 앞에서, 죽겠다고?"

그는 작은 한숨을 내쉬곤 혜라의 팔목을 더욱 꽉 그러잡으며 말했다.

"변한 게 없구나. 여전히."

순간 민성의 표정은 이상하리만큼 평온해졌다. 그는 그녀의 침대 곁에 내려앉아 혜라의 머리카락을 쓸어 넘기며 다정히 말했다.

"아직도 삶에 미련이 없구나."

그는 마치 어린아이를 달래는 어른처럼 미소 지었다.

"도와줄게. 필요하면, 네가 이유를 찾을 수 있도록."

그는 5년 전 그때로 돌아가 있는 것만 같았다.

'왜 삶에 집착하는 거야?'

'그러는 넌, 왜 삶에 미련이 없어?'

'아무도 없으니까.'

'도와줄게. 필요하면, 네가 이유를 찾을 수 있도록.'

민성의 말이 끝나자 혜라는 깜짝 놀라 동공이 커졌다. 민성의 손길이 닿은 팔뚝에 오소소 소름이 돋았다. 그녀는 윗니로 아랫입술을 질끈 깨물었다. 메마른 입술은 금방 불그스름한 피를 내비쳤다.

"그런 거 아냐."

혜라는 있는 힘을 다해 그의 손아귀를 뿌리쳤다.

"나, 삶의 이유가 없어 이러는 게 아니라고."

그녀의 말에 민성이 멈칫했다.

"네가 내 삶의 이유가 아니라서 이러는 거야. 너한테 화내는 거라고. 네가 미워서, 죽을 만큼 미워, 꼴 보기 싫어서 이러는 거라고."

차분하지만 단호한 그녀의 말에 민성의 입꼬리가 딱딱하게 굳어져 갔다.

"네 도움 없어도, 나 이제 삶에 미련 많아. 그러니까 애써 내 곁에서 그때의 너로 돌아간 척하지 마."

민성의 손길이 닿은 손목이 쓰라려 살살 어루만지며 혜라가 말했다. 그의 얼어붙은 시선이 혜라의 손길을 따라 네 번째 손가락에 끼워진 약혼반지로 향했다. 민성은 작게 숨을 내뱉었다. 굳었던 몸이 다시 부드럽게 이완되었다. 민성의 입꼬리엔 어느새 비릿한 조소가 걸려 있었다.

"사람은 쉽게 안 변해."

"뭐?"

"누구나 삶의 정당한 이유는 없어. 살다 보니 이유가 생기는 거지. 태어나 보니 별 볼 일 없는 부모 밑에서 가진 거 없이 살아가야 하더라. 그러니까 돈, 명예, 성공. 삶의 이유가 생기더라고."

"너 지금 무슨 말을……."

"잘 들어, 장혜라."

갑자기 무서운 표정으로 돌변한 민성이 혜라의 어깨를 양손으로 강하게 잡았다. 고통을 느낀 혜라가 움찔댔지만 그는 아랑곳하지 않고 말을 이었다.

"네 이유는, 나야. 5년 전에 그랬고, 지금도, 앞으로도 마찬가지로."

"이거 놔!"

"네 삶은, 내 거라고. 알아들어?"

혜라의 몸이 뒤로 밀릴 정도로 민성은 그녀를 밀치며 침대에서 일어섰다.

"죽고 싶은 것도, 살고 싶은 것도. 언제나 이유는 나여야 한다고."

곧장 뒤돌아 방문을 열고 나가려다 말고 민성은 무언가를 떠올린 듯 잠시 멈추었다. 그가 혜라에게 다시 되돌아와 안주머니에서 꺼낸 사진 뭉치를 던졌다.

"수액 싫으면 빼. 근데 난 네가 죽는 꼴은 못 봐. 적어도 지금은."

그는 다시 뒤돌아 나갔고 방 안엔 문 닫히는 소리가 커다랗게 울려 퍼졌다.

혜라는 다리를 팔로 감싸 몸을 웅크렸다. 몸이 사시나무처럼 떨렸지만 그녀를 안아 줄 사람은 그곳에 없었다. 민성이 던진 사진 속엔 호텔로 들어서는 진헌의 모습이 찍혀 있었다.

그리고 그의 옆자리는 전 약혼녀이자 해성건설의 막내딸, 소진이 행복한 얼굴로 미소 지으며 함께하고 있었다.

15. 나는 당신이 두렵지 않다

클래식 선율이 잔잔하게 울리는 1등급 호텔 로비의 카페. 사람
들의 흘끔거리는 시선이 두 남녀에게 향했다. 남자는 진헌이었다.

"자리해 주셔서 감사합니다."

진헌은 소진을 향해 짤막한 인사말을 건넸다. 형식적인 말이었
지만 인사의 뜻은 진심이었다.

"이렇게 뵙게 될 줄 몰랐네요."

그녀는 진헌을 향해 미소를 띠며 말했다. 짧은 숏커트가 잘 어
울리는 여자였다. 늘씬하게 큰 키와 진한 화장, 화려한 액세서리
는 도회적인 그녀의 이미지를 부각시켰다.

"앉으시죠. 이진헌 씨."

방긋 웃으며 그녀는 자리에 앉았다. 소진은 겉보기와 다르게
털털한 여자였다. 소위 쿨하다는 표현이 어울릴지도.

소진이 자리에 앉자 진헌 역시 그녀를 마주하며 몸을 앉혔다.

"우리, 두 번째인가요?"

"아마도요."

"2년 전 선진 VIP 연회 때 잠깐 인사했었죠. 그리고 신문 사회면에서 약혼자로 만났다가 지금 보는 거니까⋯⋯. 느낌상 세 번째라고 할까요?"

씩 웃는 그녀의 눈웃음엔 악의가 없었다. 오히려 이런 일은 익숙한 상황인 양 매우 여유 있었다.

"실례합니다. 음료 준비해 드리겠습니다."

때마침 주문한 음료가 그들 앞에 각각 세팅되었다. 진헌은 시원한 얼음이 가득한 아이스 아메리카노를 크게 한 모금 삼켰다. 그런 그를 유심히 살펴보던 소진이 자신의 뜨거운 허브티의 향을 천천히 맡으며 입을 열었다.

"말씀하세요. 진짜 약혼하자는 소리만 아니면 뭐든 긍정적이니까."

직설적인 그녀의 대답에 진헌은 움찔했다. 하지만 소진의 그 말은 꽤 흥미로웠다.

"진짜 약혼은 왜 거절이죠?"

"이진헌 씨는 진짜 약혼자가 있으니까요."

"우리에게 약혼자라는 존재가 그렇게 큰 의미가 있습니까?"

"물론, 의미 없죠."

그녀는 입술을 둥글게 모아 뜨거운 허브티를 식혀 작게 한 모금을 마신 후 향을 깊게 느꼈다.

"기업 규모, 계열사 정도, 업무 유관성, 지분율. 이 정도면 유의미하죠. 우리 세계에선."

"그렇죠."

"하지만 사랑하는 여자가 있는 남자는 유의미해도, 무의미해요. 적어도 저에겐."

어깨를 으쓱이며 눈꼬리를 반달처럼 휘어 미소 지은 소진이 진헌을 향해 눈을 찡긋거렸다.

"이진헌 씨의 약혼을 전략적 비즈니스라고 생각하는 사람도 있겠죠. 하지만 제 눈은 못 속이셨어요. 약혼식 때 그분 바라보는 이진헌 씨 눈빛, 봤거든요."

"안 그래도 그것 때문에 연락드렸습니다."

진헌의 말을 이해할 수 없었던 소진은 바로 되물었다.

"그것이라뇨?"

"참석하셨더라고요. 제 약혼식."

눈을 동그랗게 뜨고 고개를 갸웃하는 소진을 향해 진헌은 잠시 생각하다 이내 입을 열었다.

"참석자 리스트를 봤습니다. 해성건설은 약혼식 당일에 리스트에서 빠져 있었고요."

진헌은 단서가 될 만한 것들을 찾기 위해 최 비서가 준 약혼식 날의 CCTV 녹화본을 닳을 때까지 계속해서 돌려 보았다. 그날의 사건은 철저히 계획하에 이루어진 일이었다. 민성은 일부러 혜라가 있는 연회장에 나타났고 그녀를 특정 장소로 유인했다. 그리고 그것은 민성 혼자 진행할 수 있는 일이 아니었다.

함께했던 몇몇의 남자들과 준비된 차량, 정확한 동선과 소품, 그리고.

"영상을 보던 중, 김소진 씨를 봤습니다."

그제야 진헌이 묻고자 하는 뜻을 눈치챈 소진이 고개를 끄덕이며 말했다.

"네. 몰래 참석했죠."

소진은 생글생글 웃으며 답했다.

"궁금했거든요. 그 호텔 뷔페는 어떤지. 맛있던데요?"

하지만 그녀의 농담에 진헌은 웃지 못했다.

진헌은 줄곧 인철을 의심했다. 그가 민성에게 지시해 시킨 일이라고 생각했지만 심증만 있을 뿐 물증은 없었다. 그리고 또 하나, 인철이 만약 혜라의 납치를 지시한 것이라면 그가 얻게 되는 것은 무엇인지. 전혀 감을 잡을 수 없었다. 불과 며칠 전만 하더라도 혜라와의 약혼을 인철은 반대하지 않았다. 오히려 해성건설과의 파혼을 주도했다.

그런데 갑자기 왜. 진헌은 머릿속에서 맞지 않는 퍼즐 조각들을 쉽사리 지울 수 없었다.

"이 회장님이 지시한 일인 거, 압니다. 해성이 선진과의 합병을 대신해 얻게 되는 이득은 뭡니까?"

"화목한 가족은 아닌 것 같군요."

인철을 이 회장님으로 지칭하는 진헌의 질문을 들으며 소진은 뼈 있는 농담을 던졌다.

"네?"

"아버지께 직접 물어보시지. 굳이 저에게 이진헌 씨의 집안일을 물어보시네요?"

송곳 같은 소진의 질문에 별다른 대답을 찾지 못한 진헌은 입을 열지 않았다. 묵묵히 자신을 바라보는 그의 시선을 느낀 소진이 별수 없다는 듯 말했다.

"미안하지만, 틀렸어요."

"무슨 말씀이시죠?"

"잘못 짚으셨다고요. 이 회장님 아니에요."

그녀의 말을 이해하지 못했다는 듯 진헌이 표정을 풀지 않자 소진은 좀 더 길게 풀어 말했다.

"파혼의 대가로 모종의 거래를 제시한 거. 이 회장님 아니라고요."

"그럼……?"

그녀는 주위를 이리저리 살피며 고개를 살짝 숙이곤 작은 목소리로 속삭였다.

"레슬리그룹이에요."

끼익.

문을 여는 인기척이 들렸지만 혜라는 눈을 뜨지 않았다. 달그락거리는 그릇 소리가 나더니 곧 남자의 한숨 소리가 들려왔다. 그릇에는 음식이 그대로 남아 있었다.

"장혜라 씨."

익숙한 목소리에 그녀가 무거운 눈꺼풀을 들어 올렸다. 석호가 침대 옆에 앉아 그녀에게 시선을 던지고 있었다.

"이런다고 달라지는 거 없습니다."

차분하게 말하는 그에게 혜라는 소리 없는 답을 했다.

'나도 알고 있어요.'

그녀의 고요한 대답을 눈빛으로 들은 석호는 망설이다가 이내 결심한 듯 덤덤하게 입을 열었다.

"회장님은 두 분의 삶을 통제하고 있었습니다. 항상 도망자의 심정으로 살았다는 거, 누구보다 제가 더 잘 압니다. 회장님은, 자신의 그늘 안에 두 분이 있길 바랐습니다. 아무도 모르게, 누구에게도 침범당하지 않을 곳에서. 그분 성격을 아니까요."

석호가 말하는 '그분'이 자신의 어머니를 가리킨다는 걸 깨닫는 데는 그리 오래 걸리지 않았다. 혜라는 정신을 가다듬고 그의 목소리에 집중하기 시작했다.

"자유로운 분이셨습니다. 항상 감시하고 쫓아다니는 저의 끼니를 오히려 걱정해 주시는 분이었죠. 유쾌하셨어요. 혜라 씨가 태어나기 전까진 말입니다."

그가 말하는 어머니의 모습은 혜라가 알고 있던 그녀와의 모습과 사뭇 달랐다.

자신이 사랑한 남자는 변해 있었지만, 그래도 그녀는 그를 사랑했다. 사랑하는 그의 곁에 있기 위해 그의 방식을 따랐다. 마치 이 세상에 없는 사람처럼. 그건 그의 곁에 있을 수 있는 유일한 방법이었다.

"작은 생채기 하나라도 보이면 잡아먹히는 정글 같은 곳에서, 그들과 다른 출신이라는 약점을 가지고 그 자리에 오르기까지. 회장님은 아주 많은 일들을 겪어 내셨습니다."

하지만 아이는 달랐다. 혜라에게만큼은 자신과 같은 희생을 강요하고 싶지 않았다.

혜라가 태어나고서 그녀는 자신의 삶뿐만 아니라 아이의 삶까지 통제하고 고립시키려는 레슬리에게 분노했다.

"그분이 돌아가시고, 회장님 역시 충격을 받으셨습니다. 티를 낼 수 없을 뿐이었죠."

석호는 검지로 안경을 쓸어 올리며 말했다. 그가 처음이자 마지막으로 혜라에게 건넨 조언이었다.

"회장님과 맞서고 싶으면, 그렇게 하십시오."

그의 목소리는 변함없이 차분했지만, 어조는 매우 단호했다.

"겁먹은 기색을 보이는 순간 잡아먹히는 법입니다. 맹수에게 뒤를 보이며 도망치는 것보단, 그저 그 자리에서 가만히, 하지만 강하게 난 널 두려워하지 않는다는 메시지를 전달하는 편이 살아남을 확률이 더 크죠."

혜라는 석호의 눈을 바라보았다. 안경 너머로 보이는 그의 눈빛은 평소와 다름없이 냉철했다. 그녀가 시선을 옮겨 그의 뒤로 있던 벽거울에 비친 자신을 보았다. 파리해진 안색이 금방이라도 잡아먹힐 사슴처럼 가엾었다.

혜라는 몸을 힘겹게 일으켜 벽에 몸을 기대고 앉았다. 그리고 기다렸다는 듯 석호가 내미는 묽은 미음을 받아 들었다.

"읍. 우욱."

하지만 한 입을 채 먹기도 전에 속에서 신물이 올라왔다. 그런 혜라의 등을 석호는 천천히 두드려 주었다.

"갑자기 음식이 들어가서 그럴 겁니다. 천천히, 조금씩."

혜라는 대답 대신 고개를 끄덕였다. 석호의 호의는 여기까지였다. 어렵사리 혜라가 미음을 반 정도 먹고 다시 눕자 그는 그릇을 들고 방을 나갔다. 여전히 방문은 굳게 닫혀 있었고 밖에서 사람들이 지키고 있는 감금 생활은 변하지 않았다.

하지만 변한 것도 있었다. 혜라였다. 살고 싶었다. 이 세상에 혼자라고 좌절했던 것조차 잘못된 생각임을 혜라는 석호와의 대화를 통해 불현듯 깨달았다.

"엄마. 미안해."

그녀는 숨죽여 눈물을 흘렸다. 어머니가 죽고 혜라는 삶에 기대가 없다고 생각했다. 아무런 희망도 없이 홀로 외딴섬에 남겨진 인생이라 여겼다. 하지만 사실은 그 누구보다 살고 싶은 마음이 간절했을지도 모른다.

철저하게 감시받고 고립된 삶 속에서 혜라는 살고 싶었기에 가족에게 집착했다. 어머니가 그랬고, 자신에게 처음으로 손을 내밀어 준 타인이었던 민성이 그랬다. 그리고 지금은 진짜가 아니더라도 새로운 가족이 되어 주기로 한 진헌이 그 이유가 됐다.

혜라는 그 후로 음식을 곧잘 먹었다. 입맛이 돌지 않아 많이 먹진 못했지만 어느 정도 움직이고 에너지를 낼 수 있을 만큼은 챙겨 먹었다.

며칠 뒤 석호가 다시 찾아왔다. 그는 조금이나마 기력을 회복한 혜라를 보고 약간 안도하는 눈치였다.

"회장님께서 아직 답변을 기다리고 계십니다."

"아직 몸이 회복되지 않았어요."

홍콩으로 돌아가고 싶지 않았다. 하지만 언제까지 버틸 수 있을까. 잠시 생각하던 혜라는 결심한 듯 입을 열었다.

"최 변호사님."

"네."

"부탁이 있어요."

"네."

이곳에서 빠져나가야 한다. 더 이상 이렇게 갇혀 있을 수는 없다. 그 누구도 삶의 이유가 될 수 없었다. 혜라는 스스로를 위해, 자신을 위해 처음으로 자유를 꿈꿨다.

하지만 그녀가 도움을 요청할 만한 사람은 없었다. 아무도 믿을 수 없는 지금의 상황에서 가장 먼저 생각나는 사람은 단 한 사람. 그 사람이었다.

"……수정과, 먹고 싶어요."

혜라의 말이 끝나자마자 석호는 손을 들어 밖에 있던 남자를 불렀다. 그런 석호의 팔목을 혜라가 힘주어 잡았다.

"인사동에, 찻집이 있어요. 엄마가 생각날 때마다 가는 곳이에요. 그곳 수정과를 먹고 싶어요."

✳

　며칠째 사무실에서 지내던 진헌은 눈이 빨갛게 충혈되어 있었다. 혜라가 사라지고, 마치 아무 일도 없었던 것처럼 일상은 조용했다.

「선진백화점 세계적 명품 브랜드 R과 손잡다.」
「선진그룹 주가 회복, 글로벌 대기업 홍콩 진출 임박.」

　진헌의 스캔들로 야단이었던 언론은 언제 그랬냐는 듯 무관심해졌다. 사실 무관심한 게 아니라 통제가 되었다고 보는 게 맞을 것이었다. 더 이상 의문의 여자였던 혜라를 겨냥한 기사는 보이지 않았다. 하지만 또 다른 화제로 선진은 일면을 장식하고 있었다.

　진헌은 책상 위에 있던 신문을 한참이나 노려보다 곰곰히 생각에 잠겼다.

　'레슬리그룹이에요.'

　그는 얼마 전 소진과의 만남을 찬찬히 곱씹었다.

　'레슬리그룹이라니요?'
　'약혼 파기를 요구한 거, 레슬리 회장이었어요.'

인철은 발톱을 숨긴 노련한 호랑이었다. 그는 이미 혜라의 정체와 진헌의 의중을 모두 알고 있었다. 해성건설과의 혼담을 깨고 손해를 보면서까지 그를 막지 않고 오히려 모른 척 넘어갈 수 있었던 이유였다.

'레슬리와 선진은 이미 협의가 끝나 있던 상황이었어요, 이진헌 씨의 약혼 발표로 본의 아니게 우리도 끼게 된 거죠.'

홍콩에서 진헌과 혜라가 한국으로 돌아올 계획을 한창 세우고 있을 때, 인철과 레슬리는 자식들의 우연한 만남에 또 다른 목적이 생겼음을 직감했다. 감출 것이 많았던 레슬리의 입장에선 달갑지 않은 소식이었다.

하지만 변수가 생겼다.

'제 약혼자, 메이린 장입니다.'

한국으로 돌아온 진헌이 혜라를 세상 밖으로 끌어냈다. 서로 목적이 있던 그들의 연애에 진심이 생긴 것이다. 조용히 모든 일이 수습되길 바랐던 레슬리의 입장에선 매우 탐탁지 않은 일이었다. 해성과의 합병을 준비 중이었던 인철도 곤란하긴 마찬가지였다.

진헌의 약혼 발표 며칠 후, 인철은 레슬리와 극비리에 만났다. 서로의 요구사항은 간단했다. 인철은 선진과 해성건설의 홍콩 진출을, 레슬리는 조용한 뒷마무리와 혜라를 원했다. 이미 그때 모든 것이 계획되었던 것이다.

"하."

진헌은 거칠게 쥐고 있던 신문을 꾸깃꾸깃 신경질적으로 구겼다. 잔뜩 주름져 알아보지 못할 활자였지만 여전히 진헌의 신경을 곤두세우게 만들었다.

"본부장님. 권 전무님 전화입니다."

그때 인터폰에서 최 비서의 목소리가 들렸다. 잠시 고개를 갸웃한 진헌은 대답했다.

"연결해 줘요."

퇴사 후 회사로 연락을 한 번도 한 적이 없던 그에게서 온 연락에 진헌은 덜컥 심장이 내려앉았다.

― 이 본부장.

"어머니께, 무슨 일이라도 생긴 겁니까?"

― 아, 그런 건 전혀 아니야. 이 본부장 휴대전화가 연결이 안 돼서 어쩔 수 없이 회사로 연락했네.

천천히, 침착하게 말하는 권 전무의 목소리에 진헌은 안도의 한숨을 내쉬었다.

― 잠깐 이쪽으로 와 줘야 할 것 같아.

"무슨 일이십니까?"

― 아무래도, 그때 그 아가씨와 관련된 일인 것 같아서 말이네.

그의 전화를 받고 진헌은 한달음에 인사동으로 향했다. 차를 몰고 오는 동안 몇 번의 신호로 지체되는 시간마저 너무 초조하게 느껴져 그는 입술을 잘근잘근 씹었다.

찻집에 도착하자 권 전무가 밖에서 진헌을 기다리고 있었다.

"일단 들어가서 얘기하세."

상기된 진헌의 표정을 읽은 그는 그의 어깨를 토닥이며 안으로 안내했다. 혜라와 함께했던 그 자리를 진헌이 다시 찾았다.

'혜라 씨가 불행해지는 거, 원치 않아요. 행복해졌으면 좋겠습니다. 내 옆이 아니더라도.'

거짓말이었다. 아니, 거짓이었어도 그녀가 원한다면 그렇게 해 줄 수 있을 거라 생각했다. 하지만 혜라가 민성과 함께 사라진 후 그의 생각은 바뀌었다.

"이거."

"감사합니다. 어머니."

미경은 진헌에게 늘 그렇듯 꽃잎 모양의 약과가 들어 있는 수정과를 내밀었다. 언제나 달콤한 맛을 주는 그녀의 음식이지만 진헌은 차마 입에 댈 수 없었다.

"혜라 씨와 관련된 일이란 게, 뭡니까?"

진헌은 조급함을 참지 못하고 권 전무에게 말했다. 그는 잠시 주저하는 듯 싶더니 이내 입을 열었다.

"어제 밤늦게, 어떤 남자가 왔는데. 수정과를 포장해 가겠다고."

그는 슬쩍 옆자리에 앉아 있는 그녀를 보며 말을 이었다.

'저희 찻집엔 수정과는 없습니다만……'

'여기서 꽃잎 모양의 약과와 함께 직접 만드는 수정과가 있다고 하던데요.'

'네? 누가……'

'저기, 준비해 드리겠습니다. 저희가 마감 때라 재료 정리가 끝났거든요. 확인해 볼 동안 잠시 앉아서 기다려 주시겠어요?'

남자의 말에 대답한 건 미경이였다. 그녀는 재료를 확인하는 척하며 수상쩍은 남자의 인상착의를 살폈다. 건장한 체격, 검정 정장, 일정한 간격으로 오는 연락을 수시로 받고 있는 남자를 흘 겨보던 미경은 작은 숨을 내쉬고 그를 향해 목소리를 내었다.

'저희 단골손님이신가 봅니다. 이제 수정과는 메뉴에 없거든요. 재료가 없어서 한 잔 분량도 안 될 것 같습니다. 내일 다시 찾아 주시면 준비되어 있을 겁니다.'

어제 일의 이야기를 끝낸 권 전무가 진헌에게 말했다.

"자네도 알지 않나. 이곳에서 꽃잎 약과나 수정과는 자네를 위한 거야. 그걸 아는 건 우리뿐이고. 그리고……"

"네. 혜라 씨가 있죠."

진헌은 확신했다. 그의 눈이 살짝 웃고 있었다. 진헌의 표정을 찬찬히 살펴보던 미경은 슬프면서도 기쁜, 묘한 표정을 지었다.

"아무래도, 그 아가씨가 도움을 요청한 것 같구나."

그녀의 말에 진헌이 고개를 끄덕였다.

"네가, 사랑하는 사람이니?"

그 사건이 있던 열다섯 살 이후 어머니가 제 눈을 마주하며 말을 한 건 처음이었다. 진헌은 그녀의 눈동자를 바라보며 천천히 고개를 끄덕였다.

"네."

망설임 없이 대답하는 진헌의 눈은 반짝반짝 빛났다. 그의 모습은 한 남자를 떠올리게 했다. 미경은 잠시 생각에 잠겼다.

사랑하지만 사랑할 수 없었던 남자가 있었다. 지금의 진헌처럼 빛났던 그의 눈빛을 미경은 사랑했다. 하지만 다른 세계에서 살고 있는 그들이 사랑만으로 함께할 수 있는 건 불가능한 일이었다. 결혼은 비즈니스였던 그녀의 세계에서 미경은 원치 않은 결혼을 할 수밖에 없었다.

"그럼 됐다."

그녀는 결심이라도 한 듯 준비해 두었던 서류 봉투를 진헌 앞으로 내밀었다.

"이게, 뭔가요?"

어쩔 수 없는 상황이라며 스스로 위로했던 선택으로 인해 불행해진 건 혼자만이 아니었다.

'조금만 기다려 줘.'

'정리되면 꼭 다시 갈게.'

사랑했던 그를 다신 볼 수 없게 되었고 하나밖에 없는 아들을 외롭게 만들었다. 그때 다른 선택을 했다면 지금은 어땠을까. 미경은 두고두고 후회했다.

"내가 줄 수 있는 전부다. 네게 필요할 거야."

서류에는 그녀가 보유한 선진의 주식과 의결권을 양도한다는 내용의 주식양도 양수 계약서와 위임장이 들어 있었다.

스스로 내리는 선택에 얼마나 큰 용기와 위험이 따르는지. 그녀는 누구보다 잘 알고 있었다. 이미 겪어 봤기에 더욱 진헌을 말릴 수 없었다. 미경은 처음이자 마지막으로 소중한 아들의 평범한 어머니로서 결심했다.

"기사 봤다. 네 아버지 짓이겠지. 내가 보유한 선진의 지분율 20% 전부야. 네 아버지가 보유한 30%와 우호 지분율을 생각하면 부족하겠지만, 네 몫과 합치면 어느 정도 견제는 될 거다."

미경의 말에 권 전무 역시 거들었다.

"미미하지만, 나 역시 퇴직할 때 스톡옵션으로 받은 1%의 지분이 있어 함께 위임장 첨부했네."

테이블 위 서류들을 바라보며 진헌은 한동안 말을 잇지 못했다. 혼란스러워하는 진헌을 바라보며 미경은 다정하지만 확고한 목소리로 말했다.

"네 아버지에겐, 말보단 이게 통할 거다."

＊

혜라가 누운 침대 앞에 수정과 한 잔이 테이블 위로 놓였다. 검은 정장을 입은 남자는 쟁반을 내려놓고 말했다.

"최 변호사님께서 필요하시면 더 말씀하시라고 하셨습니다."

남자가 방문을 닫고 나가는 소리가 들리자 혜라는 몸을 일으켜 쟁반을 제 앞으로 가져왔다. 그릇에 담긴 수정과는 평범했다. 그곳의 약과는 보이지 않았다. 실망하던 찰나 쟁반 위에 있던 흰 종이포로 시선이 향했다.

곱게 접힌 종이를 열자 꽃잎 모양의 약과가 따로 포장되어 있었다. 약과를 손에 집어 수정과 위로 떨어뜨렸다. 그리고 혜라는 눈물지으며 종이를 품에 꼭 안았다.

「조금만 기다려요. 보고 싶습니다.」

단정한 글씨체. 진헌이였다.

하고 싶은 모든 말을 담을 수 없는 작은 종이 위, 약과로 겨우 가릴 수 있을 만한 크기로 꽉 차게 쓴 그의 마음이었다.

"흑……."

그는 여전히 나를 잊지 않았다. 알 수 없는 벅찬 감정이 울컥 솟구쳤다.

알싸하지만 달콤한 수정과가 그녀의 목으로 넘어갔다. 눈물과 섞인 수정과의 맛은 유난히 달달한 것 같았다. 혜라는 죽도 한 술

갈 먹었다. 갑자기 들어오는 음식과 편치 않은 속에 토악질은 계속되었지만 계속 물을 마셔 가며 쌀알을 억지로라도 씹어 삼켰다.

나는 너를 두려워하지 않는다.

나는 너를 무서워하지 않는다.

그녀는 되뇌고, 또 되뇌고 있었다.

16. 쓸 만한 비즈니스

"혜라야."

굳게 닫힌 방문이 열렸다. 민성이였다. 그는 그녀의 방을 찬찬히 훑어보았다. 깨끗하게 비워 낸 음식 그릇들을 보며 민성은 안도했다.

"산책 좀 할까?"

다정한 목소리로 민성이 손을 내밀었다. 그녀는 고개를 끄덕이고 자리에서 일어났다. 하지만 그녀는 민성의 손을 그대로 지나쳤다.

열흘 만이었다. 따사로운 햇살에 혜라는 눈썹을 찡긋거렸지만 이내 크게 숨을 들이마시고 내쉬었다. 풀 냄새 나는 바깥 공기가 그녀의 폐부 깊숙이 채워졌다.

"여기, 회장님 별장이라더라."

큰 나무와 숲이 우거진 곳이었다. 앞에는 커다란 호수가 있었고, 이 집 외에 다른 집은 보이지 않았다. 푸른 잔디를 밟으며 마당을 거닐었다. 포스슥 잔디 밟히는 소리가 낯설게 느껴졌다.

"홍콩 가기 싫으면, 그냥 여기서 살까?"

"무슨 소리야?"

"그냥 조용히, 우리 둘만. 그렇게 지내면 회장님께서도 굳이 그곳이 아니라도……."

"민아."

혜라는 걸음을 멈췄다. 민성 역시 멈추고 그녀를 바라보았다.

"왜 이렇게…… 변한 거야?"

혜라의 눈망울에 연민의 눈물이 맺혔다. 그녀는 떨리는 손을 들어 그의 얼굴을 쓸어내렸다.

"뭐가, 뭐가 그렇게 간절한 건데."

그녀의 손길이 닿은 곳에 오소소 소름이 돋았다. 한때는 오누이였던, 가족이었던, 연인이었던 사람의 향기.

"돈, 명예, 성공. 이 세상에서 가장 좋은 단어로 말할 수 있는 모든 것들이…… 아직도 간절해?"

그리웠고, 원했었지만 이젠 무엇을 위해 기다린 것인지 민성은 기억나지 않았다.

"아니. 너 하나면 돼."

민성은 혜라의 손을 거칠게 낚아채 제 품에 안고 작은 목소리로 그녀의 귓가에 속삭였다. 따뜻함도, 부드러움도 없는 그의 품안은 무척 차가워져 있었다.

"이젠, 너 하나면 돼. 네가 돈이고, 명예고, 성공이고. 이 세상에서 가장 좋은 것들이니까."

"제발, 민아!"

발버둥 치는 혜라를 그가 더욱더 세게 끌어안았다. 장혜라는 없었다. 그녀를 안고 있지만 민성의 마음에 그녀는 장혜라가 아닌 메이린 장으로 서 있을 뿐이었다.

"너도, 너도 나 원했잖아. 우리의 그때를 원했잖아! 근데, 근데 이제 와서 왜!"

"그건!"

"그 사람 때문이니?"

민성의 목소리가 싸늘하게 식었다. 그녀의 귓가에 울리는 그의 낮은 목소리는 몸서리칠 만큼 소름 끼치고 차가웠다. 혜라는 있는 힘껏 그를 양팔로 밀쳐 내어 품에서 빠져나왔다.

떨리는 몸을 감싸며 몇 발짝 물러난 혜라가 소리쳤다.

"너 때문이야!"

"뭐?"

"넌 날 위한 선택이었다고 생각하겠지. 아니! 넌 그냥 날 버린 거야!"

민성은 우두커니 그녀의 악에 받친 목소리를 들을 수밖에 없었다. 온몸이 굳어 움직여지지 않았다.

"내가 짐이었겠지? 귀찮았겠지? 하루에도 수십 번 수백 번 그 골방에 들어앉아 생각하고 또 생각했어! 그래, 차라리 그랬으면. 내가 부담이고, 내가 짐이라 네가 떠나 버린 거였으면…… 이렇게 비참하진 않았어. 그 사람 때문이냐고? 내가 그 사람을 어떻게 만났는데!"

혜라의 눈이 빨갛게 달아올랐다. 가빠지는 호흡과 가슴에서 울컥 올라오는 뜨거움이 그녀의 목구멍을 누르고 있었다.

"홍콩에서 보란 듯이 죽어 버리려 했어. 아버지란 사람이 보라고. 그 사람이 있는 나라에서 죽어 버리려고! 그때 만난 거야, 그 사람. 옛날 너처럼…… 나를 살렸어."

"왜……."

민성은 주먹을 꼭 말아 쥐었다. 빨갛게 부어오른 손등이 파르르 떨렸다.

"난 그 사람의 진심이 변하지 않는다는 걸 알면서도 상처만 줬어. 너 때문에! 너를 꼭 찾아야 한다고. 한때는 네가 내 삶의 이유였으니까!"

혜라는 한 발자국, 또 한 발자국 민성의 앞으로 다가섰다.

"널 찾아서, 널 만나서 죽기 전에 꼭 물어보고 싶었어. 네 눈을 보고, 해야 할 말이 있었으니까."

서로의 숨결이 닿을 만큼 가까운 거리.

짝.

그녀는 손을 올려 민성의 뺨을 때렸다. 민성의 표정이 일순간 일그러졌다.

"왜 버렸어? 왜 떠났니! 미숙했어도 살고 싶었던 그때의 장혜라는, 네가 떠난 날 이미 죽었어. 네가 죽인 거라고! 너도 아버지란 사람하고 똑같아!"

혜라는 다리에 힘이 풀려 그 자리에 주저앉고 말았다. 목소리도 더 이상 나오지 않았다. 그저 쏟아지는 눈물방울만 하염없이 흘려보냈다.

"한순간이라도 나를, 내 진짜 모습을, 사랑했던 적이 있긴 했니?"

민성은 한참을 제자리에 돌처럼 굳어 서 있다 입술을 깨물었다. 그는 뒤돌아 잠시 고개를 숙였다. 그리고 곧은 걸음으로 자리를 떠났다. 주저앉아 잔디를 손에 꽉 쥐고 입술이 부르터져 피가 날 정도로 씹고 있던 혜라는 그의 발자국 소리가 들리지 않을 때까지 버티다 쓰러졌다.

"방으로 데려가."

"네, 회장님."

혜라가 쓰러지자마자 위층 발코니에서 그들을 지켜보던 레슬리가 곁에 있던 석호에게 지시했다. 석호가 고개를 숙이고 나갔고 이내 혜라는 검은 정장을 입은 남자의 등에 업혀 방으로 옮겨졌다.

레슬리는 발코니에 마련된 흔들의자에 무거운 몸을 눌러앉혔다. 절로 나오는 신음 소리에 짙은 한숨이 깔렸다. 그의 시선은 여전히 혜라가 쓰러져 있던 텅 빈 공간을 내려다보고 있었다. 물질로 가득 찬 나머지 텅 비어 버린 머릿속에서는 악을 쓰며 울부짖던 그녀의 표정과, 팔을 축 늘어뜨리고 의식 없이 업혀 들어가던 작은 몸이 끊임없이 상기되고 있었다.

                                        ✱

　"본부장님, 차량 준비되었습니다."

　최 비서의 말에 진헌은 고개를 끄덕이고 겉옷을 집어 들었다. 오늘 하루 일정이 꽉 차 있는 그의 걸음은 평소보다 조금 빠르게 움직였다.

　인천공항에 도착한 진헌은 가방에서 챙긴 솔리드 타입의 네이비색 넥타이를 꺼냈다. 그는 익숙한 손길로 와이셔츠의 칼라를 올리고 넥타이를 맸다.

　"부칠 짐 있으신가요?"

　"아뇨. 없습니다."

　수속을 끝낸 진헌은 여권과 비행기 표를 다시 한번 챙겼다. 익숙하게 공항을 둘러보는 눈빛이 매섭다가도 처음 혜라를 만난 기억이 날 때면 이따금씩 부드러워졌다.

　세 시간 남짓 후 비행기는 홍콩 국제공항에 이륙했다. 출국장으로 나서자 그의 이름을 적은 피켓을 든 남자가 진헌을 향해 고개를 숙였다.

　"제가 안내해 드리겠습니다."

　"네. 부탁드립니다."

　남자를 따라 진헌은 공항을 급히 빠져나갔다.

　그의 홍콩행은 비밀리에 이루어졌다. 최 비서마저도 그가 공항을 가기 위해 차량을 준비했다고는 생각지 못했을 것이다. 별다른 이유는 없었다. 다만 홍콩에서의 일정이 인철에게 알려지는 것을 진헌은 원치 않았다.

"비가 온 모양이군요."

차창 밖의 풍경을 보며 진헌이 말했다.

"네. 이달까지 홍콩은 장마철입니다."

"그렇군요."

그의 답변에 진헌은 웬일인지 피식 웃음이 새어 나왔다. 추워지기 전에 혜라와 다시 한번 홍콩을 찾고 싶었다. 귀국 날까지 비가 오는 바람에 그녀가 노래를 불렀던 마카오를 들르지 못한 것이 못내 마음에 걸렸기 때문이었다.

그때 진헌은 빈말이라도 '다음에 다시 와요.' 라고 말하지 못했다. 그땐 그녀와의 '다음'을 생각하지 않았기 때문이었다. 하지만 지금, 혼자서 혜라와의 다음을 그리고 있는 제 모습이 퍽 재밌어 진헌은 자꾸만 웃음이 나왔다.

"도착했습니다."

이런저런 생각 중에 그를 태운 차량은 한적한 거리에 있는 레스토랑 앞에 정차했다. 관광객이 찾는 번화한 곳이 아닌 주택가가 밀집한 주거 단지 내에 있는 작은 레스토랑이었다. 그와의 만남이 상대방 역시 매우 비밀스러운 사항임을 알 수 있었다.

진헌은 남자의 안내를 받으며 레스토랑으로 들어섰다. 동네 사람을 위한 장사를 하는 곳인 만큼 인테리어는 소박하고 정감 가는 소품들이 가득 채워진 아기자기한 곳이었다.

"필요하신 게 있으시면 말씀해 주십시오."

남자는 레스토랑 안쪽 구석의 좌석으로 진헌을 앉힌 후 가게의 입구로 걸어가 'close'라는 팻말을 올리고 커튼을 쳤다.

조용한 레스토랑 안, 잔잔한 클래식 선율이 흘렀다.

"미스터 이?"

피아노 소리와는 이질감이 느껴지는 여자의 목소리가 들렸다. 진헌은 자리에서 일어나 그녀를 향해 고개를 숙였다.

"반가워요."

어깨까지 오는 굵은 웨이브, 뚜렷한 이목구비와 높은 코, 하얀 피부를 가진 여자였다. 그녀의 붉은 립스틱은 인상을 차갑게 보이게 했다.

"이진헌입니다."

그는 준비해 둔 명함을 건넸다.

"린 샤오팅입니다."

진헌의 명함을 받은 여자 대신 굵직한 목소리의 남자가 답했다. 진헌은 그녀의 옆에 선 남자에게 시선을 돌렸다. 그의 행동을 짐작한 린은 부드럽게 입을 열었다.

"한국말, 익숙지가 않습니다."

그녀는 최대한 한국말로 의사소통을 하려 했지만, 익숙지 않다는 그녀의 말대로 어딘가 어눌하고 어색했다. 진헌은 고개를 끄덕이고 자리에 앉았다.

"식사하셨습니까?"

"비행기에서 간단히 했습니다."

진헌이 대답하자 린의 옆에 서 있던 남자는 그녀에게 귓속말로 진헌의 말을 번역하여 전달했다. 그 모습을 본 진헌은 준비한 중

국어와 영어를 사용하지 않기로 했다. 대신 한국말로 더 정확한 의사를 전달하는 게 나을 것 같았다.

"그럼, 간단히 차를 하시죠."

얼마 지나지 않아 그들 앞에 하얀 김이 모락모락 피어오르는 우롱차가 놓였다. 그녀는 따뜻한 차를 한입 물곤 천천히 눈꺼풀을 내렸다가 들어 올렸다.

"그에게 대충의 이야기와 자료는 받았습니다."

본론으로 들어가는 린의 목소리에 진헌은 집중했다. 그녀의 빨간 입술은 천천히 시간을 거슬러 가고 있었다.

"레슬리의 그녀는 알고 있습니다. 하지만, 아이가 있었다는 건…… 몰랐군요."

린은 한국의 한 고아원에서 레슬리를 만났다고 말했다.

"한국에 있는 지인이 매년 기부를 하는 곳이었죠. 그곳에서 아이들을 돌보고 있는 그를 처음 만났어요. 그 사람의 웃음은…… 마치 천사 같았죠."

린은 한눈에 반했다는 표현을 한국말로 하지 못해 버벅거렸다. 옆에 선 남자가 대신 진헌에게 말하려 입을 열었지만 그녀는 "Love at first sight."라고 직접 영어로 말했다.

"그에게 오래된 연인이 있다는 거, 알고 있었습니다."

나라에서 지원받은 적은 돈으로 사업을 하며 그는 주말마다 자신이 나고 자란 고아원에 봉사 활동을 다녔다. 고아원 출신, 보잘것없는 배경. 하지만 타고난 두뇌와 혀를 내두를 만한 노력으로 그는 한국에서 꽤 괜찮은 길을 걷고 있는 남자였다.

"정인이 있다는 그의 말에 난 상관없다고 말했죠. 그것보다 더 큰 야망을 가진 남자라는 걸 알 수 있었으니까요."

하지만 그의 마음 한구석엔 항상 그녀의 그림자가 있었다고 린은 말했다.

"난 내 선택을 후회하지 않아요. 난 레슬리를 너무 사랑하고 그는 나에게 최선을 다했어요. 하지만 지금은 조금 후회되네요."

찻잔을 그러잡은 그녀의 손이 미묘하게 떨리고 있었다.

"나와 레슬리 사이엔 아이가 없어요. 나는 원했지만, 강요할 순 없었죠."

"유감입니다."

린은 작은 한숨을 쉬며 입을 열었다.

"믿을 수 없군요. 그 사람이 그녀에게 한 짓을……."

"하지만, 사실입니다. 그리고 그녀는 제가 사랑하는 사람입니다."

진헌의 말에 린이 고개를 들어 그의 눈을 마주했다. 깊은 눈빛 사이로 보이는 진심은 마치 린의 기억 속 그의 천사 같은 미소를 보는 것 같았다.

"내가 뭘 도와줄 수 있죠?"

진헌이 답했다.

"그녀에게, 진실을 주세요."

✳

혜라는 레슬리의 별장 앞 호수를 산책했다.

그날 이후 민성의 모습은 볼 수 없었다. 그리고 웬일인지 건장한 남자들은 더 이상 그녀를 그 방 안에 가둬 두지 않았다. 그렇다고 그녀의 외출이 자유로워진 것은 아니었다. 바깥 공기를 쐴수 있다는 점만 나아졌을 뿐, 혜라는 여전히 그들의 감시를 받고 있었고 별장의 대문 밖으론 한 발자국도 나서지 못했다.

"두고 가겠습니다."

"감사합니다."

잔디밭에 누워 있는 그녀의 옆에 남자는 쟁반을 건넸다. 혜라가 그를 향해 해맑게 인사하자 남자는 머쓱한 듯 고개를 끄덕이며 그녀의 몇 발자국 뒤로 돌아가 제 일을 했다.

"진헌 씨 거까지 내가 먹어 버리는 것 같아 좀 미안하네……."

말은 그렇게 하지만 쟁반 위 수정과와 작은 접시에 정갈하게 올라간 곶감을 보며 헤실헤실 웃었다.

"하긴. 하나도 안 미안하다 뭐. 그러니까 누가 이렇게까지 늦으래? 다른 여자랑 같이 있는 사진이나 찍히고……."

영 못마땅한지 얼굴에 성난 빛이 가득한 혜라가 중얼거렸다.

"픕."

그러다 문득 질투를 하고 있는 자신을 깨닫곤 실소가 터져 버렸다. 혜라는 시원한 수정과를 꿀꺽 삼켰다. 달고 맛있는 그 음식이 꼭 진헌의 미소를 보는 것만 같았다.

이제 혜라는 꽤 음식을 잘 먹고 있었지만 여전히 이삼일에 한 번씩은 인사동 찻집에서 공수해 온 수정과를 먹을 수 있게 되었다. 석호의 배려 아닌 배려라고 해야 할까.

작은 보온병에 담긴 수정과와 꽃잎 약과는 물론이고 며칠 전부턴 그의 어머니가 직접 만든 유과나 약밥, 곶감과 같은 간식도 함께 들어왔다.

"나, 적응해 버린 건가?"

진헌의 쪽지는 또 없을까, 포장지란 포장지는 다 살펴보는 혜라였지만 그날 이후 그의 소식은 알 수 없었다. 하지만 그녀는 조급해하거나 마음 졸이지 않았다.

곶감을 입에 넣고 오물거리던 혜라가 문득 호수로 시선을 돌렸다.

"물이 차가울까?"

예전 같았더라면 고민 따윈 없이 뛰어들었을 것이다. 하지만 지금 그녀는 그런 생각은 머릿속에 떠오를 틈조차 마련되어 있지 않았다.

「조금만 기다려요. 보고 싶습니다.」

혜라는 품 안에서 꺼낸 쪽지를 한참 들여다보았다.

얼마 후 레슬리가 홍콩으로 떠났다는 말을 석호를 통해 전해 들었다. 그럼 나갈 수 있냐는 혜라의 물음에 석호는 고개를 저었다.

혜라는 시원한 공기로 잠시나마 머리를 식힌 후 경호원들에 의해 다시 방으로 돌아가야 했다. 창문 하나 없는 그곳은 여전히 감옥과 같았지만 그녀에게는 버틸 수 있는 이유가 생겨 있었다.

한가로운 일상을 보내는 혜라와 달리 홍콩에서 돌아온 진헌은 한시도 편히 누워 잠을 청할 수 없었다. 하루빨리 그녀를 찾기 위해 지난 보름간 그는 쉴 틈 없이 달렸다. 그리고 그 결과는 눈에 보일 만큼 진척되어 있었다.

진헌은 책상 위의 서류들을 차곡차곡 정리해 서류 봉투에 넣고 인터폰을 눌렀다.

"최 비서."

— 네, 본부장님.

"식사 자리 예약 부탁합니다."

— 네. 동행은 몇 분이십니까?

"회장님. 그리고 저. 두 명입니다."

최 비서가 예약한 고급 일식집은 인철이 개인적으로 좋아하는 곳이었다. 진헌의 갑작스러운 점심 제안에 의아했지만 그는 별 의심 없이 수락했다. 아들이 내민 화해의 손길이라고 생각했기 때문이었다.

"오셨습니까."

자리에서 일어나 고개를 숙이는 진헌을 향해 인철은 고개를 끄덕인 후 그와 마주해 앉았다. 곧이어 활어회가 포함된 코스 요리가 서빙되었고 부자는 음식을 앞에 둔 채 한동안 말이 없었다.

"한 잔 올리겠습니다."

진헌이 물빛 도자기 주전자를 들고 인철에게 말했다. 그는 진헌의 얼굴을 묵묵히 바라보다 이내 잔을 들었다.

"거래를 하고 싶을 땐 서론은 짧을수록 좋다."

진헌의 얼굴을 살핀 인철은 그가 화해가 아닌 용건이 있음을 알아챘다.

"네. 회장님께서 그리 말씀해 주시니, 본론부터 말하겠습니다."

회장님이라 부르는 진헌의 목소리에 인철의 미간이 미세하게 꿈틀거렸지만, 표정만은 변화가 없었다.

"2주 뒤에, 전 임시 주주총회를 개최할 생각입니다."

뜬금없는 진헌의 발언에 인철이 웃음을 터뜨렸다.

"그래. 안건은?"

"이인철 회장 등기이사 해임 안건을 상정할 예정입니다."

하지만 진헌의 다음 대답으로 인철의 표정은 싸늘하게 굳어졌다. 그제야 인철은 진헌이 하는 말이 그냥 해 보는 소리가 아님을 깨달았다. 테이블에 잔이 부딪히는 소리가 매우 날카롭게 공간을 채웠다.

"그래. 네 말에 소집될 이사회는 있고? 네가 가지고 있는 선진 지분 10%가 꽤 큰 의미인가 보구나."

주주총회가 개최되기 위해선 이사회의 결정이 있어야 했다. 그렇지 않다면 발행주식 총수의 100분의 3 이상에 해당하는 주식을 가진 주주의 동의가 있어야 했지만 진헌이 가진 주식 수로는 터무니없었다.

"제 지분은 그리 큰 영향력이 없죠. 하지만."

진헌은 챙겨 왔던 서류 봉투를 인철 앞에 내밀었다. 봉투 속 서류들을 살펴보던 그의 표정이 점점 일그러졌다.

"어머니께서 지분을 양도하셨습니다."

인철의 머리가 지끈거리기 시작했다. 진헌이 그녀와 왕래가 있다는 건 인철 역시 알고 있었다. 그리고 그가 성인이 된 이후로는 굳이 막지 않았다.

"시장에 풀린 선진그룹 주식은 약 15% 정도이죠. 그중 개인이 보유하고 있는 12%의 투자자들에게 의결권 위임장을 남은 2주 동안 최선을 다해 받아 낼 생각입니다."

인철은 젓가락을 들고 붉은 참치 뱃살을 집어 간장에 찍었다. 입 안에서 부드럽게 녹는 살결에 만족하는 미소를 지으며 그가 여유롭게 되물었다.

"내 지분과, 우호 지분율은 생각지 않은 거냐? 이 회사에 네 편인 임원들은 없다."

"상관없습니다."

"뭐?"

하지만 인철의 표정 관리는 실패로 돌아가고 말았다. 반격을 할 거라 생각한 진헌이 수긍했기 때문이었다.

"주총을 개최한다 해도, 제 안건은 부결되겠죠."

그의 대답을 듣자 인철은 피식 웃음이 나왔다.

"네 어머니 생각이구나."

"조금 도와주셨을 뿐입니다."

"내가 위자료로 준 지분을, 아들 덕에 사람들 앞에서 망신당하라고 꺼내 드는군."

주총이 개최된다 한들 인철이 해임되는 일은 발생되지 않을 것이다. 하지만 아들과 권력 다툼을 하고 있는 추잡한 회장으로 추문은 남을 것이고, 이례적인 사건으로 인해 언론의 주목을 받는 것 역시 자명했다.

"회장님의 권력이나, 돈, 명예 따위 관심 없습니다. 솔직히 말해 회사를 물려받고 싶다는 생각도 현재는 없습니다. 지금 대표이사, 전문 경영인으로서 손색없으니 회장님이 평생을 일궈 온 선진을 위해서라도 전 제 자리에 만족합니다."

인철의 잔에 진헌이 맑은 술을 따르며 말을 이었다.

"그러니 회장님의 권력과 힘으로 제 회사 밖에서의 인생까지 관여하진 마십시오."

인철은 잔을 한입에 털어 넣었다.

"그 아이는 어차피 안 돼."

그의 단호한 대답이 들렸다.

"알고 있습니다."

"뭐?"

"두 분 사이에 어떤 모종의 거래가 있었는지. 예상하고 있습니다."

진헌은 준비해 두었던 내일 자 신문 1부를 꺼내 테이블 위로 올렸다. 굳이 펼쳐 보지 않아도 일면에 찍힌 헤드라인은 한눈에 들어왔다. 인철이 낮은 목소리로 조급하게 말했다.

"네가 이 기사를 내는 순간, 레슬리그룹과의 계약은 끝이다. 그렇게 된다면 우리뿐만 아니라……."

진헌은 번뜩이는 눈으로 인철의 말을 자르고 답했다.

"제가 아닙니다."

"뭐?"

의외의 대답에 놀란 인철이 되물었다. 진헌은 차분하게 그리고 여유롭게 말을 이었다.

"R 브랜드를 만든 디자이너이자 레슬리를 있게 한 홍콩 정치인의 딸. 그의 부인이 제보한 진실입니다. 막고 싶어도 막을 수 없을 겁니다. 저희 힘으론."

잠시간의 정적이 흐르고 인철의 호탕한 웃음이 방 안을 꽉 채웠다. 인철은 자리에서 털고 일어났다. 그가 일어서자 진헌 역시 따라 일어섰다.

"누가 들으면 부자(父子)간의 대화라곤 생각하지 못하겠지."

진헌이 고개를 숙여 인사했다. 인철은 문을 열고 나가며 말했다.

"꽤 괜찮은 거래였다. 너도 이젠 쓸 만한 비즈니스가 되는구나."

17. 어제도, 오늘도, 내일도

　새하얀 이불이 바스락거리는 소리에 혜라가 잠에서 깼다. 밝은 햇살에 쉽게 떠지지 않는 눈꺼풀을 들어 올리자 희미한 진헌의 실루엣이 보였다.

　"진헌 씨, 꿈에도 나오네."

　혜라는 눈을 비벼 대다 다시 꼭 감고 잠을 청했다. 그런 모습을 침대 맡에서 지켜보던 진헌은 침대 위로 올라 앉아 그녀의 얼굴을 쓰다듬었다. 봉긋한 이마, 작지만 부드럽게 매끈한 코, 복숭앗빛 뺨.

　"꿈 아닙니다."

　남자의 목소리에 감았던 눈을 단번에 뜬 혜라가 놀라 벌떡 앉았다. 제 코앞에 있는 진헌의 얼굴에 깜박, 깜박 눈을 떴다 감았다 해 보다 놀란 그녀가 목소리를 토해 냈다.

"진헌 씨? 맞아요, 진짜 진헌 씨?"

"그럼 가짜도 있습니까?"

그녀의 눈이 초승달처럼 휘어졌다. 그 모습을 본 진헌은 그녀의 허리를 낚아채 제 품에 꼭 가둬 넣었다. 이제야 심장이 제자리를 찾은 기분에 숨통이 트였다.

혜라 역시 그의 넓은 품에 안겨 놀란 가슴을 진정시키려 했지만 결국 울음을 터뜨리고 말았다.

"왜 웁니까. 마음 아프게."

토닥, 토닥. 규칙적인 그의 손길이 그녀의 마음을 어루만졌다.

"많이 기다리게 해서 미안합니다."

"진헌 씨, 맞네요. 진짜 진헌 씨네요."

혜라 역시 그의 허리를 꽉 끌어안았다. 서로의 온기를 나누며 못다 한 그들의 대화는 계속되었다.

"잘 지냈습니까?"

"아뇨."

"근데, 살이 좀 찐 것 같습니다."

진헌의 말이 끝나자 그의 품을 쏜살같이 빠져나온 혜라가 얼굴을 붉혔다.

"아, 아닐걸요?"

그는 혜라의 양 볼을 손으로 감쌌다.

"볼살이 많아진 것 같은데. 잘 못 지낸 거 맞습니까?"

혜라는 입술을 삐죽이다 그를 흘겨보았다. 장난기 가득 머금고 미소 짓는 진헌을 보며, 혹시나 이게 꿈이 아닐까 싶었던 그녀의 마음이 드디어 활짝 열렸다.

"어떻게 들어온 거예요? 나 여기 있는 건 어떻게 알았어요?"

"똑똑한 그레텔이 수정과를 흘리고 가더라고요. 그거 쫓아왔죠."

"치이."

"그리고……"

진헌은 혜라 앞에 신문을 꺼내 내밀었다.

"당신 이름, 너무 늦게 찾아 줘서 미안해요."

그녀의 손에 쥐어진 신문의 활자 위로 투명한 눈물방울이 하나 둘, 비처럼 쏟아지기 시작했다.

「세계적 기업 명품 R 브랜드, 레슬리 회장의 사생아 밝혀져.」

이 세상에 없는 사람이었던 자신의 존재가 드디어 세상 밖으로 쏟아진 순간이었다. 한때는 두려워했고, 무서워했던 밖으로 향하는 길이 지금 혜라에겐 그 무엇보다 뜨거운 벅참으로 차오르고 있었다.

"이제 장혜라도, 그리고 메이린 장도. 모두 당신입니다."

진헌과 함께 레슬리의 별장에서 나오는 길에, 아직 남아 있던 석호를 만날 수 있었다. 그는 진헌에게 악수를 청했고, 진헌 역시 그의 손을 잡았다.

혜라는 석호를 바라보았지만 그는 살짝 미소 지을 뿐, 어떠한 말도 혜라에게 전하지 않았다. 어쩌면 그래서 다행이라고, 그녀는 고개를 끄덕일 수 있었다.

"어머, 아가씨 돌아오셨습니까?"

"많이 걱정했습니다. 빨리 식사 준비해 드릴게요."

진헌은 혜라와 함께 그의 집으로 돌아갔다. 들어가자마자 모든 사람들이 달려 나와 그의 안부를 묻기 앞서 혜라를 붙잡고 웃으며 이야기하는 모습을 바라보며 진헌 역시 미소 지었다.

진헌은 방으로 들어가는 혜라를 따라 들어갔다. 그녀가 채 돌아보기도 전 그의 팔이 그녀의 허리를 감싸 안으며 백허그를 했다.

"진, 진헌 씨!"

혜라가 호들갑스럽게 팔을 풀어 보려 했지만 더욱 단단히 조이는 그의 팔엔 어쩔 도리가 없었다.

"이 순간을 얼마나 기다렸는데요. 못 놓습니다."

못 본 사이에 대담해진 그의 행동에 꽤나 당황한 혜라는 얼굴을 붉혔다.

"다른 사람 옆에서 행복하라고 할 땐 언제고요?"

하지만 대담해진 건 비단 진헌뿐만이 아니었다.

"손가락에 그렇게 예쁜 약혼반지를 끼고 있는 사람이, 어디 다른 사람 옆에 갈 수 있겠습니까?"

혜라는 제 네 번째 손가락에 끼어진 반지를 매만지며 살며시 미소 지었다.

"그럼 진헌 씨 회사일은 어떻게 되는 건가요?"

"예정대로 레슬리그룹과의 프로젝트는 진행될 겁니다. 계약을 무를 순 없을 거예요. 우리가 거래를 파기한 건 아니니까."

"다행이에요. 진헌 씨가 원했던 일이었잖아요. 나 때문에 진헌 씨까지 피해 볼까 봐 얼마나……."

혜라가 말했다. 그녀의 말을 듣곤 진헌이 그녀를 돌려세웠다.

"이런 표정 지을 줄 알았으면 그때 사업 계획서를 보여 주는 게 아니었는데 말입니다."

그의 말에 불현듯 어떤 기억이 스쳐 지나갔다. 공항에서 처음 만난 날, 죽으려던 혜라를 목청 터져라 불러 대던 진헌의 모습과, 서로의 목적을 위해 움직였던 홍콩에서의 일상들이 마치 꿈같이 느껴졌다.

끝을 알지 못한 채 잡았던 그의 손을 지금은 사뭇 다른 느낌으로 잡고 있는 혜라였다. 그 묘한 감정에 그녀의 가슴이 빠르게 뛰었다.

"김 실장은 지금……."

"아니에요."

진헌의 말을 자르며 혜라가 말했다.

"이젠 괜찮아요."

그녀의 표정은 조금의 미련도 없어 보였다. 오히려 편안해 보이는 혜라를 보며 진헌은 입을 다물었다.

"그것보다 이거 설명 좀 해 주셔야 할 것 같은데요?"

혜라가 낭랑한 목소리로 분위기를 바꾸며 물었다. 그런 그녀의 화제 전환을 모른 척 따라 준 진헌이 말했다.

"뭘 말입니까?"

그녀는 들고 있던 작은 가방에서 몇 장의 사진을 꺼냈다. 제법 많이 들여다봤는지 손자국도 나 있고 구김도 많은 사진이었다.

"이게 왜, 아니 왜 이걸 가지고 있습니까?"

"찔리시는 게 있나 보네요. 당황하는 거 보니까?"

"오, 오해예요. 혜라 씨. 이게 어떻게 된 일이냐면!"

소진과 함께 찍힌 사진을 들여다보며 당황한 진헌이 급히 손을 내저었다. 뭐라고 변명하려는 그의 말을 다 듣기도 전에 혜라는 급격히 낮아진 톤으로 말했다.

"그곳에 갇혀 있으면서 이런 사진을 받은 전, 정말이지……."

손으로 얼굴을 가리고 어깨를 들썩이는 그녀를 바라보며 진헌은 어쩔 줄 몰라 했다. 그가 이러지도 저러지도 못한 채 안절부절못하자 손가락 틈새로 진헌의 표정을 살펴보던 혜라는 결국 웃음을 참을 수 없어 큰 소리로 웃어 버렸다.

"혜라 씨?"

그제야 분위기를 파악한 진헌이 안도하면서도 골이 난 표정으로 팔짱을 끼며 혜라를 쳐다보았다. 그녀는 여전히 배가 아프게 웃고 있었다.

"칫, 벌이라고요!"

"무슨 벌이요?"

"조금이라도 일찍 찾아오지 않은 벌!"

"그건 너무한 거 아닙니까? 저는 혜라 씨와 어떻게 해서든 함께하고 싶어서 방법을 찾느라고 얼마나……!"

억울함에 말하던 진헌이 순간 말을 멈췄다. 고백 아닌 고백에 멍한 표정으로 자신을 바라보는 혜라가 보이자 진헌의 얼굴이 붉게 달아올랐다. 그는 고개를 내저으며 화제를 돌렸다.

"됐고, 뭐가 가장 하고 싶습니까?"

"네?"

"하고 싶은 거 다 말해요. 전부 들어줄 테니까."

"음……."

으쓱거리며 말하는 진헌의 모습은 득의양양해 보였다. 그 모습이 퍽 귀여워 웃음이 비집고 나오는 입술을 붙잡으며 혜라는 조심히 말했다.

"엄마, 보고 싶어요."

✳

며칠 뒤 진헌과 혜라는 추모공원을 찾았다. 가는 길에 있던 작은 꽃집 앞에 내려 그녀는 새하얀 안개꽃을 샀다.

"국화보단 이게 좋을 것 같아요. 엄마가 안개꽃을 좋아하셨거든요."

주말 낮의 추모공원은 한적했다. 원래 엄숙해야 하는 장소이긴 하지만 누군가의 가족이었던 사람들이 잠든 곳이 조용한 건 왠지 모를 쓸쓸함이 함께했다.

혜라의 안내를 받으며 그들은 묘지와 납골당을 지나 추모공원의 제일 안쪽으로 향했다. 푸른 숲이 울창한 그곳은 작은 이름표를 달고 있는 커다란 나무로 이뤄져 있었다.

"여기요."

걸음이 멈춘 곳엔 곧은 줄기의 청송(靑松)이 있었다.

쓸쓸했던 어머니의 장례를 마무리한 건 석호였다. 물론 레슬리의 지시였겠지만 그는 정성껏 그녀의 마지막을 정리해 주었다.

어느새 더 자랐는지 울창한 소나무의 그늘 속에서 진헌과 혜라는 편히 서 있을 수 있었다.

"혜라 씨. 이거."

혜라가 손에 들고 있던 꽃을 나무 앞에 내려놓으려 할 때였다. 이미 그녀의 소나무 앞엔 단출하지만 우아함을 가득 안은 안개꽃 한 아름이 놓여 있었다.

혜라는 아무런 말도 하지 않았다. 그저 그 꽃을 한참이나 바라보았다.

"회장님이 오셨나 봅니다."

조금 시들었지만, 아직 그 빛을 잃지 않은 안개꽃 옆에 혜라의 안개꽃이 놓였다.

'너무 늦게 와서 죄송해요.'

혜라가 눈을 감고 마음속으로 말했다. 그런 그녀를 바라보던 진헌이 혜라의 어깨를 꼭 끌어안고 목소리를 냈다.

"안녕하세요. 이진헌입니다."

그의 편안한 음성에 혜라가 눈을 떠 진헌을 바라보았다.

"혜라 씨를, 저에게 보내 주셔서 감사합니다."

그녀의 그늘 밑에서 둘은 한동안 말없이 등을 기대 쉬었다. 청량한 솔내음과 푸른 두근거림이 두 사람의 머리를 쓸어 넘겨 주었다.

추모공원 근처의 산책로를 따라 걸었다. 약간 뒤처진 혜라의 발걸음을 맞추며 진헌이 그녀의 작은 손을 꽉 그러잡았다.

"오늘 함께 와 줘서 고마워요."

혜라가 말했다.

"저야말로, 어머님 만나 뵐 수 있게 해 줘서 고마워요."

진헌의 대답에 혜라가 작게 미소 지었다.

"아까 어머니께 여쭤 봤는데."

"뭘요?"

"겨울이 좋을까요, 내년 봄이 좋을까요. 했더니 빠르면 빠를수록 좋지. 하고 대답하시더군요."

"진헌 씨……?"

혜라가 걸음을 멈추고 그를 바라보았다. 진헌은 쑥스러운지 뒷머리를 긁적이며 말했다.

"홍콩에서의 프러포즈보단 소박하지만 어머님 앞에서 약속하는 거니까 절대 실망시키지 않을 겁니다. 영원히, 당신과 함께하고 싶어요."

"고마워요."

혜라는 그의 허리를 꼭 끌어안았다. 제 가슴팍에 얼굴을 묻고 있는 그녀를 보며 진헌 역시 행복한 미소를 짓곤 그녀의 머리에 입을 맞추었다. 하지만 그의 진심 어린 미소는 곧 굳어져 버렸다.

"하지만, 나 결혼할 생각 없어요."

"뭐라고요?"

혜라의 말은 진헌을 당황시키기에 충분했다. 다급히 품에서 떼어 낸 후 진헌이 잔뜩 화가 난 표정으로 말했다.

"나와 결혼 생각이 없다고요?"

"지금은요."

"왜죠?"

잔뜩 찡그린 그의 미간을 보며 혜라는 조심스럽게 입을 열었다.

"진헌 씨와 헤어져 있을 때 많이 생각해 봤는데…… 나 치료받고 싶어요."

그녀의 뺨이 말갛게 상기되어 있었다.

"치료라뇨?"

"몸이야 튼튼하겠지만, 마음은 정상이 아닐 거예요. 병원에서 치료도 받고. 그리고……."

"그리고?"

"학교도 가고 싶어요. 늦었지만, 대학 가고 싶어요. 진헌 씨 옆에 서도 부끄럽지 않은 사람이 되고 싶어졌어요."

진헌은 눈썹을 꿈틀거렸다. 그녀의 말을 가만히 들어 보니 '진헌 씨와 결혼은 싫어요.' 가 아닌 '아직은 결혼이 싫어요.' 라 안도했지만, 진헌은 괜히 울컥한 마음으로 답했다.

"혜라 씨가 그렇게 생각한다면, 나와 함께하면 돼요. 결혼하고 나서 병원 함께 다녀요. 그리고 학교도 가고요."

"그건 싫어요."

"왜요?"

단호한 거절의 표시에 진헌이 발끈하며 되물었다.

"나 항상 의지하는 삶을 살아왔어요. 내가 주체가 된 적이 한 번도 없었어요. 진헌 씨와 지금 결혼하게 되면 난 또 진헌 씨에게 의지하는 인생을 살게 될 거예요."

"하아."

마른 날숨이 진헌의 입술을 비집고 나왔다.

"하고 싶은 일을 하고 싶어요. 아직 정확히 찾진 못했지만…… 앞으로 찾아 갈래요."

그간 있었던 일련의 일들로 인해 세상 밖으로 한 발자국 내디딘 혜라였다. 그런 그녀의 손을 잡고 이끌어 준 진헌이였기에 그녀의 변화를 응원했지만 그 응원이 이리로 튀어 올지는 예상하지 못했다.

그는 고개를 절레절레 흔들었다.

"고집불통."

"네?"

"홍콩에서부터 느끼긴 했지만, 혜라 씨 은근히 고집 있는 거 압니까? 의지는 무슨. 전 혜라 씨에게 끌려다닌 기억밖에 없는데."

입술을 내밀고 투덜대며 말하던 진헌이 다시 그녀를 품 안에 안았다. 절대 풀어 주지 않을 만큼 그의 팔에는 단단한 힘이 느껴졌다.

"허락하는 거예요?"

"혜라 씨의 선택을 저에게 허락받을 필요 없어요. 그러니 제가 기다리는 겁니다."

"진헌 씨……."

"당신이 내게 기꺼이 의지하고 기댈 수 있도록, 예의와 품위를 지키며 늘 같은 마음을 가질 것입니다. 기억하죠?"

혜라는 피식 웃었다. 하지만 그녀의 어깨를 으스러지게 안고 있는 진헌의 한숨은 깊어져만 갔다.

"도대체 우린 언제 달달해지는 겁니까?"

그의 표정은 보이지 않았지만 충분히 예상이 가능했다. 혜라는 발꿈치를 들어 진헌과 눈을 맞추고 그의 목에 팔을 둘렀다.

"달달한 건, 지금도 할 수 있어요."

그녀의 입술이 진헌의 입술에 살짝 닿았다 떨어졌다. 쪽 하고 나는 명쾌한 소리가 그들의 가슴을 간지럽혔다. 잔뜩 얼굴이 붉어진 혜라가 급히 떨어지려 하자 이번엔 진헌의 팔이 그녀의 허리를 둘러 둘 사이를 더욱 밀착시켰다.

"좀 더 진했으면 좋겠는데요."

그의 부드러운 입술이 그녀의 달콤한 향기를 머금었다. 잘게 머금은 그녀의 입술을 놀리듯 부드러운 혀가 지나자 다리에 힘이 풀릴 만큼 아찔한 느낌이 머리끝까지 찌릿하게 만들었다. 어색한 혜라의 움직임을 진헌이 다정하게 옭아맸다. 그의 키스는 그의 말대로 좀 더 진했고 부드러웠고, 설레었다.

"사랑해요."

살짝 떨어진 입술 사이로 그의 목소리가 혜라의 귓가에 울렸다. 벅찬 감동에 그녀는 고개를 끄덕이며 눈물을 흘렸다. 그녀를 품에 안는 진헌의 표정은 상기되어 있었지만 행복해 보였다.

그들의 어제와, 오늘은 행복한 내일을 그려 가고 있었다.

18. 어떤 하루

　회의를 끝내고 사무실로 돌아온 진헌의 표정이 심각했다. 생각 보다 길어진 회의 시간에도 불구하고 정확한 결론이 나지 않았기 때문이었다. 인철 역시 참석한 회의였기에 프레젠테이션에 더욱 많은 공을 들였던 진헌이였지만 생각보단 부족한 결과에 잔뜩 표 정이 굳었다.

　여전히 그들 부자는 아버지와 아들의 대화보단 CEO와 직원의 대화를 자주 하고 있었지만 조금은 달라져 있었다.

　"회장님. 일전에 말씀드렸던 건입니다."

　결재 문서를 들여다보며 인철은 무심하게 말했다.

　"그래. 결혼은 언제 하냐."

　"네?"

　뜬금없는 인철의 말에 놀란 진헌의 눈이 동그랗게 커졌다. 인철은 짐짓 아무렇지 않게 말을 이어 나갔다.

"해성건설 김 회장이 자기 막내딸이 손주를 낳았다고 어찌나 자랑을 하던지. 뭐, 네 회사 밖의 인생에 관여하는 건 아니다만."

인철의 입에서 뜻밖에도 소진의 소식을 들을 수 있었다. 오랜만이었다. 그녀의 결혼식에 초청받긴 했었지만 껄끄러운 일이 될까 봐 진헌은 참석하지 않았다. 인철에게 듣기로는 소진의 신랑은 그녀의 고등학교 동창이자 평범한 회사원이라고 했다.

'이렇게까지 도와주시는 이유가 뭡니까?'

'이진헌 씨가 먼저 물어본 질문에 대답만 했을 뿐이에요. 그리고……'

'그리고?'

'응원해요. 이진헌 씨의 비즈니스가 아닌 진짜 사랑을. 꼭 결혼까지 가서 좋은 선례를 남겨 주시길!'

그때의 일이 불현듯 떠오르자 진헌은 피식 웃음이 새어 나왔다.

"웃어?"

"네? 아, 그게 아니라."

"내 질문이 그렇게도 우스운 거냐. 아니면 이젠 아예 물어보지도 말란 건가."

진헌의 태도에 언짢아진 인철이 눈썹을 잔뜩 구기고 쳐다보자 놀란 진헌이 표정을 추스르며 말을 이었다.

"아직은 결혼 생각이……"

말끝을 흐리는 진헌을 향해 성질이 났던지 인철이 결재판 덮는 소리가 평소보다 크게 울렸다.

"이거 견적 다시 내고 새로 작성해 와. 이런 식으로 할 게냐?"

회사 밖의 일에 대해선 더 이상 인철은 관여하지 않았지만, 진헌의 회사 밖의 일을 회사 안으로 교묘하게 끌고 와 그는 꾸준히 관여하고 있었다. 하지만 사랑하는 사람과 늘 함께할 수 있게 된 지금, 인철의 간섭은 이제 혼기가 꽉 찬 아들을 둔 아버지의 잔소리가 되었다.

"휴."

지끈거리는 머리를 누르며 진헌이 회의 중에 잠시 꺼 두었던 휴대전화의 전원 버튼을 눌렀다. 곧이어 맑은 소리와 함께 켜진 액정을 바라보며 그는 입술을 꽉 깨물었다. 진헌은 1번 단축 버튼을 꾹 눌러 전화를 걸었다.

"어딥니까."

— 어, 진헌 씨?

"밖입니까?"

— 그게 있잖아요.

"제가 안 된다고 했을 텐데요."

싸늘한 진헌의 목소리에 혜라가 마른침을 꿀꺽 삼켰다.

"이렇게 메시지 하나 남겨 놓고, 회의하는 도중에 도망가기 있습니까?"

— 하지만, 엠티라고요! 처음 받아 보는 신입생인데. 가고 싶었…….

"외박은 안 됩니다. 엠티고 나발이고, 빨리 다시 돌아와요."

— 싫어요.

미운 일곱 살, 아니 스물일곱 살의 혜라는 말했다.

— 어머님이 허락해 주셨단 말이에요. 작년에 진헌 씨 때문에 신입생 엠티도 못 갔다고 하니까. 걱정 말고 다녀오라고 용돈도 주셨는데요?

"뭐라고요? 어머니가요?"

그녀에게 청혼을 보기 좋게 거절당하고 2년이 지났다. 혜라는 그해 식품영양학과에 입학했다. 말로는 '진헌 씨와 결혼해서 영양도 좋고 맛도 좋은 식사를 만들어 주고 싶어요.' 라고 했지만 그는 알고 있었다. 제 어머니의 찻집에서 전통 차를 담그고 한과나 조청과 같은 간식을 만드는 것을 함께 보면서 어찌나 행복한 웃음을 짓고 있던지.

"휴. 그래서 언제 옵니까."

— 내일이요, 내일! 딱 일박 이 일.

"알겠습니다."

— 고마워요! 진헌 씨 사랑해요!

왁자지껄한 소음 속 통화가 끊어졌다. 꼭 이럴 때만 사랑한다 말하는 혜라가 얄미웠지만, 그의 심장은 그녀의 그 목소리에 참 요란하게도 반응했다.

혜라에게는 그동안 많은 변화가 있었다.

그녀의 말대로 병원 치료를 받고, 학교를 다니게 되면서 많은 사회적 소통이 생겨났다. 친구가 생기고, 모임이 생겼다. 처음엔 그녀의 변화를 보며 흐뭇하게 미소 짓던 진헌이였지만 점점 자신의 자리가 그만큼 밀리고 있다는 느낌을 받곤 할 때면 초조해지기도 했다.

"휴."

하지만 그 시간 동안 단 한 번도 그녀에게 '결혼'이라는 말을 꺼내지 않았다. 혜라의 옆에서 이런 면도 있었구나, 하며 그녀의 새로운 모습을 알아 가는 일도 행복했기 때문이었다. 멀게 돌아온 연애였던 만큼 길어진 연애의 재미가 달달하기도 했다.

진헌은 혜라와의 통화 후 일이 손에 잡히지 않아 짐을 챙겨 일찍 퇴근했다.

집에 도착한 진헌은 뜨거운 물에 샤워를 하며 생각했다.

"어머니도 참."

무슨 생각으로 허락해 줬는지. 이해가 되진 않지만, 어느 정도 예상은 하고 있던 일이다.

그의 어머니와 진헌 역시 많은 변화가 생겼다. 죄책감에 대화하는 것조차 미안해했던 그녀는 이제 제법 많은 것들을 진헌과 교류할 수 있게 되었다.

함께 저녁을 먹는다든지, 산책을 한다든지, 공연을 보러 가든지 하는 일상적이지만 일상일 수 없었던 것들을 함께하게 됐다. 물론, 진헌과 미경 사이엔 늘 혜라가 있었다. 혜라는 그녀를 친어머니처럼 따랐다. 그녀 역시 혜라를 딸같이 예뻐했다.

"연락도 안 한다, 이겁니까."

샤워를 끝낸 진헌이 허리에 수건을 두르고 나와 침대 위에 던져져 있던 휴대전화를 확인했다. 시간은 벌써 밤 아홉 시가 넘어가고 있었다.

진헌은 침대에 털썩 주저앉아 다시 단축번호 1번을 눌러 혜라에게 전화를 걸었다.

— 진헌 씨!

"어딥니까."

— 지금 다 같이 밥 먹고, 얘기도 하고, 맥주 한잔하고 있어요.

"뭐요?"

벌떡. 용수철처럼 튀어 올라 일어선 진헌이 말했다.

"술 먹는다고?"

— 나 술 잘 못 마시는 거 알잖아요. 그냥 분위기만 맞추고 있어요.

잘 못 먹는 걸 아니까 문제인 거야. 이 여자야.

진헌은 끙 앓는 소리를 내며 입 속으로 말을 삼켰다.

"한 시간마다 한 번씩 연락해요. 아니, 30분마다 한 번씩."

— 피이. 알았어요.

전화를 끊고 진헌은 다시 침대에 털썩 누워 버렸다.

이십 대 때도 안했던 집착이라니. 늦바람이 무섭다는 게 정말이구나. 뼈저리게 느꼈다.

결혼을 안 해서 그런 걸까. 결혼을 하면 이런 불안함이 조금은 해소되지 않을까?

혜라는 그날 이후 '메이린 장'이라는 이름 대신 '장혜라'라는

322

이름 그대로 살기로 했다. 알고 있는 사람이야 여전히 그녀를 레슬리 회장의 사생아이자 선진 장남의 약혼녀로 기억하겠지만 학교에서나, 진헌과 그의 가족들 앞에선 평범한 '장혜라'로 살아가고 있었다.

띵동. 띵동.

혜라는 그의 말처럼 상황이 될 때마다 메시지를 보내며 근황을 보고했다. 가평에 있는 펜션 사진을 보내기도 하고 깜깜한 밤하늘 사진을 보내면서 '여기는 별이 잘 보여요, 진헌 씨. 다음에 함께 와요.'라는 말도 했다.

"열두 시가 넘어가는데……."

어느덧 밤 열두 시가 훌쩍 넘은 시간. 잠자리에 든다는 소식이 통 없는 휴대전화를 바라보며 진헌은 나지막한 한숨을 쉬고 다시 단축번호를 눌렀다.

통화음이 하나, 둘 가고.

"혜라 씨?"

— 여보세요?

전화를 받은 사람은 굵직한 목소리의 남자였다. 나른하게 누워서 전화하던 진헌은 또다시 활어처럼 튀어 올라 벌떡 일어섰다.

"누구시죠?"

— 아, 동기입니다. 혜라 자러 갔는데. 휴대전화를 두고 갔나 보네요. 전화 왔다고 전해 드릴게요.

뚝.

끊겨진 휴대전화를 멍하게 바라보는 진헌의 얼굴이 붉으락푸르락하며 약 올라 있었다.

"안 되겠군."

✳

다음 날 아침. 진헌은 대개 토요일엔 긴장이 풀어져 여유를 부린다고 늦잠을 자곤 했지만 오늘은 평상시와 똑같이 여섯 시부터 눈을 떴다. 가장 먼저 확인한 휴대전화에 혜라의 연락은 도착해 있지 않았다.

"벌써부터 이러면서. 자취는 무슨."

진헌은 콧방귀를 뀌며 1층으로 내려가 정수기에서 시원한 물한 컵을 받아 꿀꺽꿀꺽 마셨다. 학교에 입학하고 혜라가 한 말은 '저 혼자 살아 보고 싶어요!' 였다.

이 얼마나 당당한 말인가.

결혼도 미루고 옆에서 지켜봐 주었건만 돌아오는 대답은 제 스스로 살아 보고 싶다는 것이라니. 섭섭하게 말하는 그녀의 입술을 진헌은 엄지와 검지로 집어 병아리 입처럼 눌러 버렸다.

식빵 한쪽을 집어 입 안에 넣고 우걱우걱 씹어 삼키며 그는 뚫어져라 시계만 쳐다보고 있었다. 오늘따라 느리게 지나는 시간은 진헌을 비웃듯이 천천히 흐르는 것 같았다.

"여보세요?"

— 네, 진헌 씨!

"벌써 세 시입니다. 언제 오는 겁니까?"

— 아, 저 집 앞이에요.

몇 시간 후 겨우 연결된 전화에서 혜라의 대답에 진헌은 괜스레 웃음이 나 황급히 현관에서 보이는 대로 슬리퍼를 신고는 마당으로 달려 나갔다. 하지만 그곳엔 그녀의 그림자조차 보이지 않았다.

— 아니, 어머님 찻집 앞이요!

"……."

출장 간 남편을 기다리는 아내의 마음이 이런 걸까. 아니다. 이건 집에서 주인을 기다리는 강아지의 심정과 비슷할 일이었다.

"집으로 곧장 오지 않고, 거길 왜 갑니까?"

— 어머님이 용돈도 주셨는데, 뭐라도 드리고 싶어서. 가평에서 보리빵을 팔지 뭐예요? 그래서 샀어요! 이것만 전해 드리고…….

"됐고. 그냥 거기 꼼짝 말고 있어요."

어머니를 만나면 몇 시간이 걸릴지 모르는 일이었다. 얼마나 할 이야기가 많은지, 혜라는 미경을 만나는 날이면 학교에서의 일이라든가, 요즘 고민, 진헌의 흉 등등 마르지 않는 수다의 샘물을 가지고 있었다.

진헌은 그대로 대문 밖으로 나가 차를 몰았다. 목적지는 인사동이었다.

찻집에 도착하자 대청에 앉아 도란도란 이야기를 하고 있는 혜라와 미경, 그리고 권 전무가 보였다. 어찌나 활짝 웃으며 이야기를 하고 있던지. 그녀의 얼굴에서 진헌에 대한 그리움은 코빼기도 보이지 않았다.

"이 본부장 왔나?"

권 전무의 목소리에 그제야 고개를 돌려 진헌을 바라보았다. 혜라는 활짝 웃으며 손을 들었고 그의 어머니는 조금 놀란 모습이었지만 이내 미소 지어 보였다. 참 평화로운 광경이 아닐 수 없지만 지금 진헌의 눈에는 모든 것이 못마땅할 뿐이었다.

"죄송합니다. 다음에 다시 올게요. 먼저 실례하겠습니다."

쉴 틈 없이 말을 뱉은 진헌은 혜라의 손목을 확 낚아채 일으켜 세웠다.

"지, 진헌 씨. 왜 그래요?"

"나와요. 당장."

잔뜩 차갑게 굳어진 얼굴로 혜라를 끌고 나가는 진헌의 뒷모습을 보며 대문 밖까지 나선 권 전무는 걱정스럽게 미경에게 말했다.

"이 본부장 화가 단단히 난 모양인데."

"화는 무슨."

"에? 싸울 것같이 보이던데."

"그 녀석, 신발도 제대로 못 신고 나온 거 봐요. 어지간히 보고 싶었나 보네."

"아 그랬어요? 당신은 언제 그런 것까지 봤대?"

집으로 갈 때까지 진헌은 단 한 마디도 하지 않았다. 혜라도 그의 표정을 보며 눈치만 볼 뿐이었다. 도착하자마자 그는 그녀의 손을 잡고 곧 바로 방으로 들어갔다.

"지, 진헌 씨. 아파요."

혜라가 말했지만 진헌은 듣는 체도 하지 않았다. 그리고 거칠게 그녀를 침대 위로 밀었다.

"왜, 왜…… 읍."

혜라의 다음 말은 진헌의 입 속에서 울렸다. 그의 혀가 그녀를 거칠게 낚아챘다. 숨 쉴 틈조차 없이 몰아붙이는 그의 입술에 혜라는 정신이 아득해졌다.

"읍. 지, 진헌 씨……. 아얏."

그의 어깨를 잡고 밀어 내리던 찰나, 진헌의 손이 불쑥 혜라의 블라우스 안으로 들어왔다. 차가운 기운에 오소소 소름이 돋았다. 하지만 그것보다 더 찌릿했던 건 마치 벌을 주는 것처럼, 커다란 그의 손이 여린 그녀의 가슴을 한 손에 가득 쥐었다 폈기 때문이었다.

"아, 아파요. 진헌 씨……."

거칠게 파고든 그의 숨결이 혜라의 목을 타고 내려와 쇄골에 내려앉았다. 입술이 닿는 곳마다 진헌은 자신의 흔적을 남겨 대었다.

"하아, 하아……. 잠깐만, 진헌 씨!"

평소와 다른 진헌의 모습에 이상함을 느낀 혜라가 정신을 차리고 소리 냈다. 다칠까 봐 무서워하며 부드러운 손길로 자신을 감싸

안던 그와는 다른 거친 모습에 다소 놀랐지만 낯선 그의 손길에마
저 찌릿하고 붕 뜬 느낌에 혜라는 가까스로 정신을 차렸다.

"아……."

동그란 눈을 뜨고 자신의 아래에서 보고 있는 혜라의 얼굴이
보이자 진헌은 작은 탄식이 흘러나왔다.

뭐가 그렇게 불안했는지 그녀의 목 주변은 이미 울긋불긋 단풍
나무처럼 붉어져 있었다.

"미안해요. 나도 모르게……."

진헌이 그녀의 위에서 내려와 똑바로 앉아 머리를 짚곤 고개를
숙였다. 혜라는 흐트러진 블라우스를 매만지곤 슬쩍 그의 옆에 다
가와 앉아 입을 열었다.

"무슨 일 있었어요?"

"아뇨."

"말해 봐요. 진헌 씨 표정, 지금 무섭단 말이에요."

무섭다는 말에 진헌이 고개를 들어 혜라를 바라보았다. 그녀가
손을 들어 진헌의 얼굴을 감쌌다. 그녀의 손길이 닿자마자 따뜻한
온기가 그의 온몸을 타고 흘렀고 뒤틀린 마음 역시 풀어지기 시
작했다.

"불안했나 봅니다."

"뭐가요? 저 외박해서요?"

"그것도 그렇고."

"이것 봐요."

그녀는 왼손을 쫙 펴서 진헌의 눈앞에 내밀었다.

"이렇게 예쁜 반지가 여기에서 반짝이고 있는데, 뭐가 불안해요? 게다가 진헌 씨가 입학식 날 와서 제가 장혜라 씨 약혼자입니다. 잘 부탁합니다. 하나하나 인사하고 다닌 통에 임자 있는 몸인 거 다 알거든요?"

혜라가 벌떡 자리에서 일어나 입술을 쭉 내밀고 그의 행동을 재연하자 진헌이 품 하고 웃음을 터뜨렸다. 진헌의 웃음소리를 듣고서야 혜라는 헤실헤실 웃으며 다시 그의 옆에 딱 달라붙어 앉았다.

"근데도 불안했어요?"

"당신하고 떨어져 있는 거. 그때 한 번이면 족해요."

진헌이 말하는 '그때'를 짐작하는 혜라가 기분 좋게 미소 지었다.

"괜찮아요. 이미 다 지난 일이고, 다시는 그런 일 없을 거예요."

그녀가 진헌의 어깨에 머리를 기대며 말했다.

"그리고 또 진헌 씨가 구해 주러 올 거잖아요?"

"이젠 혜라 씨도 쉽사리 잡혀 있진 않겠죠."

그의 말에 인정한다는 듯 그에게 기댄 채 혜라가 고개를 끄덕였다.

"그게 불안해요."

"네?"

"혜라 씨에게 이제 내 자리가 필요 없어지는 것 같아서요. 더 이상 나에게 의지를 하지 않아도 혜라 씨는……."

말을 하다가 문득 진헌이 멈추었다. 어린아이가 투정부리는 것 같은 제 목소리에 갑자기 부끄러워졌기 때문이었다.

그의 말을 듣던 혜라는 얼굴을 붉히며 말했다.

"음, 그럼 서로에게 의지할 수 있는 결혼을 하면 어떨까요?"

"어?"

그녀의 말에 진헌이 벌떡 자리에서 일어났다. 그 바람에 그의 어깨에 기대고 있던 혜라는 중심을 잃고 침대 위로 풀썩 쓰러지며 머리를 콩 하고 박았다.

"아얏."

"아, 미안해요."

쓰러진 그녀를 일으켜 세우며 진헌이 혜라 앞에 무릎을 꿇고 시선을 마주했다.

"방금 뭐라고 그랬습니까?"

"네? 뭐, 뭐요?"

"결혼이라고 했어요?"

"왜, 왜 또 물어보는 거예요! 다 들었으면서."

입술을 삐죽 내민 혜라는 이미 목까지 빨개져 있었다.

"하지만, 혜라 씨가 결혼 생각 없다고."

"그건 벌써 2년 전이라고요. 난 작년에 다시 진헌 씨가 말 꺼 내 줄 줄 알았는데…… 으악. 진헌 씨, 내려놔요!"

혜라의 말이 채 끝나기도 전 그는 그녀의 어깨와 허벅지를 잡고 안아 번쩍 들어 올렸다. 내려 달라고 발버둥 치는 혜라의 입술에 그는 세 번의 입맞춤을 했다.

"나 이렇게 만든 벌입니다."

"내가 진헌 씨를 뭐 어쨌다고. 앗. 옆구리 살 만지지 말아요!"

장난스러운 웃음소리가 끊이지 않았다. 그들의 소중한 평범했던 어떤 하루는, 하루 종일 침대 위에서 내려오지 않은 채 지나갔다.

에필로그: 허니문

　결혼식 준비는 순조롭게 진행되었다. 여러 귀빈들과 기자들을 초대했던 그들의 약혼식과는 다르게 가족과 지인만 함께하는 비공식으로 식이 진행되었다.

　"에휴. 예물 반지 하나 새로 맞추자니까. 너도 고집은."

　"이게 좋아요 어머님. 진헌 씨와 처음 함께 맞춘 반지인걸요? 이걸 끼고 있어서 힘들었던 시간도 견뎌 낼 수 있었어요."

　차분한 미소를 짓고 있는 혜라를 보며 미경 역시 더 이상 말하진 않았다. 그저 아들의 곁에서 예쁜 모습으로 함께해 줘서 고마울 뿐이었다.

　"혜라야."

　"네, 어머님."

　혜라의 작고 보드라운 손을 꽉 잡고 쓰다듬으며 그녀가 말했다.

"네 덕분이야. 진헌이와 이렇게 얼굴을 마주하고 웃을 수 있는 건. 네가 있어서 우리가 다시 가족이 되었어."

"저야말로 감사해요. 제 어머니가 되어 주셔서요."

혜라가 싱긋 웃으며 답했다. 그 모습에 자기도 모르게 눈물이 주룩 흐르자 그녀는 황급히 닦아 내며 호들갑스럽게 말했다.

"신부 혼주석에 우리가 앉아도 정말 괜찮겠어?"

혜라는 고운 분홍빛 저고리를 입고 있는 미경을 바라보며 고개를 끄덕였다.

"저는 너무 좋아요. 제 욕심 때문에 어머님이 불편하실까 봐 그게 걱정이에요."

"그 사람은 하나도 겁 안 난다, 얘. 그건 걱정 마라."

장담한 대로 그녀는 불편해하지 않았다. 오히려 불편해한 사람은 인철이었다. 권 전무와 나란히 신부 측 혼주석에 앉아 있는 그들을 못마땅하게 흘끔거렸지만 세상 본 적 없는 환한 미소를 짓고 있는 진헌을 보자 그 불편함도 곧 사그라들었다.

"귀빈 여러분들께 안내드립니다. 지금부터 신랑 이진헌 군과 신부 장혜라 양의 결혼식이 진행될 예정이오니……."

엄숙한 분위기에서 결혼식은 시작되었다. 새하얀 버진로드 앞에 선 진헌이 혜라의 눈을 마주하며 조용히 속삭였다.

"약혼 서약서에서, 마음에 안 드는 부분, 있었습니다."

혜라가 고개를 갸웃거리자 그는 이어서 말했다.

"서명 부분 말입니다. 왜 장혜라라고 적지 않고, 메이린 장이라 적은 겁니까?"

"그거야 그때 진헌 씨는 메이린 장이 필요했을 때 아니었어요?"

놀란 듯 물어보는 혜라의 목소리는 곧 사람들의 박수 소리에 묻혔다.

"신랑 신부 입장!"

진헌의 대답을 들을 새도 없이 익숙한 피아노 선율의 웨딩 입장곡이 시작되었다. 진헌은 혜라의 손을 꼭 붙잡은 채 동시 입장을 시작했다.

"그때도, 지금도."

천천히 조심스럽게 걷는 한 걸음, 한 걸음마다 진헌은 혜라의 귓가에 속삭였다.

"여전히 장혜라를 사랑합니다."

그의 고백에 귀까지 빨개진 혜라가 당황해 어쩔 줄 몰라 했다. 그런 그녀가 귀여운지 진헌은 손을 더욱 힘주어 잡았다. 새하얀 웨딩드레스를 입고 예쁜 부케를 든 채 제 옆에서 고개를 떨어뜨리며 수줍게 미소 짓는 혜라에게서 그는 눈을 뗄 수 없었다.

"흠. 흠. 신랑!"

주례의 소리가 들리자 진헌은 아차 싶어 고개를 돌렸다. 하객들은 신부가 좋아 죽는 신랑의 모습에 깔깔거리며 웃었고 인철은 이마를 짚었다.

"신랑 이진헌 군은 신부 장혜라 양을 아내로 맞이하여 어떠한 경우에도 항상 사랑하고 존중하며……."

"네!"

주례사가 채 끝나기도 전에 진헌은 목청껏 대답했다.

"신랑이 많이 급했나 봅니다. 하하하."

그 모습에 또 다시 식장 안은 한참 동안 웃음소리가 끊이질 않았다.

"그러면 신부 장혜라 양에게 묻겠습니다."

겨우 조용해진 식장에서 혜라를 향한 질문이 이어졌다.

"장혜라 양은 이진헌 군을 남편으로 맞이하여 항상 사랑하고, 존중하며, 진실한 아내로서의 도리를 다하여 행복한 가정을 이룰 것을 맹세합니까?"

"네."

청아한 목소리가 진헌의 귓가에 울렸다. 곧이어 주례의 성혼 선언문이 이어졌다.

"신랑 이진헌 군과 신부 장혜라 양은 그 일가친척과 친지를 모신 자리에서 일생 동안 고락을 함께할 부부가 되기를 맹세하였습니다. 이에 주례는 이 혼인이 원만하게 이루어진 것을 여러분 앞에 엄숙하게 선언합니다."

사람들의 열화와 같은 박수와 축복 속에 그들은 함께 걸어 나왔다. 결혼식은 끝났지만 그들의 결혼 생활은 이제부터 시작이었다.

리무진 앞에 선 진헌과 혜라는 배웅하러 나온 그들에게 인사를 했다.

"너희 늦겠다. 어서 가려무나."

"네, 어머님. 감사해요."

그녀의 품에 꼭 안긴 혜라가 속삭였다. 권 전무 역시 옆에서 고개를 끄덕이며 인사를 했다.

"몸 조심히 다녀오고."

진헌의 손을 잡고 혜라는 인철의 앞에 섰다.

"흠, 흠."

겸연쩍게 헛기침을 하는 인철에게 진헌은 말했다.

"다녀오겠습니다. 회장님."

"그래."

무뚝뚝하고 사무적인 그들의 대화를 보면서 진헌의 어머니는 고개를 설레설레 저으며 작은 한숨을 내쉬었다. 혜라 역시 허리를 깊게 숙이며 인철에게 인사했다.

"조심히 다녀오겠습니다. 아버님."

아버님이라고 싱긋 웃으며 말하는 혜라의 낭랑한 목소리에 진헌도 놀라고, 인철도 놀랐다. 아버지와 아들의 생김새는 닮은 구석 하나 없이 다르게 생겼지만 놀라서 눈썹이 한껏 올라가는 모습만은 무척 비슷했다.

"그, 그래. 몸 조심히 다녀와라. 아, 아가야."

목까지 빨개져선 콜록거리며 인철이 수줍게 답했다.

"사고 싶은 거 있으면 맘껏 사고!"

내심 기분이 좋은 모양인지 늘 무표정한 표정을 유지하던 그의 입꼬리가 귀에 걸려 있었다.

세 시간여의 비행 끝에 익숙한 공항에 도착했다.

"신혼여행마저 홍콩으로 오고 싶습니까?"

캐리어를 끌며 출국장을 빠져나오는 진헌이 입술을 삐죽거리며 툴툴댔다.

"우리가 처음 만난 곳이니까. 새로 시작하는 우리에게 안성맞춤이잖아요."

"그래도. 좋은 휴양지가 얼마나 많은데."

"휴양지는 볼거리가 없는걸요?"

"신혼여행은 그게 포인트입니다."

재빠른 진헌의 대답에 혜라가 고개를 갸웃거렸다.

"볼거리가 없어야 호텔에서 나올 일이 없죠."

"으이구!"

손을 둥글게 말아 쥔 혜라가 진헌의 가슴팍을 콩 하고 때렸다. 아프지도 않을 텐데 너무 아프다며 징징대던 진헌이 빨리 호텔에 가서 누워야 한다고 엄살을 피웠다.

"그래도 소용없어요! 이번 여행은 장혜라 가이드의 말을 따라야 한다고요."

언제 가져왔는지 혜라는 숨겨 두었던 여행 책자를 짠 하고 꺼내 들었다.

"뭡니까?"

"죽기 전에 꼭 가 봐야 할 여행지, 럭셔리 마카오 여행 편!"

해맑게 웃으면서 여행 책자를 들고 방방 뛰는 혜라를 바라보며 진헌은 중얼거렸다.

"내 저 출판사를 당장 아작을 내 버리든가 해야지, 원……."

이미 철저한 공부를 했는지 혜라는 앞장서서 진헌을 안내하기 시작했다.

"이번 여행은 마카오에서 시작해서 홍콩으로 마무리하는 거예요. 너무 멋지죠?"

그래도 신나서 웃으며 말하는 혜라를 보니 진헌 역시 덩달아 미소 지었다.

홍콩 국제공항에서 마카오까지는 따로 복잡한 수속 없이 배를 타고 갈 수 있었다. 한 시간 정도 배를 타고 가자 작은 섬나라, 마카오에 도착했다.

"여기가 마카오구나. 우와."

"비 와서 못 가 봤던 게 많이 아쉬웠어요?"

도착하자마자 잔뜩 들떠 있는 그녀를 보며 홍콩에 있었던 일이 생각나 진헌이 물었다.

"조금요. 처음이었잖아요."

혜라가 조금 차분해진 목소리로 말했다.

"내 의지대로, 내가 하고 싶은 대로. 가고 싶은 데 가고 먹고 싶은 거 먹고. 처음 해 보는 여행다운 여행이었는걸요. 진헌 씨를 만났기 때문에 여행으로 끝난 거긴 하지만."

진헌은 헤헤 웃는 그녀의 볼을 잡아 늘어뜨리며 말했다.

"숙소로 안내해 주시죠. 가이드님?"

페리 터미널에 줄지어 있던 셔틀버스를 타고 호텔로 향했다. 마카오에서 가장 오래된 카지노를 가지고 있는 호텔이었다.

"홍콩하고는 완전 다른 곳이네요."

눈앞에 펼쳐진 세상은 화려함의 극치를 보여 주고 있었다. 저녁 일곱 시. 어둠이 내려앉은 마카오의 밤하늘을 잊게 만들 정도였다.

대부분의 호텔은 카지노를 가지고 있었다. 화려한 볼거리가 가득한 호텔 로비를 지나자 혜라는 더욱 흥분되었다.

"진헌 씨. 나 카지노 한 번도 가 본 적 없는데."

"신혼 첫날, 도박을 하잔 말입니까?"

투닥투닥하며 체크인을 하고 받은 스위트룸으로 올라갔다. 땡. 하고 울리는 승강기 소리의 울림마저 보석처럼 청량했다.

"어쩌면 한 방으로 인생이 바뀔 수도 있잖아요."

삐빅. 카드 키를 대자 스위트룸의 문이 활짝 열렸다.

마카오의 야경이 훤히 보이는 통유리가 인상적인 곳이었다. 즐거워하며 창문에 달라붙어 밖을 내다보는 혜라의 허리에 진헌이 팔을 둘렀다.

"싫습니다. 저는 지금 혜라 씨와 함께하고 있는 이 인생이 가장 좋아요."

"음. 하긴. 저도 진헌 씨 없는 인생은 싫어요."

부부는 진정 일심동체였다.

"그럼, 여기서 나가지 않는 걸로."

"딱 구경만!"

아주 잠깐 동안이었지만, 동시에 서로 다른 말을 한 진헌과 혜라는 배를 잡고 까르르 웃었다. 하지만 곧 음흉한 표정으로 한 걸음 두 걸음 다가오는 진헌 덕에 혜라의 웃음은 쏙 들어갔다.

"오, 오지 마요! 관광이 먼저예…… 읍!"

그녀의 말은 끝까지 이어질 수 없었다. 진헌은 혜라를 창문에 밀어붙이며 입을 맞추었다. 그의 손이 혜라의 척추를 따라 쓸어내렸다. 오묘한 느낌과 함께 입 속으로 훅 들어오는 숨결에 정신을 차릴 수 없던 혜라의 숨이 가빠졌다.

"자, 잠깐만!"

그의 어깨를 겨우 밀어 낸 혜라는 후욱, 후욱 심호흡을 하더니 말했다.

"메롱."

"뽀뽀까지 하고 도망가는 건 반칙입니다!"

문을 열고 후다닥 도망가는 혜라를 바라보며 진헌은 망연자실하여 굳어 버렸다.

"휴."

작게 숨을 내쉰 그는 그녀가 놓고 간 카메라와 여행 책자, 지갑과 여권을 챙겨 나가며 눈을 가늘게 뜨고 중얼거렸다.

"어디 다녀와서도 그럴 수 있는지 보겠어."

거리를 돌아다니는 내내 영락없는 신혼부부답게 둘의 손은 한시도 떨어지지 않았다. 화려한 네온사인과 불빛이 가득한 마카오의 거리에서 분수 쇼를 구경하는가 하면, 혜라가 그토록 궁금해했던 카지노를 기웃거려 보기도 했다.

"내일은 아침부터 움직여서 세나도 광장에 가요! 거기 에그타르트가 그렇게 맛있대요."

"내일 걱정보단 오늘 밤 걱정을 해야 될 텐데요?"

손을 잡고 걸음을 맞춰 걷던 진헌의 말에 혜라가 되물었다.

"왜요?"

"내일 아침에 못 일어나게 만들 거니까요."

"으악."

그 말에 혜라가 자지러질 듯이 웃으며 비명을 지르자 진헌은 손가락으로 그녀의 옆구리를 공격했다.

"아, 하지 마요. 간지럽단 말이에요!"

낯선 거리에서의 웃음소리가 연신 끊이지 않았다. 진헌의 얼굴은 그 어느 때보다 밝았고 혜라는 두 뺨이 빨갛게 물들 때까지 웃고 있었다.

"어, 진헌 씨. 잠깐만요!"

다급한 혜라의 목소리에 진헌 역시 치던 장난을 멈췄다. 그제야 혜라는 숨을 고르게 가다듬곤 커다란 호수를 가리켰다.

"저기 좀 봐요!"

들뜬 혜라의 목소리는 진헌의 걸음을 재촉하게 만들었다. 앞장선 그녀의 뒤를 따라가자 마카오의 야경에서 빼놓을 수 없는 남반호수의 절경이 펼쳐져 있었다.

밤 호수의 모습은 낮보다 화려했다. 호수 근처를 둘러싸고 있는 화려한 마카오의 건물들의 불빛이 그대로 물속을 비추고 있었다.

주변엔 이국적인 풍경의 걷기 좋은 산책로가 조성되어 있었고 알록달록 예쁜 전구들로 장관을 이루고 있는 다리가 호수 가운데를 가로질렀다.

"잠깐 앉을까요?"

진헌의 말에 혜라는 고개를 끄덕였다. 붉은빛이 감도는 화려한 다리가 마주 보이는 벤치에 앉아 그들은 어깨를 나란히 했다.

"여기 야경을 보니까, 꼭 그때 생각이 나요."

혜라가 살며시 진헌의 어깨에 머리를 기대며 속삭였다.

"언제요?"

"진헌 씨가 프러포즈 했던 순간이요."

예상치 못한 대답에 진헌의 심장이 덜컹 내려앉다 이내 얼굴에 열기가 가득 차올랐다.

'약혼합시다. 우리.'

무뚝뚝하고 심플한 말이었지만 마치 시간이 멈춘 것 같은 순간이었다. 그날을 떠올리는 혜라의 표정에 물결 같은 미소가 새어나왔다.

"진헌 씨 그 말 때문에 야경이 눈에 하나도 안 들어왔다고요."

"그랬습니까?"

"네. 사실 그때의 우리에게 약혼은 말뿐이라는 걸 알긴 했지만……."

혜라의 말이 채 끝나기도 전, 진헌은 어깨에 기대고 있던 그녀의 얼굴을 부드럽게 감싸며 정수리에 입을 맞췄다.

"말뿐이었던 거 아니었어요. 진심이었습니다. 그 프러포즈."

진헌의 말에 놀란 혜라가 자세를 고쳐 앉았다. 빤히 바라보고 있는 그녀의 시선이 쑥스러운지 진헌은 뒷머리를 긁적이며 말을 이었다.

"그날 호텔에서 많은 생각을 했죠. 그런데 이유가 없더라고요."

왜 그런 말을 했을까. 많은 핑곗거리를 생각했었지만 결국 이렇다 할 명분은 없었다.

"혜라 씨와 함께하고 싶었어요. 그게 명분이고, 이유였어요."

한동안 침묵이 흘렀다. 의아한 진헌이 고개를 돌리자 혜라는 얼굴을 푹 숙였다.

"혜라 씨?"

놀란 진헌이 그녀의 어깨와 턱을 감싸자 큰 눈물방울 하나가 톡 하고 진헌의 손 위로 떨어졌다.

"고마워요. 진헌 씨."

떨리는 목소리로 혜라는 말했다. 여전히 뺨 위로는 투명한 방울이 쉼 없이 흘렀지만 그녀의 눈은 초승달 같은 호를 그렸고 입술은 끝없는 행복을 말하고 있었다.

"혜라 씨는 언제부터였습니까?"

"뭐가요?"

"진심이었던 시작 말입니다."

질문은 했지만 부끄러워진 진헌이 머리를 긁적였다. 그나마 어두워서 다행이다 싶은 그는 조용히 혜라의 대답을 기다렸다.

"음, 사실 잘 모르겠어요……."

"모른다고요?"

김빠지는 대답에 진헌이 발끈하며 말하자 혜라가 되물었다.

"그러는 진헌 씨는 언제부터였는데요?"

"지금에서야 하는 말이지만 저는 처음부터!"

"처음? 공항에서요?"

"공항에서부터."

어깨에 기대고 있던 머리를 떼곤 자세를 고쳐 앉으며 혜라가
말했다.

"그때는 나 되게 이상하고 시끄러운 여자라고 생각했다면서요."

"그건 그랬는데."

"그랬는데?"

"지금 생각해 보면 눈이 갔던 것 같아요. 계속 신경 쓰고 시선
이 가니까 혜라 씨의 이상한 행동들을 다 보고 있고."

진헌의 말에 혜라는 손뼉을 치며 웃었다. 그러더니 그의 팔뚝
을 와락 끌어안으며 말했다.

"내가 또 첫눈에 반할 만한 상이긴 해요. 그죠?"

"말이 그렇게 됩니까? 첫눈에 반한 건 아닌데."

"에이, 뭘 또 아닌 척해요?"

"아닌 걸 아니라고 말하는데 왜 아닌 척인 겁니까."

금세 티격태격하며 웃음 짓고 있는 그들 사이에 별빛이 쏟아졌
다. 영롱한 그 빛은 앞으로의 그들의 나날처럼 화려하게 빛났다.

✳

마카오의 밤거리 산책을 마친 그들은 다시 호텔에 도착했다. 방으로 올라가는 승강기 안에서도 진헌의 간지럼 공격은 멈추지 않았다.

"아까 내가 당한 거에 비하면 새 발의 피입니다."

"너무해!"

즐거운 장난을 치며 문을 열자 향긋한 향기가 그들을 반겼다.

"저건 뭐예요? 진헌 씨가 준비한 거예요?"

혜라가 침대 옆에 있던 테이블을 가리켰다. 그곳에는 빨간 장미 아홉 송이가 예쁜 바구니로 포장되어 있었다.

"이거……."

진헌이 가까이 다가가 장미꽃 바구니를 들어 보였다. 바구니에 묶인 노란 리본에는 '린 샤오팅' 이라는 이름이 적혀 있었다.

방 안엔 잠깐의 정적이 흘렀다.

"회장님도, 아마 알고 계시나 봅니다."

"……네."

결혼식을 준비하며 혜라는 내내 생각했다. 부모에게 축복받는 결혼이란 어떤 걸까. 미경이 함께했기에 행복했던 준비 과정이었지만 친어머니, 친아버지의 손을 잡고 들어가는 평범한 결혼식이 그녀로서는 어쩔 수 없이 부러웠다.

진헌의 말에 혜라는 고개를 끄덕였다. 이윽고 장미꽃에 코를 가져다 대고 깊은 숨을 들이마셨다. 달콤하고 진한 장미 향이 폐부 깊숙이 스며들었다.

"근데 왜 아홉 송이일까요?"

혜라는 진헌을 바라보며 물었다.

"중국에선 장미꽃 한 송이는 오직 하나(唯一)라는 뜻을 가지고 있습니다."

그녀의 곁에 다가선 진헌이 혜라의 손을 조심히 그러잡아 장미 꽃잎을 쓰다듬으며 말했다.

"세 송이는 마음과 마음이 통한다(心心相印)를 말해요."

"그럼 아홉 송이는요?"

그녀의 물음에 잡은 손을 끌어당겨 혜라를 품에 안았다.

"愛到永久. 영원히 사랑한다."

진헌의 따뜻한 목소리에 혜라가 살짝 눈물지었다. 그리고 곧 그녀 역시 그의 허리를 꽉 끌어안았다.

린 샤오팅으로부터 받은 장미꽃의 의미가 진헌의 사랑을 말하 는 것인지, 아버지의 사랑을 말하는 것인지는 알 수 없었다. 하지 만 단 하나는 확실히 알 수 있었다.

"영원히 행복하게. 잘 살아요, 우리."

"네, 진헌 씨. 사랑해요."

이 사람은 떠나지도, 버리지도, 죽어 버리지도 않을 단 하나. 영원히 사랑할 내 사람이라는 사실이었다.

외전 1. 딸바보

아기 장난감이란 걸 모르고 살던 진헌이였다. 흔들면 딸랑딸랑 소리가 나는 딸랑이와 누르면 삐약삐약 외치는 노오란 병아리 인형을 그는 특히 심혈을 기울여 구입했다.

여자아이는 아기자기 예쁜 것을 좋아할 것이란 생각에 아기방의 벽지는 달빛 모양이 있는 분홍색으로, 배냇저고리는 연한 분홍색으로, 유모차는 진한 분홍색으로, 심지어 기저귀 가방도 불그스름한 분홍색으로 준비했다.

"응애. 으애앵."

"아고, 배고파요. 배고파요? 우리 성현이."

하지만 혜라의 품에 안겨 그녀의 젖을 먹고 있는 아이는 포동포동한 허벅지가 소시지처럼 우람하고 방긋방긋 웃는 눈웃음이 혜라와 똑 닮은 예쁜 사내아이였다. 의사는 '분명 딸로 봤는데

태어나 보니 아들이네요. 하하하.'하며 겸연쩍게 웃고는 축하한
다 인사를 건넸다.

　10개월 동안 딸바보로 지내 왔다 일순간 아들바보로 전향하게
됐다. 진헌은 참 묘한 감정을 맛보아야 했다.

　"여보, 성현이 기저귀 갈아 줄래요?"

　"응."

　성현이 태어나자 가장 기뻐했던 건 인철이였다. 내심 손자를
바란 눈치였는지, 딸이라고 전해 드렸을 때 역시 좋아하긴 했지만
아들임을 알고는 선진의 전 직원에게 떡을 돌렸다. 그는 손녀딸이
었어도 그랬을 거라고 말하면서도 절로 올라가는 입꼬리를 숨길
수는 없었다.

　"엄마 힘들게 하지 마라."

　칭얼대는 아가의 기저귀를 갈던 진헌은 한참이고 엉덩이 부분
을 살펴보았다. 보들보들한 아기 엉덩이는 뭐가 묻어 있어도 귀여
웠다.

　"꿍아 마려우면 아빠한테 손짓을 해. 알았어?"

　알아들을 리 만무하지만 갓난아기 성현은 팔을 휘저으며 꺄르
르르 웃었다.

　아기는 금방금방 쑥쑥 잘도 컸다. 아장아장 걷던 날이 엊그제
같았는데 이제 늠름한 모습으로 노오란 가방을 메고 유치원을 다
녀온 성현이 소파에 앉아 있는 진헌에게로 다가갔다.

　"아빠."

"왜에?"

"나는 왜 동생 없어?"

"동생 있으면 좋겠어?"

한 번도 말한 적 없던 동생 이야기에 진헌이 성현을 번쩍 들어 제 무릎에 앉혀 놓고 다정하게 말했다.

"동건이는 집에 갈 때 엄마랑 동생이 와서 데리고 가는데. 나는 동생 없어."

"동건이는 동생이 있구나. 성현이도 있으면 좋겠어?"

"응!"

"여자 동생, 남자 동생?"

"여자 동생!"

한 치의 망설임도 없이 여동생을 외치는 성현이 귀여워 진헌은 입술을 둥글게 모아 물었다.

"왜에?"

"동건이도 여자 동생 있어!"

입술을 삐죽이며 말하는 성현이가 아기 펭귄같이 귀여워 진헌이 빙그레 미소 지으며 말했다.

"아빠도 성현이에게 여동생이 있으면 좋겠어."

"진짜? 정말?"

"응."

"그럼 줘. 나도 줘."

"아빠도 주고 싶지. 근데 그건 엄마가 주는 거란다."

틀린 말은 아니었다. 커 가는 성현을 보며 많은 사랑을 주었고,

그만큼 큰 기쁨을 받던 진헌은 '이렇게 예쁜데. 아들딸 두 명 있으면 참 좋겠다.' 라고 생각했었지만 그럴 때마다 혜라는 고개를 설레설레 저었다.

진헌이 불쌍한 눈으로 성현에게 말했다.

"아빠는 힘이 없어……."

성현은 고사리 같은 손으로 진헌의 얼굴을 감싸고 뽀뽀를 쪽 했다.

"아빠는 힘이 없구나. 알았어!"

진헌의 무릎에서 폴짝 뛰어 내려온 성현은 쪼르르 현관문을 열고 마당에 있던 혜라에게 달려갔다.

썰렁하고 단출했던 진헌의 집 마당은 이젠 혜라의 손길이 곳곳에 묻어 있었다. 가을에 예쁜 꽃잎을 틔울 코스모스를 심었고, 한쪽에는 상추와 방울토마토, 쌈 채소를 심어 둔 작은 텃밭도 있었다.

그 앞에서 작은 곡괭이를 들고 쪼그리고 앉아 잡초 뽑는 일에 열중이던 혜라는 소란스러운 성현의 뜀박질 소리에 뒤돌아 앉았다.

"성현이 왔어요?"

냉큼 제 어미의 품으로 파고드는 성현은 그녀의 눈치를 보며 입을 열었다.

"엄마 있잖아."

"응."

"아빠는 힘이 없어. 그치?"

맥락이 없는 대화의 흐름에 혜라는 잠시 당황했지만 곧이어 대답했다.

"응? 아냐, 아빠 힘 쎄!"

혜라는 뽀빠이의 팔을 흉내 내며 말했다.

"아빤 키도 크고, 아빠 가슴 근육이 얼마나 단단한데! 허리도 엄청 날렵하고 손도 되게 커서 무거운 거도 번쩍번쩍 들고."

진헌을 생각하면서 말하다 보니 왠지 심장이 두근두근 빨라지면서 얼굴도 붉어지는 느낌에 혜라가 손부채질을 하며 얼굴의 열기를 식혔다.

"정말?"

성현은 눈을 반짝이며 물었다. 그제야 혜라가 정신을 차리곤 성현의 눈을 바라보며 다정히 말했다.

"그럼. 아빠가 세상에서 제일 힘이 쎄! 근데 왜 물어보는 거야?"

"성현이도 동생이 있으면 좋겠는데, 아빠는 힘이 없다고 했어."

"아……."

짧은 탄식이 입술을 비집고 흘렀다. 필시 진헌의 농간이라 눈치챈 혜라였다. 그녀는 다시 방긋 웃으며 성현에게 물었다.

"그래서 아빠가 뭐라고 하셔?"

"동생은 엄마가 만들어 줄 수 있다고 했어. 맞아?"

"으음. 그건……."

진헌의 토스에 당황한 혜라가 말을 흐리자 성현의 눈에 눈물이 가득 맺혔다.

"아니야? 아니야?"

"으응?"

진땀 빼는 혜라의 모습을 마당에 새로 심은 커다란 벚나무 아래에 비스듬히 걸쳐 선 진헌이 킥킥대며 지켜봤다. 그녀가 흘겨보았지만 진헌은 어깨를 으쓱거리며 모르겠다는 표정이었다.

"아냐. 엄마가 만들 수 있어."

"진짜? 진짜?"

"그럼! 근데 성현이가 도와줘야 해."

도움이 필요하다는 말에 꼬마 신사는 눈을 번쩍였다.

"뭐어?"

혜라는 손가락을 하나하나 접으면서 천천히 말했다.

"착한 일도 열심히 하고, 밥도 열심히 먹고. 양치도 꼬박꼬박하고, 친구들이랑 사이좋게 지내고. 그럼 산타 할아버지가 선물을 주실 거잖아?"

"응응!"

"그럼 산타 할아버지한테 말씀드리는 거야. 선물 대신 동생을 주세요, 하고."

"아, 그렇구나. 동생은 성현이가 만드는 거였구나!"

성현은 고개를 끄덕이며 혜라의 품에서 빠져나왔다.

"엄마, 나 장난감 치우러 간다? 나 지금 치운다? 나 지금 착한 일 하러 가는 거야. 산타 할아버지한테 말해 줘야 해!"

어찌나 급한지 뒤뚱뒤뚱 부지런히 걸어도 느리던 성현이 쏜살같이 뛰어갔다. 그 모습을 재밌게 지켜보던 진헌이 기대 있던 벚

나무에서 뉘엿뉘엿 나와선 마당을 가로질러 달리고 있는 성현의 등 뒤로 소리쳤다.

"장난감보단 잠을 일찍 자야…… 읍!"

하지만 곧 혜라의 손에 막혀 목소리를 꿀꺽 삼킬 수밖에 없었다.

"당신이죠?"

"나 아닙니다. 정말 아무 말도 안 했는데."

"수상한데?"

진헌은 그를 흘겨보는 그녀의 허리를 여전히 단단한 팔뚝으로 감싸 안았다. 스윽 그의 품으로 밀착되자 혜라가 깜짝 놀라며 눈을 크게 떴다.

"오늘 어때?"

"몰라요! 능구렁이야 정말."

툴툴거리는 그녀의 입술에 진헌이 길게 입술을 눌렀다 떼었다. 그새 조용히 말을 멈추고 새치름해진 혜라의 입을 보면서 그가 말했다.

"이게 특효약이지."

"칫."

"어제 회장님 만났어요."

"네?"

진헌이 그녀의 머리카락을 쓰다듬으며 자상한 목소리로 말했다. 짧았던 혜라의 단발머리는 어느새 길게 자라 허리 위를 살랑거렸다.

그가 나무에 기대어 잔디 위로 풀썩 주저앉자, 혜라 역시 진헌의 옆으로 다가와 앉았다.

"한국에 오신 거예요?"

"응. R 브랜드 추가 입점 때문에. 이번에 상해에도 우리 백화점을 세울 계획이거든."

혜라는 살짝 주저했지만 이내 담담하게 말했다.

"별말씀 없으셨어요?"

"응. 없으셨어요."

"그랬구나."

작아진 그녀의 목소리에 진헌이 어깨를 감싸 안고 머리를 기대며 물었다.

"서운해요?"

"아뇨. 그 정도면 충분해요."

둘은 향긋한 벚꽃 향기를 맡으며 그늘 밑에 한참을 앉아 있었다.

"참. 진헌 씨."

오랜만에 연애 때처럼 자신을 여보나, 당신으로 부르지 않고 이름을 불러 주는 그녀의 상냥한 목소리에 진헌이 얼굴을 붉히며 대답했다.

"네."

"나 늘 궁금했던 게 있어요."

"뭔데요?"

그의 품에서 혜라가 빠져나왔다. 진헌 역시 고개를 갸웃하며 그녀의 눈을 마주하고 앉았다.

"나 공항에서 봤을 때부터 반했다고 했잖아요."

"내가 언제?"

"모른 척하기예요? 신혼여행 때 그렇게 말했으면서!"

얄밉다며 눈을 흘기는 혜라에게 장난기 가득 머금은 미소를 지으며 진헌이 말했다.

"에이, 신혼여행인데 뭔 말을 못 해. 하늘의 별도 따다 줘야지."

"어머, 생전 처음 본 여자 살리겠다고 이것저것 생각도 안 하고 달려와선, 문이 부서져라 쾅쾅쾅 치던 건 다 잊어버렸나 봐요?"

끙.

반격할 말이 없던 진헌이 입을 꾹 다물고 눈을 가늘게 떴다. 진헌의 반응에 혜라는 신이 나서 거기에 그치지 않고 한마디를 덧붙였다.

"그때 호텔 문짝 고장 내서 수리비를 물어 줬던가, 안 줬던가?"

"자꾸 이러깁니까? 그러는 혜라 씨는 왜 언제부터였는지 말 안 합니까?"

"뭐가요?"

"마카오에서도 잘 모르겠다고 얼버무렸잖아요. 이번엔 안 돼. 못 넘어가. 언제부터예요?"

진헌이 이때다 싶어 혜라의 곁으로 바짝 당겨 앉으며 귀를 가져다 대었다. 혜라는 쉽게 말하지 못하고 고민했다.

"흐음."

"아직도 모르겠습니까?"

바로 말하지 못하는 그녀를 바라보며 서운해진 진헌이 입술을 삐죽거리자 혜라가 빙그레 웃으며 입을 열었다.

"우리 같이 술 마셨던 날 있잖아요."

"바에서?"

"네."

"정말?"

못 믿겠다는 듯 어깨를 들썩이는 진헌을 향해 혜라가 입을 열었다.

"그때 진헌 씨가 그랬잖아요. 나 웃는 모습이 천사 같다고."

"내가?"

진헌이 당황하며 자리에서 벌떡 일어나 손가락으로 자신을 가리키며 되물었다. 혜라는 고개를 끄덕이며 대수롭지 않게 말했다.

"술 취해 기억 안 난다고 말하고 싶겠지만, 진짜 그랬다고요. 내가 웃는 게 너무 예뻐서 딴 사람들이 보면 잡아갈까 봐 겁난다고, 진헌 씨가 입고 있던 재킷을 벗어서 내 얼굴을 가리는 통에 숨 막혀서 죽을 뻔했다고요."

"에이, 설마."

눈이 동그랗게 커진 진헌이 펄쩍펄쩍 뛰며 부인하자 혜라는 더욱 확실하게 말을 이었다.

"그때 내가 진헌 씨 방에 데려다준다고 얼마나 힘들었는데. 방에 도착해서는 또 어떻고? 나한테서 너무 빛이 나서 잠을 못 자겠다고 자기가 입고 있던 옷을 하나씩 하나씩 다 벗어서 나한테 돌돌 감았다니까?"

혜라의 마지막 말을 듣고 돌처럼 딱딱하게 굳어진 진헌이 멍해 있자 그녀는 약 올리듯 얄미운 목소리로 자리에서 일어서며 말했다.

"예쁜 사람 처음 보면 그럴 수 있지. 암, 이해해요."

"아무래도 조작의 냄새가 나는데."

"진짜거든요?"

"내가 이런 뒷조사 하는 거 좀 하거든요? 당장 이리 와 봐요."

으르렁거리며 혜라의 어깨를 잡으려는 진헌을 피해 후다닥 자리에서 일어난 그녀가 마당을 뛰어다녔다. 놓칠세라 혜라의 뒤를 쫓는 그의 얼굴엄 환한 미소가 가득했다.

✱

한 달 후.

웬일인지 그날은 아침부터 운이 좋았다. 출근길에 신호 한 번 걸리지 않아 생각했던 것보다 일찍 도착해 커피 한 잔의 여유를 즐길 수 있었다.

점심에는 진헌이 총괄 책임을 맡고 오랫동안 공들여 진행해 왔던 백화점 품질 평가에서 최고점을 받으며 선진의 입지를 더욱 탄탄하게 굳힐 수 있었다. 덕분에 다음 달에 있을 인사이동에서 그가 대표이사로 승진하는 것은 따 놓은 당상이었다.

그러니 최 비서를 비롯한 진헌의 부하 직원들은 당연히 회식이 있을 줄 알았다. 진헌이 퇴근 준비를 하기 전까지는.

"최 비서, 아니 최 실장. 나 오늘 집에 일찍 들어가야 될 것 같아서 말입니다."

"다들 저녁 회식 기대하고 있는걸요, 본부장님."

결재 문서를 돌려받던 최 비서가 실망한 얼굴로 진헌을 향해 말했다.

"알죠. 미안합니다. 대신 맘껏 시키고 먹어요."

진헌은 법인카드를 얼른 지갑에서 꺼내 넘기고 겉옷을 집어 들었다. 회사를 급히 빠져나가는 그의 꽁무니를 보며 무슨 급한 일이라도 생겼는지 궁금했지만 걱정도 잠시였다. 본부장실에서 나온 최 비서는 비서실의 사원들 앞에서 법인카드를 흔들며 웃어 보였다.

부리나케 퇴근한 진헌은 다름 아닌 집으로 곧장 향했다. 다급하게 옷을 벗기도 전에 그는 집 안의 창고부터 확인했다.

"뭐 해요?"

소리도 없이 퇴근한 진헌을 보며 깜짝 놀란 혜라가 물었다.

"뭐 좀 찾는다고. 아 여기 있다."

그는 창고에 머리를 박고 한참 이리저리 헤매더니 분홍색 큰 종이박스를 들고 나와 해맑게 웃었다.

"그거 성현이 어릴 때 썼던 아기 용품이잖아요."

엉뚱한 진헌의 행동에 호기심을 참지 못한 혜라가 그의 등 뒤를 졸졸졸 따르며 기웃댔다. 아는지 모르는지 진헌은 혜라의 말에 대답 대신 그저 씩 웃어 보였다. 창고에서 꺼낸 상자를 신줏단지처럼 고이 들고 선 진헌은 거실에 자리를 깔았다. 너른 소파를 놔

두고 굳이 바닥에 앉아 상자의 뚜껑을 열더니 안에 들어 있던 아기 용품들을 하나둘 쭉 펼쳐 놓았다.

"왠지 이게 다시 필요해질 것 같아서 말이지."

분홍 젖병, 분홍 딸랑이, 노랑 병아리 인형이 여전히 그대로 있었다. 진헌은 묘한 미소를 지었다.

"아니 거…… 어머, 그러고 보니깐."

그의 표정을 알아차린 혜라가 무어라 말하려다 말고 가만히 탁상 달력을 들어 날짜를 세어 보았다. 그러다 문득 그녀의 눈이 동그랗게 커졌다.

"맞아?"

"몰라요, 아직은."

진헌은 양팔을 벌려 혜라를 꼭 품에 안았다. 하늘을 향해 잔뜩 솟은 그의 입꼬리는 내려올 생각이 없어 보였다.

"진헌 씨는 어떻게 안 거예요? 나도 몰랐는데."

"그냥. 느낌이 왔어."

운이 좋은 날이었다. 그 어떤 날보다 행복하게 하루를 마무리할 것 같은 느낌이 들었다. 그리고 진헌의 느낌대로 정말로 행복한 하루가 되었다.

시간은 금방 흘렀다. 혜라의 배는 조금씩 불러 왔다.

"이번엔 딸일 것 같아."

"왜 그렇게 생각해요?"

"성현이 때와는 다르게 배가 아담하고, 작잖아."

설거지를 하고 있는 혜라를 등 뒤에서 안아 배를 쓰다듬으며 진헌이 말했다. 그 모습에 왠지 실소가 새어 나왔지만 모른 척 입을 다물고 혜라가 말했다.

"아직 세 달밖에 안 됐다고요. 16주는 돼야 알 수 있을걸요?"

그녀의 말을 듣는 둥 마는 둥 이미 진헌의 귀에는 아무 소리도 들리지 않는 듯했다. 이번엔 왠지 딸일 것 같은 느낌이 충만한 그는 분홍색 아기 이불과, 분홍색 가제 손수건, 분홍색 손싸개 등을 추가로 구입했다.

진헌은 벌써부터 딸바보의 전형적인 아빠의 모습으로 웃고 있었다.

"여보, 어머님 전화 온 것 같아요."

설거지를 하고 있던 혜라가 식탁에서 울리는 휴대전화 진동소리를 듣곤 말했다. 아쉬운 듯 혜라를 안고 있던 팔을 풀고 식탁 위에 있던 휴대전화를 진헌이 받았다.

"네 어머니."

— 진헌이니?

"네. 혜라 씨가 지금 설거지 중이라서요."

— 너는 임신 중인 애한테 설거지를 시켜!

"아니, 그게 아니라……."

괜한 꾸중을 들은 진헌이 얼결에 핑계를 대려는데 그녀가 중간에 말을 툭 끊고는 전화한 이유를 늘어놓았다.

— 내가 태몽을 꾼 것 같아. 고추밭을 갔는데, 거기 엄청 큰 고추가…….

멍한 표정으로 묵묵히 듣고만 있다 전화를 끊은 진헌은 잠깐 한숨을 푹 쉬는가 싶더니 급하게 지갑을 찾았다.

"왜요? 어머님이 뭐라셔요?"

"아니. 저기, 나 저거 산 거 영수증 못 봤어요?"

혜라의 질문에 대답을 하는 둥 마는 둥 진헌의 손가락 끝은 소파 위에 널브러진 온갖 분홍색에 향해 있었다.

"아기 용품 산 거요?"

"응."

"영수증은 왜요?"

설거지를 끝낸 혜라가 아담한 배를 부드럽게 쓸어내리며 다가왔다.

"아니, 그냥. 교환해야 할 일이 생길 수도 있을 것 같아서……."

어딘지 모르게 의기소침해진 진헌을 바라보며 혜라는 고개를 갸웃거렸다.

외전 2. 숨겨진 이야기

레슬리의 별장을 겨우 빠져나온 민성은 주차해 둔 차에 탔다. 그리고 핸들을 붙잡고 참았던 눈물을 한참이나 쏟아 냈다.

'넌 날 위한 선택이었다고 생각하겠지. 아니! 넌 그냥 날 버린 거야!'

혜라의 목소리가 그의 귓가를 여전히 맴돌았다. 틀린 말이 아니었다. 애써 외면했던 진실을 그녀를 통해 듣는다는 건 생각보다 잔인한 일이었다. 누군가 커다란 칼로 가슴을 찌르는 것처럼, 민성의 심장은 좀처럼 진정되지 못했다.

'홍콩에서 보란 듯이 죽어 버리려 했어. 아버지란 사람이 보라고. 그 사람이 있는 나라에서 죽어 버리려고! 그때 만난 거야, 그 사람. 옛날 너처럼…… 나를 살렸어.'

한때는 서로에게 모든 것이었던 그녀를 잊고 나는 무엇을 잡고 있었던 걸까. 그녀의 말처럼 단 한 번이라도 있는 그대로의 혜라를 사랑했던 적이 나에게도 있었을까.

민성은 자책하고 또 후회했지만 이미 돌이키기엔 늦었다는 사실을 인정할 수밖에 없었다. 그는 떨리는 손으로 겨우 차 키를 꽂고 시동을 걸었다. 백미러를 통해 보이는 혜라가 있을 장소가 점점 멀어져 갔다.

떠나기로 했다. 영원히, 그녀에게서.

그는 며칠 후 회사에 나가 짐을 정리했다. 진헌은 외출 중이라는 최 비서의 말에 고개를 끄덕이고 작은 상자에 책상 위에 있던 짐을 차곡차곡 정리했다.

"김 실장님, 다시 한번 생각해 보세요. 이렇게 갑자기 사직서를 제출하시면……."

최 비서의 말리는 목소리에도 민성은 하던 일을 멈추지 않았다. 챙기고 보니 별거 없었다. 선진에 모든 걸 바쳤지만 결국 손에 들고 있는 건 필기도구와 몇 가지의 개인 용품들뿐. 제 손에 쥐어지는 건 아무것도 없었다.

"최 비서."

"네. 실장님."

승강기 앞까지 마중 나온 그녀를 향해 민성이 입을 열었다.

"개인적인 부탁 하나만 할게. 퇴사하면 내가 알아볼 수는 없는 일이라서."

"말씀하세요."

"홍콩에 연락 좀 취해 주겠어? 린 샤오팅 측과 미팅 하나만 잡아 줘. 일정은 상관없어."

예상치 못한 부탁에 최 비서는 의아했지만 진헌과 관련된 일이 겠거니 어렴풋이 짐작은 할 수 있었다. 그녀는 고개를 끄덕이며 약속했다.

오랜만에 홍콩을 찾은 민성은 꽤 많이 바뀐 모습에 감회가 새로웠다. 그가 홍콩을 찾았던 건 유학길에 오르기 전, 레슬리 회장을 만나기 위해서였다. 석호를 따라 홍콩에 도착했던 그는 크고 화려한 도심 속 가장 웅장했던 건물의 꼭대기 층에 올라갔었다.

'자네가, 김민성 군인가.'

그때 레슬리의 모습이 아직도 민성은 눈에 선했다. 가만히 있어도 사람을 압도하는, 호랑이 같은 카리스마가 있는 사람이었다.

'나와 한 약속을 잊지 않길 바라네.'

그게 다였다. 홍콩까지 가서 만난 레슬리는 그 한마디만을 민성에게 남겼다. 하지만 그 각인은 탁월했다. 민성에게 레슬리는 감히 넘볼 수 없는 벽에 대한 두려움으로 지금까지도 기억되고 있었으니까.

"도착했습니다. 네. 알겠습니다."

민성은 통화를 마친 후 휴대전화를 안주머니에 넣었다. 택시에서 내린 그의 앞에 커다란 건물의 입구가 보였다. 그때의 그 건물이었다.

건물은 여전히 크고 웅장했다. 그곳의 주인은 자리를 비우고 있었지만 민성은 로비 카페에서 숨죽이고 기다리는 내내 여전히 두려움에 심장이 쿵쾅거렸다.

[김민성 씨?]

하이힐을 신은 여자가 걸어와 그를 향해 물었다. 굵은 웨이브의 머리와 눈매가 우아한 여자였다.

[선진에서 왔다고요.]

[네.]

[나를 찾았다고 하던데요. 무슨 일이죠?]

린 샤오팅이었다. 직접 볼 수 있을 거라 생각지 못했던 민성은 당황했지만, 곧 일어나 인사를 하며 명함을 건넸다.

[꼭 들어 주셨으면 하는 말을 전하러 왔습니다.]

[무슨?]

[제가 아는 한 사람에 대한 이야기입니다.]

레슬리를 이 건물의 꼭대기 층에서 만난 그날. 민성은 단 한 마디도 입을 열 수 없을 만큼 그의 분위기에 압도당했었지만, 문을 나서기 직전 민성은 다시 뒤돌아 물었다.

"왜 제가 꼭 혜라의 곁을 떠나야 합니까?"

당돌한 그의 물음에 석호가 당황하며 레슬리의 눈치를 살폈지만 오히려 레슬리는 덤덤해 보였다.

"그녀의 옆에서 조용히 살겠습니다. 회장님에게 누가 되지 않도록……."

하지만 민성의 말을 멈추게 한 건 협박도, 비웃음도 아닌 뜻밖의 말 한마디였다.

"……자네는 날 닮았어."

＊

"교수님. 시험 문제 출제 파일 주시면 정리하겠습니다."

"그래요. 강 조교 부탁합니다."

지방으로 내려온 그는 계약직이었지만, 대학에서 경영학을 학생들에게 가르치게 되었다. 학교에서 민성은 다소 융통성이 없긴 해도 단정하고 바른 교수로 소문나 있었다.

그는 자신이 버는 돈의 일부를 가난으로 인해 학비를 내기 어려워 휴학할 수밖에 없는 학생들을 위해 썼다. 그의 따뜻한 성정 때문에 민성의 곁엔 늘 기분 좋은 칭찬이 따랐고, 강의실은 학생들로 꽉 차 있었다.

"그러고 보면 우리 학교에서 김 교수가 제일 스타 교수 아니에요?"

"그러니까요. 정교수로 곧 승진도 하실 것 같던데. 한턱 쏘셔야죠."

동료 교수들의 질투 섞인 농담에 민성은 그저 작게 미소 짓곤 돌아 나왔다.

캠퍼스를 거닐던 민성의 눈에 젊은 학생들이 보였다. 해사한 웃음을 안은 그들의 얼굴엔 종종 근심과 걱정도 섞여 있었지만 그걸 이겨 낼 청춘이 더욱 밝게 빛났다.

"안녕하세요, 교수님!"

"교수님 식사하셨어요?"

지나던 민성을 반가운 목소리로 붙잡으며 학생들이 물었다.

"아직입니다. 햇살이 좋아서 산책 조금 하려고요."

"교수님, 저쪽 가로수 길 가 보셨어요?"

한 학생이 정문 밖 도로를 가리키며 말했다.

"여기 골목으로 나가면 벚꽃이 엄청 풍성하게 피는 길이거든요. 관광 명소예요!"

"그래요?"

"네. 봄에는 벚꽃 놀이가 최곤데. 과제 때문에 저희들은 다 저기서 간단하게 구경하고 왔어요."

입술을 삐죽 내밀며 말하는 학생을 바라보며 민성은 빙그레 웃었다.

"그래도 과제를 줄일 생각은 없습니다."

"아이 참. 교수님도."

민망한지 뒷머리를 긁적이며 학생들이 멀어져 갔다. 민성은 문득 캠퍼스 방향으로 향하던 걸음을 멈추고 정문 밖으로 나서 보았다. 집, 학교만 다니고 있는 그이기에 이곳저곳을 알지 못했던 터였다.

학생의 말대로 조금만 걷다 보니 골목이 나왔는데, 골목 초입부터 벚꽃 잎이 흐드러지게 예쁜 분홍빛을 내뿜고 있었다. 민성은 벚꽃 향을 맡으며 골목을 걸었다.

"이런 곳이 있었구나."

밝은 햇살과 함께 떨어지는 벚꽃 잎을 맞으면서 골목 끝에 다다르자 저 끝까지 이어진 가로수 길이 나타났다. 그 풍경이 무척 장관이었다. 학생 말대로 관광 명소임이 분명했다.

골목엔 사람이 적었지만 가로수 길엔 꽤 많은 사람들이 있었다. 대부분 차를 타고 이동하다 예쁜 벚꽃 나무에 이끌리듯 차를 세우고 사진을 찍고 있었다.

"아이참. 거기 나무 앞에서 가만히 있어요."

"그러고 싶지. 근데 이 녀석들이 도무지 가만히 있질 않잖아."

익숙한 목소리에 놀란 민성이 재빨리 나무 뒤로 몸을 숨겼다. 나무에 등을 기댄 채 잠시 서 있다 다시 낯이 익은 실루엣이 있던 방향으로 시선을 돌렸다. 그곳엔 환한 미소를 머금고 카메라를 들고 있는 혜라와 천방지축으로 움직이는 초등학생, 유치원생쯤으로 보이는 두 남자아이를 양손에 붙들고 어쩔 줄 몰라 하는 진헌이 서 있었다.

"다행이네."

민성의 시야가 흐릿해졌다. 꽃가루가 날렸는지 눈이 **뻑뻑**해졌나 보다. 괜스레 눈물을 닦아 내며 민성이 그들을 바라보았다.

행복한 미소를 짓고 있는 혜라와 두 아이의 손을 잡고 있는 자신의 모습이 겹쳐 보이는 것만 같았다.

"이거면 됐어."

욕심도, 욕망도. 모든 걸 내려놓은 지금. 민성은 그녀에게 이제껏 해 준 적 없었던 진짜 사랑을 하기로 했다. 마음이 흐르는 대로 보내 주는 것. 이제는 마음껏 사랑할 수 있을 것 같았다.

무거운 발걸음을 겨우 떼어 낸 그는 다시는 뒤를 돌아보지 않고 골목 안으로 사라져 갔다.

—The end

작가 후기

안녕하세요, 장윤지입니다.

두 번째 작가 후기를 쓰게 되어 감회가 무척 새롭습니다. 하지만 감격하기에 앞서 늦어진 원고에 많은 배려를 해 주신 뿔미디어 다향 출판사와 편집자님께 감사의 말을 전합니다.

감사합니다.

〈러브 인 홍콩〉을 시작하기 전부터 소설의 배경은 '홍콩'이었으면 좋겠다는 생각을 하고 있었습니다. 그러다 보니 본의 아니게 짧은 일정의 홍콩을 3번이나 다녀오게 되었네요. 그때 열심히 찍어 둔 사진과, 메모해 둔 홍콩의 모습이 활자로도 잘 표현되었길 바랍니다.

책 소개의 내용처럼 그들이 사는 세상에서 그들이 사랑하는 이야기를 쓰고 싶었습니다. 현실적이거나, 평범한 일상에선 많이 벗어난 커플의 이야기이지만, 어딘가에는 혜라와 진헌 같은 커플도 있지 않을까요?

하지만 개인적으론 〈본격 여행 대리 만족 소설!〉〈본격 사치 대리 만족 소설!〉로 기억되어도 만족할 것 같습니다. 하하.

더 예쁘고 즐거운 이야기를 쓸 수 있도록 항상 노력하겠습니다. 이 책을 읽어 주셔서, 그리고 웃어 주셔서 감사합니다.

장윤지 드림.

러브인홍콩

초판 1쇄 찍음 2017년 1월 5일
초판 1쇄 펴냄 2017년 1월 12일

지은이 | 장윤지
펴낸이 | 정 필
펴낸곳 | **(주)뿔미디어**

편집장 | 박경희
기획 · 편집 | 김수정

출판등록 | 2002년 9월 11일 (제1081-1-132호)
주소 | 경기도 부천시 원미구 소향로 17, 303(두성프라자)
전화 | 032)651-6513 / 팩스 | 032)651-6094
E-mail | dahyangs@naver.com
블로그 | http://blog.naver.com/dahyangs
비북스 | http://b-books.co.kr

값 9,000원

ISBN 979-11-315-7663-2 03810

www.bbulmedia.com

www.bbulmedia.com